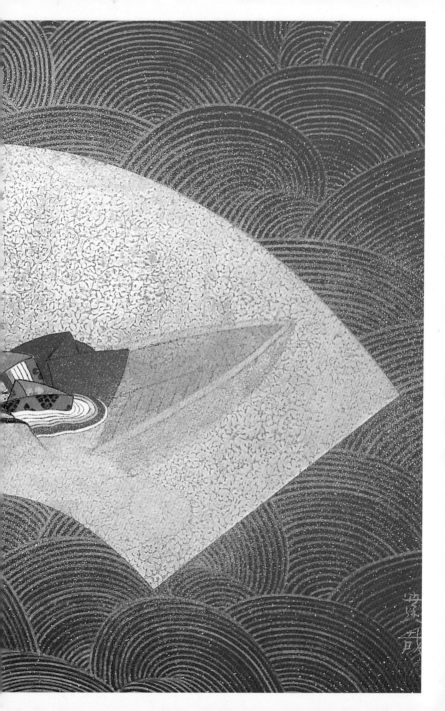

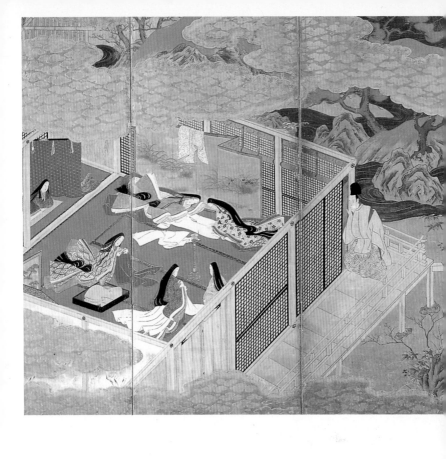

GENJI MONOGATARI

by Murasaki-Shikibu, re-written by Jakucho Setouchi

Copyright ©1996 by Jakucho Setouchi

Original Japanese edition published by Kodansha Ltd.

Korean translation rights arranged with Jakucho Setouchi

through Japan Foreign-Rights Centre

Translated by Kim Nan-Joo

Published by Hangilsa Publishing Co., Ltd., Korea, 2007.

「이 도서의 국립중앙도서관 출판시도서목록(CIP)은
e-CIP 홈페이지(http://www.nl.go.kr/cip.php)에서 이용하실 수 있습니다.
(CIP제어번호: CIP2006002748)」

겐지이야기

⑩

◆무라사키 시키부 지음
◆제토우치 차쿠조 현대일본어로 옮김
◆김난주 한국어로 옮김
◆김유천 감수

한길사

源氏物語
겐
지
이
야
기
❿

지은이 · 무라사키 시키부
현대일본어로 옮긴이 · 세토우치 자쿠초
한국어로 옮긴이 · 김난주
감수 · 김유천
펴낸이 · 김언호
펴낸곳 · (주)도서출판 한길사

등록 · 1976년 12월 24일 제74호
주소 · 10881 경기도 파주시 광인사길 37
        www.hangilsa.co.kr
        E-mail: hangilsa@hangilsa.co.kr
전화 · 031-955-2000~3   팩스 · 031-955-2005

제1판 제1쇄 2007년 1월 1일
제1판 제5쇄 2023년 3월 24일

값 15,500원
ISBN 978-89-356-5813-8 04830
ISBN 978-89-356-5814-5 (전10권)

변하기 쉬운 남자 마음을
한탄할 것도 없겠지요
인간 세상에서 덧없는 것은
허망한 사람의 목숨이라고
생각한다면

겐지이야기 ⑩

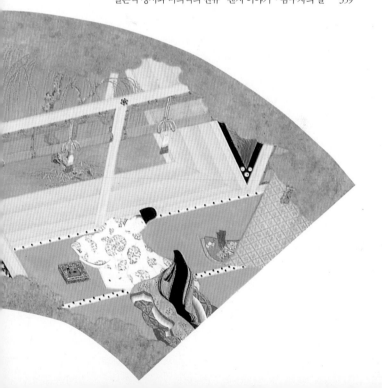

🌸 이 책은 무라사키 시키부(紫式部)의 고전소설 『겐지 이야기』(源氏物語)를
세토우치 자쿠초(瀬戸内寂聴)가 현대일본어로 풀어쓴 것을 한국어로 옮긴 것이다.

🌸 처소명에 따라 붙여진 등장인물의 이름은 처소를 나타낼 땐 한자음으로 읽고,
인물을 가리킬 땐 소리 나는 대로 썼다. 따라서 동명이인이 많다.
예1: 장소 승향전(承香殿); 인물 쇼쿄덴(承香殿) 여어.
예2: 장소 여경전(麗景殿); 인물 레이케이덴(麗景殿) 여어.
예3: 장소 홍휘전(弘輝殿); 인물 고키덴(弘輝殿) 여어.

🌸 산, 강, 절 이름은 지명과 한글을 혼합해서 달았다.
예: 히에이 산(比叡山), 나카 강(那賀川), 기요미즈 절(淸水寺).

🌸 거리, 건물, 직함명 등은 한자음 그대로 읽었다.
예: 육조대로(六条大路), 이조원(二条院), 자신전(紫宸殿), 여어(女御), 갱의(更衣),
대납언(大納言).

🌸 각 첩의 제목은 될 수 있는 대로 뜻으로 풀었다.
첩명 해설은 자료를 바탕으로 옮긴이가 정리해 붙였다.
예: 저녁 안개(夕霧), 밤나팔꽃(夕顔).

🌸 등장인물의 이름은 직함에 따라 한자음으로 읽은 경우와, 고유음 그대로를 살린
경우가 있다. 그밖에 인물의 특징을 잘 보여주는 경우에는 뜻을 살려서 달았다.
예1: 중납언, 대보 명부; 예2: 고레미쓰; 예3: 검은 턱수염 대장, 반딧불 병부경.

🌸 이 책의 말미에 붙은 부록 중 '어구 해설'과 '인용된 옛 노래'는
다카기 가즈코(高木和子)가 작성한 것을 바탕으로 필요에 따라 첨삭했다.
본문에 풀어쓴 것은 생략하고, 필요에 따라 그 내용을 옮긴이가
보완하여 정리한 것이다.

🌸 일본 고유의 개념인 미카도(帝)는 이름 뒤에 올 때는 '제'로, 단독으로 쓰일 때는
'천황'과 '폐하'를 혼용했다.

떠다니는 배

다치바나 섬의 곳에서
그대와 맺은 이 마음
작은 섬 상록수의 초록이
천년을 변치 않는 것처럼
내 사랑도 영원히 변치 않으리니

◆니오노미야

다치바나 섬의 초록은
영원히 변치 않아도
파도에 떠다니는 배처럼
허망한 이 몸의 앞날은
어디로 흐를 것인지

◆우키후네

🏵 제51첩 떠다니는 배(浮舟)

浮舟는 '우키후네'라 읽는다. 우키후네는 하치노미야의 셋째 딸이며 우지 10첩의 비련의 여주인공의 이름이기도 하다. 니오노미야와 함께 우지 강을 건너는 배에서, 니오노미야의 노래에 답한 우키후네의 노래에서 이 제목이 붙었다.

니오노미야는 지금도 불가사의한 여자와 만났던 해질 녘의 짧은 순간을 잊지 못합니다. 그리 귀한 신분은 아닌 듯하나, 정말 귀엽고 매력 있는 인품이었다고 생각됩니다. 니오노미야는 평소 색을 좋아하는 성품이라, 그때 뜻을 이루지 못하고 아쉽게 헤어진 것을 분하게 여기고 있습니다.

그 때문에 작은아씨가 여자를 숨긴 것은 아닐까 하고 억측을 하고 있습니다.

"아무것도 아닌 사소한 일을 가지고 질투를 하여 여자를 미워하다니. 당신도 그런 심술궂은 짓을 하는 사람이었군요. 뜻밖이고 한심한 노릇입니다."

이렇게 때때로 모욕을 주고 원망을 늘어놓으니, 그럴 때마다 작은아씨는 속이 상하여 견딜 수 없어 아예 모든 것을 다 밝혀버릴까 하고 생각하다가도 마음을 고쳐 먹습니다.

'가오루가 정식으로 결혼한 사람처럼 대우하지는 않아도 숨겨놓고 깊은 애정을 쏟고 있는 사람인데 내 입이 방정하여 니오노미야에게 고하면 그냥 흘려들을 사람이 아니지. 시중을 드는 시녀들에게도 충동적으로 슬쩍 말을 건네고, 그 입장에서 보면 당치도 않은 여자인데 한번 손을 대고 싶어진 여자는 집까지 쫓아가는 행실이 나쁜 호색한이거늘. 그 후로 시간이 많이 흘렀는데 아직도 저렇게 애를 태우고 있는 것을 보면 머지않아 흉측한 사건이 벌어질 게야. 만약 밖에서 소식을 듣는다면 어쩔 수가 없지. 그 성품이나 태도로 보아 가오루 님과 동생에게 폐가 된다 하더라도 자제하지 못할 터이니, 만약 그런 불미한 일이 생긴다면 다른 사람에게 생겼을 때보다 언니 입장에서 남 보기가 민망할 터이지. 아무튼 나는 내가 방심하여 그런 일이 벌어지는 실마리를 제공하지는 말도록 조심을 해야겠구나.'

작은아씨는 니오노미야에게는 가오루와 동생의 사이를 알리지 않았습니다. 그렇다 하여 거짓말을 하거나 얘기를 꾸며내어 얼버무릴 수 있는 성품은 아니니 모든 것을 자신의 가슴속에 묻어두고, 세상의 여느 여자들처럼 남편의 바람기를 질투하는 행세를 하고 있습니다.

가오루는 뭐라 비유할 말이 없을 정도로 느긋하게 생각하고 있습니다.

'그 사람은 내가 찾아와주기를 애타게 기다리고 있을 터이지, 가엾게도.'

이렇게 우지의 여자를 생각하고는 있으나, 마음대로 행동할 수 없는 높은 지위와 신분상 급한 용건이라도 있지 않는 한 그리 쉽게 갈 수 있는 곳이 아닙니다. 신이 엄하게 금한 길보다 더 힘겹고 난감해합니다.

'좀더 시간을 두고 생각하면서 납득할 만한 대우를 하도록 하자. 처음에는 내 마음이나 달래려고 우지로 데려갔으니, 다소 시간이 걸리는 용건을 만들어 느긋하게 다녀오도록 해야겠구나. 당분간은 그런 식으로 사람들에게는 비밀에 부치고 숨어 지내게 하면서, 가끔씩 찾아오는 관계로 인식시키는 것이 좋겠어. 아무쪼록 사람들에게 비난받지 않도록 적당히 자제하는 것이 좋겠지. 갑자기 도읍으로 데려오면 저 사람은 누구냐, 언제부터 그런 사이가 되었느냐 하고들 시끄럽게 말들이 많을 것이니, 그렇게 되면 애당초 큰아씨를 대신하는 사람으로 보살피려 한 내 마음을 거역하는 셈이기도 하지. 또 이 일이 작은아씨의 귀에 들어가면 뭐라 생각하겠는가. 그리운 우지를 미련 없이 싹 버리고 여자를 도읍으로 데리고 온 것이라고, 옛일을 모두 잊어버린 것이라고 여겨지면 그 또한 내가 원하는 바가 아니니.'

이렇게 냉정하게 생각하는 것은 예의 느긋하고 우유부단한 마음 탓이겠지요.

아씨의 거처를 옮기려고 삼조궁 근처에 비밀리에 집을 새로 짓고 있습니다. 가오루는 둘째 황녀를 맞이하였고, 지금은 또 우지의 아씨를 돌봐야 하니 여유가 없으시고 믿음직한 작은이씨를 단념한 것은 아니라서 여전히 찾아 뵙곤 합니다. 그 성실함을 시녀들은 이상하게 여길 정도인데 남녀의 애정에 대하여 이제 겨우 알게 된 작은아씨는 가오루의 행동거지를 보고 들으면서 깊은 감동을 느끼고 있습니다.

'이분이야말로 진실로 애정이 깊고 언니에 대한 사랑을 언제까지고 잊지 않으시니, 그 때문에 내게도 변치 않는 애정을 보이시는 드문 사람이야.'

가오루는 나이를 먹으면서 인품이나 세상의 성망이나 모두 나무랄 데 없이 훌륭하니, 니오노미야의 애정을 믿을 수 없을 때에는 작은아씨도 적지 않게 후회를 합니다.

'이 무슨 뜻하지 않은 운명이란 말인가. 죽은 언니가 정해준 가오루 님과의 인연을 거역하고 이렇게 마음고생만 시키는 방탕한 니오노미야와 결혼을 하다니.'

허나 지금은 가오루와 만나는 것도 힘들어졌습니다. 세월이 흘러 우지에서 있었던 일이 저 먼 옛일이 되고 말았습니다.

'신분이 낮은 평범한 사람이라면 그 옛날의 친밀함을 잊지 못하고 연고를 찾아 교류를 나눌 수도 있겠으나, 이렇게 신분이 고귀한 분들이 어찌하여 상식에 어긋난 교제를 하는 것일까.'

작은아씨의 심중을 전혀 모르는 시녀들이 이렇게 생각하는 것도 마음에 걸리는데다 니오노미야가 가오루와의 관계를 끊임없이 의심하니 점점 더 괴로워졌습니다. 이런저런 고민이 많아 가오루에게 냉담한 태도를 취하나, 아무리 냉담한 처우를 당하여도 작은아씨를 대하는 가오루의 마음과 태도는 변함없이 늘 똑같습니다.

니오노미야는 원래 바람기 많은 성품이라 작은아씨로서는 번거로운 일이 때로 생기기도 하나, 도련님이 귀엽게 성장하면서 달리 이런 아이를 낳아줄 사람이 없을지도 모른다고 생각하니, 작은아씨를 각별히 소중하게 여깁니다. 게다가 정부인보다 마음 편하고 다감하게 대하여주는 터라, 작은아씨는 이전보다 다소나마 고뇌가 줄어들어 안정된 생활을 하고 있습니다.

정월 초순이 지났을 즈음, 니오노미야가 이조원을 찾아 한 살을 더 먹은 도련님을 어르면서 귀여워하고 있습니다. 점심때쯤, 어린 여동이 초록색 얇은 종이로 싼 커다란 편지 봉투와 소나무 가지에 조그만 대바구니를 엮은 것, 그리고 딱딱하고 네모난 봉투를 들고 조심스럽지 못하게 뛰어와 작은아씨에게 전하였습니다.

"어디에서 보낸 것이냐?"

니오노미야가 여동에게 묻자, 여동이 몹시 당황한 표정으로 대답하였습니다.

"우지에서 심부름꾼이 대보에게 드리라면서 들고 왔습니다. 그런데 어디가 어디인지 몰라 우물쭈물하고 있기에, 평소에 하던 대로 마님이 보시겠지 싶어 제가 받아 들고 온 것입니다.

이 바구니는 금속으로 만들어 색을 입힌 것입니다. 소나무 가지도 진짜보다 더 진짜처럼 만들었군요."

이렇게 방실방실 웃으면서 조잘거리니 니오노미야도 웃으면서 여동의 손에서 편지를 낚아채려 합니다.

"어디, 내가 한번 감상을 해볼까."

작은아씨는 몹시 난감하여 여동에게 말합니다.

"편지는 대보에게 갖다주거라."

그 얼굴이 붉게 물든 것을 본 니오노미야는 또 의심을 하면서 편지를 낚아채고 말았습니다.

'어쩌면 가오루가 일부러 이렇게 보낸 것인지도 모르지. 우지에서 보냈다고 하는 것도 수상쩍고.'

허나 그것이 정말 가오루가 보낸 편지일 경우를 생각하면 쑥스럽고 거북할 듯하여 이렇게 둘러댑니다.

"내가 열어봅니다. 나중에 공연한 원망을 사는 것은 아닌지."

"꼴불견이로군요. 여자들끼리 주고받는 편지를 왜 보신다는 것입니까."

작은아씨는 당황하는 표정 없이 이렇게 말합니다.

"그렇다면 더욱이 보고 싶군요. 여자들끼리는 어떤 편지를 주고받는지."

니오노미야가 편지를 펼쳐봅니다.

"오래도록 소식을 전하지 못하는 사이에 빨리도 한 해가 지나고 말았습니다. 산골의 생활이 쓸쓸하니 마음까지 우울합니다. 주위 산들의 봉우리에 낀 짙은 안개는 걷힐 줄을 모르니."

젊은 필체로 이렇게 씌어 있고 그 끝에 이런 말이 덧붙여 있습니다.

"이것은 도련님에게 드리세요. 좀 이상한 것이지만."

딱히 숙달된 솜씨는 아니지만 누구의 필체인지 짐작이 가는 글씨도 아니라 이상히 여기고는 눈을 번뜩이면서 다른 한 통을 마저 읽습니다.

"새해를 맞아 어떻게 지내시는지요. 즐겁고 경사스러운 일이 많겠지요. 이곳 사람들은 훌륭한 집에 만사를 빈틈없이 배려하여주셔서 불편 없이 살고 있으나, 역시 아씨에게는 적합하지 않는 생활이라 생각합니다. 이런 곳에 틀어박혀 시름에만 잠겨 있지 말고 가끔은 작은아씨를 찾아가 마음의 시름을 덜었으면 싶은데 아씨는 예의 사건을 몹시 부끄러워하고 끔찍하게 여기는 듯하니, 작은아씨를 찾아 뵙기를 주저하면서 슬퍼하고만 있습니다. 어린 도련님에게 드리는 부적이라고 아씨가 정월의 우즈치를 보냅니다. 주인어른이 안 계실 때 보여드리시라 합니다."

이렇게 구구절절 씌어 있습니다. 정월인데 말도 가리지 않고 재수 없는 푸념을 거리낌 없이 늘어놓으니, 니오노미야는 수상쩍다 여기면서 몇 번이나 다시 읽습니다.

"오늘은 다 털어놓는 것이 좋겠죠. 대체 누구입니까?"

"옛날에 우지 산장에서 시중을 들던 시녀의 딸이 사연이 있어 요즘 그곳에 머물고 있다 합니다."

작은아씨가 이렇게 말하는데, 평범한 시녀라고는 여겨지시 않는 상당한 글솜씨라고 느껴지는데다 '예의 사건을 몹시 부끄러워하고 끔찍하게'라는 문장으로 보아, 혹시 하고 짐작을 합니다. 우즈치가 꽤 멋들어지게 만들어져 있으니, 시간 여유가 많은 사람이 만들었을 것이라고 생각합니다. 두 갈래로 나뉜 나뭇가지에 손으로 만든 자금우 열매를 꿰었는데, 그 나뭇가지에 이런 노래를 적은 종이가 매달려 있습니다.

아직 고목은 아니나
어린 도련님을 위하여
천년 만년의 번영을
진심으로 기원하며 드리는
소나무라 봐주세요

딱히 훌륭한 노래는 아니나, 잊지 못하여 그리워하는 사람이 쓴 것은 아닐까 하고 짐작되니 니오노미야는 눈을 떼지 못합니다.

"답장을 쓰세요. 답장을 보내지 않는 것은 상대에게는 너무한 일이지요. 내게 숨겨야 할 편지도 아닌 듯한데, 내가 보았다고 해서 왜 그리 언짢아하는 것입니까. 나는 저쪽에 가 있겠습니다."

니오노미야는 이렇게 말하고 나갔습니다.

작은아씨는 시녀 소장을 상대로 목소리를 죽여 말합니다.

"한심한 실수를 하였구나. 이 편지를 어린 여동이 받았는데, 어찌하여 그것을 시녀들이 몰랐다는 말이냐."

"제가 알았다면 나리가 계시는데 어떻게 갖다 드리겠습니까. 그 아이가 생각이 없어 주제를 모르고 나섰으니, 여자란 어렸을 때부터, 과연 장차 좋은 여자가 될 것이라 여겨지도록 얌전한 것이 귀엽죠."

시녀가 이렇게 험담을 하자 작은아씨는 조용히 하라며 나무랍니다.

"조용히 하거라. 어린아이에게 화를 내서 무엇하리."

그 여동은 작년 겨울 어떤 사람이 데리고 왔는데, 얼굴이 아주 예쁘장하게 생겨서 니오노미야가 매우 귀여워하고 있습니다.

니오노미야는 자신의 방으로 돌아갔습니다.

'이상한 일도 다 있구나. 가오루가 우지를 드나든 지는 꽤 오래되었다고 하는데, 은밀히 그곳에서 머무는 일도 있다고 하는 소리를 들은 것 같으니. 아무리 죽은 사람이 남긴 집이라고 하나, 그런 곳에서 혼자 묵는 것은 취기 탓이라고 여겼는데, 실은 여자를 숨겨놓았던 것인가.'

이렇게 짚이는 데가 있으니, 한적에 관한 일을 하고 있으며 가오루와도 친분이 있는 대내기라는 사람이 생각나 앞으로 불러들였습니다.

"운 맞히기를 하고 싶으니, 시문집을 골라 이 문갑에 쌓아놓거라."

대내기에게 이렇게 명하고는 넌지시 말을 건넸습니다.

"가오루 우대장은 요즘도 우지를 드나들고 있느냐. 훌륭한 절을 새로 지었다 들었는데. 나도 한번 꼭 가보고 싶구나."

"무척이나 훌륭하게 지었다고 합니다. 평소 염불을 하는 삼매당은 더없이 존귀하게 만들라는 지시가 있었다고, 저는 그렇게 들었습니다.

가오루 님은 작년 가을부터 이전보다 빈번하게 우지를 드나들고 계십니다. 그곳의 하인이 슬쩍 하는 말이 이러하였습니다. '여자를 은밀히 감춰놓고 있다. 여간 사랑하는 사람이 아닌 듯하다. 그 주변의 장원 사람들이 모두들 대장의 명령으로 이쪽에 와서 시중을 들고 있는데, 그 여자 때문에 숙직을 하고 있는 듯하다. 도읍에 있는 니오노미야 님의 본댁에서도 내밀하게 보살피고 있다. 그 여자는 대체 무슨 행운을 타고난 사람일까. 그래서 세상을 꺼려하며 산장에서 외로이 살고 있는 것이겠지.' 저 역시 작년 십이월경, 산장 사람들이 그렇게 수군덕거린다는 얘기를 하인에게서 들었습니다."

니오노미야는 아주 반가운 소식을 들었다고 기뻐하면서 다시 묻습니다.

"그 하인이 누구라고 이름은 분명하게 말하지 않았는가. 대장은 그전부터 그곳에 살고 있는 여승을 문안하기 위해 간다고, 나는 그렇게 들었는데."

"여승은 건널복도에 거처하고 있습니다. 허나 그 여자는 새로 지은 침전에서 예쁘장한 시녀들을 여럿 거느리고 만족스러운 모습으로 지내고 있다 합니다."

"흥미로운 얘기로구나. 가오루는 무슨 생각으로 대체 어떤 여자를 그렇듯 보살피고 있는 것일까. 역시 그 사람은 보통 사람들과는 하는 짓이 좀 다르다니. 유기리 우대신은 가오루가 지나치게 불도에 심취하여 툭하면 산사에서 밤을 지내고 오는 것을 경솔한 처사라고 비난하고 있다는 소문이 들리던데. 물론 가오루는 불도에 정진하는 사람이나, 불도 수행이라면 비밀리에 숨어 다닐 필요가 없을 것이다. 역시 추억이 많은 우지에 미련이 남아 있기 때문이라고, 갖가지 소문을 들었는데 실은 그런 일이 있었구나. 어쩌냐, 남들보다 배로 성실하다면서 현인인 척하는 사람이 오히려 남들은 생각지도 못하는 은밀한 일을 하고 있으니."

니오노미야는 이렇게 말하며 상당히 재미있는 일이라고 생각합니다.

이 대내기는 가오루를 측근에서 모시는 가사의 사위인지라 가오루가 비밀에 부치고 있는 일이 자연스럽게 귀에 들어오는 것이지요.

니오노미야는 요즘 오직 그 일만을 마음 깊이 생각하고 있습니다.

'어떻게든 그 여자가 언젠가 이조원에서 이 눈으로 본 여자인지 확인하여야겠는데. 가오루가 그렇듯 소중하게 숨기고 있다면 보통 여자는 아닐 것이야. 그런데 작은부인은 어떻게 그 여자와 사이가 좋은 것일까. 가오루가 작은부인과 의기투합하여 그 여자를 숨기고 있으니, 실로 괘씸하구나.'

정월의 활쏘기 대회와 인수전의 내연 등이 끝나고 마음의 여유가 생길 무렵, 지방관리의 인사이동이 있어 사람들은 애를 태우고 있는데 니오노미야는 그런 일에는 아무 관심도 없습니다. 다만 어떻게 하면 우지에 은밀히 가볼 수 있을지 그 일만 궁리하고 있습니다.

대내기는 승진이 걸려 있으므로 어떻게든 니오노미야의 환심을 사려고 밤낮으로 부심하고 있습니다. 그 심중을 헤아린 니오노미야는 대내기를 불러들여 평소보다 친근하게 말합니다.

"어떤 어려운 일이라도 내가 부탁하면 들어줄 터이지."

대내기는 황공하여 그렇게 하겠노라 대답합니다.

"실은 좀 거북한 얘기이나, 우지에 살고 있다는 사람은 전에 내가 잠시 관계했던 여자이니라. 그 후에 사정이 있어서 행방불명이 되었는데 가오루 대장이 찾아내어 돌보고 있는 듯하구나. 사람들에게서 그런 소문을 들으니 짚이는 것이 있는데 확인할 방법이 없구나. 허나 숨어서라도 어떻게든 그 여자인지 확인하여야겠는데, 사람들이 절대 알지 못하도록 일을 진행하려면 어찌하면 좋겠느냐."

대내기는 마음속으로는 성가신 일이라고 생각하면서도 이렇게 대답하였습니다.

"우지로 가는 길은 그야말로 험악한 산길을 넘어야 하나, 그리 먼 거리는 아닙니다. 저녁나절에 도읍을 출발하면 밤 열 시에서 열두 시경에는 도착할 것입니다. 그리고 새벽까지 도읍으로 돌아오시면 되겠지요. 그리하면 알 수 있는 사람은 수행원들뿐이나, 그것도 깊은 사정까지야 알 수 없지요."

"과연 그렇구나. 나도 옛날에 그 길을 두세 번 오간 적이 있지만, 경솔한 짓이라 비난을 들을 듯하니 체면도 있고 하여."

니오노미야 자신 그런 일을 하여서는 안 된다고 거듭 생각하고 있으나 이렇게 얘기를 꺼낸 이상 포기한다는 것은 불가능합니다.

"가오루 님은 오늘내일은 우지에 가시지 않을 것입니다."

대내기를 시켜 가오루의 사정을 살피게 하고, 이전에 작은아씨가 우지에 있을 때 데리고 다녀, 우지를 잘 알고 있는 수행원 두셋과 대내기 유모의 자식인 장인 5위 등, 아주 친근한 자들만 골라 길을 떠났습니다.

옛날 작은아씨를 만나기 위하여 같은 길을 오갔던 일이 생각납니다.

'그 시절, 의아할 정도로 내 편을 들어주며 늘 같이 다녔던 가오루였는데, 지금 또 이렇게 뒤가 켕기는 일을 하게 되었구나.'

요즘은 도읍에서도 사람들의 눈을 속여가며 밤이슬을 밟는 일은 아무리 좋아한다 하여도 좀처럼 할 수 없게 되었는데, 오늘따라 허름한 차림에 말을 타고 떠나니 두렵고 양심에 찔리나, 호기심이 남보다 배는 강한 성품인지라 고하타 산을 헤치고 들어가 우지가 가까워지면서 마음은 초조하고 가슴은 설레는 것을 어쩔 수가 없습니다.

'어서 빨리 그 여자를 만나보고 싶구나. 결과가 어찌 될 것인지. 만약 만나지 못하고 돌아가게 된다면 얼마나 아쉽고, 내 꼴이 형편없으리.'

훗쇼 절 근처까지는 수레를 타고 가고, 그다음은 말로 갈아탔습니다.

길을 서두른 덕분에 저녁때가 지나 우지에 도착하였습니다. 대내기가 잘 아는 가오루 댁의 하인에게서 미리 산장의 상황을 듣고 온 터라, 밤을 지키는 관리인이 있는 쪽으로 가지 않고 갈대 울타리가 빙 둘러져 있는 서쪽으로 돌아, 울타리를 살짝 헤치고 안으로 들어갔습니다.

대내기는 안내를 하고는 있으나 자신도 처음 찾는 곳이라 잘 알지 못합니다. 사람은 그리 많지 않은 듯하여 조심조심 침전으로 접근하니, 남쪽 방에 불이 밝혀져 있고 사락사락 옷자락이 스치는 소리가 납니다.

"아직 시녀들이 잠자리에 들지 않은 듯하나, 개의치 말고 이쪽으로 드십시오."

대내기는 니오노미야를 안내하여 안으로 들게 하였습니다.

니오노미야는 발소리를 죽이고 툇마루로 올라가 격자문에 틈새가 있는 것을 발견하고는 다가가는데, 이요발이 살랑살랑 흔들려 화들짝 놀랍니다.

새로 지은 집이라 아담다고 예쁘장하기는 한데, 급히 서둘러 지은 탓인지 섬세하지 못하여 틈새가 있는 것을, 이런 곳까지 누가 와서 엿보랴 싶어 마음을 놓은 게지요. 틈새를 막지도 않고 가로대어 걸쳐놓은 휘장은 옆으로 밀쳐져 있습니다.

환하게 밝힌 불 아래, 시녀 서너 명이 바느질을 하고 있습니다. 귀여운 여동은 실을 꼬고 있습니다. 그 아이의 얼굴이 그때 이조원의 등불 속에서 맨 처음 본 여동이 틀림없었습니다. 얼핏 보았으니 잘못 본 것이 아닐까 하여 의심을 하나, 그곳에는 우근이라 불렸던 젊은 시녀도 있었습니다.

아씨는 팔베개를 하고 누워 멍하니 등불을 보고 있는데, 그 눈매며 앞머리가 흐트러진 이마 등이 실로 우아하고 품위 있어 보이고, 이조원의 서쪽 별채에 있는 작은아씨를 무척 닮았습니다.

우근이 천을 접어 바느질 자리를 만들면서 이렇게 얘기합니다.

"가오루 대장님은 도읍으로 올라가셨으니 금방 다시 오시지는 못할 터이나, 어젯밤 사자를 통하여 인사이동이 끝나고 이월 초순경이 되면 반드시 오시겠노라는 전갈이 있었습니다. 답장을 뭐라 썼는지요."

허나 아씨는 대답도 하지 않고 그저 멍하니 수심에 잠겨 있는 듯합니다.

"가오루 대장님이 오셨을 때, 마치 몰래 도망하여 몸을 숨긴 것처럼 보이는 것은 좋지 않습니다."

우근과 마주 앉아 있는 시녀가 말합니다.

"이런저런 사정으로 잠시 떠난다고 편지를 올리는 것이 좋겠지요. 신분상, 아무 말도 없이 경솔하게 어찌 떠날 수 있겠습니까. 참배가 끝나면 곧바로 우지로 돌아오세요. 여기서 이렇게 지내자니 적적하고 불안할지도 모르겠으나, 내키는 대로 느긋하게 지낼 수 있는 생활에 익숙해져, 지금은 오히려 도읍이 여행지 같은 기분이 들겠지요."

또 다른 시녀는 이렇게 말합니다.

"역시 당분간은 이곳에 있으면서 대장님이 오시기를 기다리는 것이 마음도 놓이고 남들 보기에도 여유롭고 좋아 보이지 않을까요. 어머님 역시 대장님이 아씨를 도읍으로 맞이한 후에 편안한 마음으로 만나도록 하세요. 유모가 성급하여 이렇게 갑작스러운 일을 생각한 것이지요. 예나 지금이나 모든 것을 꾹 참고 느긋하게 기다리는 사람에게 행복이 온다고 하니까요."

우근이 다시 말합니다.

"왜 유모가 도읍으로 가는 것을 막지 않는지 모르겠어요. 아무튼 늙은이란 상황 파악을 못하는 성가신 존재라니까요."

이렇게 얄밉다는 투로 말하는 것을 보면 유모를 세상 물정을 모르는 여자라고 깔보는 것이지요. 그러고 보니 그때, 정말 얄미운 유모가 아씨 옆을 지키고 있었다는 생각이 나니, 니오노미야는 마치 꿈이었나 싶습니다. 우근과 시녀들은 듣기가 민망할 정도로 내밀한 얘기를 나누고 있습니다.

"작은아씨야말로 정말 축복받은 행복한 분이지요. 유기리 우대신이 아무리 당당한 위세로 딸의 뒤를 믿음직스럽고 성대하게 봐준다 한들, 어린 도련님이 태어난 후에는 정부인보다 작은아씨가 훨씬 더 총애를 받고 소중하게 여겨지고 있다 들었습니다. 유모처럼 말 많은 사람이 곁에 없으니 작은아씨도 평안하고 순조롭게 사는 것이지요."

"가오루 대장님이 아씨를 소중하게 여기는 마음에 변함이 없다면, 우리 아씨도 그만 못할 것이 없지요."

아씨가 몸을 일으키고 이렇게 꾸짖습니다.

"그 무슨 듣기 민망한 소리입니까. 다른 사람이라면 이기든 지든, 남들이 뭐라 생각하든 나는 상관할 일이 아니지만, 작은아씨에 대해서는 절대 입방아를 찧어서는 아니 됩니다. 그런 얘기가 작은아씨의 귀에 들어가는 날에는 내가 난감해질 터이니."

'작은부인과 이 아씨는 대체 어떤 혈연관계일까. 두 사람이 참으로 비슷하게 생겼는데.'

니오노미야가 두 사람의 심중을 비교하여 보니, 그윽하고 품위가 있다는 면에서는 작은아씨가 월등합니다.

이곳 아씨는 귀엽고 섬세하고 아름답다는 점에서 마음이 끌립니다. 겨우 급제할 정도로 미진한 섬을 찾아냈다 하여도, 그토록 열렬하게 만나고 싶었던 사람이 바로 이 사람이라고 두 눈으로 확인하고는 그대로 물러날 니오노미야가 아니니, 전보다 한결 꼼꼼하게 들여다봅니다.

'어떻게 하면 이 사람을 내 것으로 삼을 수 있을까.'

니오노미야는 벌써부터 조급증에 마음이 달아오르니, 그저 꼼짝 않고 열심히 엿보고 있습니다.

"아, 이제 잠이 쏟아지는구나. 어젯밤에도 밤을 새우고 말았으니. 이 바느질은 내일 아침 일찍 하기로 하지요. 아씨 어머님이 아무리 서둘러도 해가 중천에 떠서야 수레가 도착할 터이니까요."

우근은 이렇게 말하고 바느질감을 정리하고, 휘장을 펼치고 잠시 잠을 청하는 식으로 물건에 기대더니 그대로 잠들어버렸습니다. 아씨도 약간 안쪽으로 들어가 잠이 들었습니다.

우근이 일어나 북쪽에 있는 자신의 방에 잠시 다녀왔다가 다시 아씨의 발치에서 잠을 청하였습니다.

우근이 잠이 든 것을 확인하고 나서 니오노미야는 달리 어쩔 방법이 없으니 살며시 격자문을 두드렸습니다. 우근이 그 소리를 듣고 일어나 물었습니다.

"뉘신지요."

니오노미야가 목소리를 꾸며 근엄하게 헛기침을 하자, 우근은 고귀한 가오루 대장의 헛기침 소리라 여기고는 일어나 격자문으로 나갔습니다.

"아무튼 이 문을 올리거라."

"이상한 일이로군요. 이렇게 밤늦은 시각에 오시다니요."

"나카노부가 아씨가 참배길에 오른다 하기에 깜짝 놀라 서둘러 왔느니라. 산길이 너무 어두워 혼쭐이 났구나. 어서 문을 열거라."

이렇게 말하는 목소리가 작은데다가 가오루와 목소리와 똑같아 우근은 니오노미야인 줄은 꿈에도 모르고 문을 활짝 열었습니다.

"오는 길에 끔찍한 일을 당하여 몰골이 말이 아니니, 불을 밝히지 말거라."

"아니 저런."

우근은 허둥지둥 등불을 치웠습니다.

"시녀들이 내 모습을 보지 못하도록 하거라. 왔다는 얘기도 하지 말고, 아무도 깨우지도 말거라."

이런 일에는 능란한 분이니, 원래 조금은 닮은 목소리를 더욱 가오루의 목소리에 가깝게 흉내내어 보란 듯이 속이고는 안으로 들어갔습니다.

끔찍한 일을 당하였다는데 그 모습이 과연 어떠할까 궁금하고 안쓰러운 우근은 숨어서 몰래 엿보고 있습니다. 그 모습이 호리호리하고 부드러운 옷을 입고 있는데, 옷에 밴 향내도 가오루 못지않게 훌륭합니다.

니오노미야는 자고 있는 아씨 곁으로 다가가 옷을 벗고, 가오루를 가장하여 은근한 몸짓으로 아씨 곁에 누웠습니다.

"평소 사용하시는 침소로."

우근이 이렇게 말하나 니오노미야는 대꾸를 하지 않습니다. 우근은 이불을 덮어드리고 그곳에 자고 있던 시녀들을 깨워 조금 자리를 물리게 하고는 모두 함께 잠이 들었습니다.

가오루 대장이 올 때는 습관적으로 수행원들의 시중을 이쪽에서 들지 않는 터라, 가오루의 부하들과 다르다는 것도 눈치채지 못합니다.

"이렇듯 밤늦은 시각에 찾아오시다니, 이 얼마나 정이 깊은 친절하신 분인지요."

"아씨는 이렇듯 각별한 가오루 대장님의 애정의 고마움을 아는지 모르겠군요."

이렇게 주제넘는 소리를 하는 시녀도 있습니다.

"시끄럽습니다. 밤에는 소곤거리는 소리도 거슬리는데."

우근이 이렇게 주의를 주자 다들 잠이 들었습니다.

아씨가 이 사람이 가오루가 아닌 다른 사람이라는 것을 알았을 때, 너무도 어처구니없는 일에 몹시 당황하였으나 니오노미야는 아씨가 소리를 지르지 못하도록 하였습니다. 행동거지를 조심해야 하는 이조원에서도 수치스러우리만큼 억지를 부린 사람이니, 지금은 내키는 대로 어이가 없을 정도로 마음껏 여자를 다룹니다.

처음부터 가오루가 아니라는 것을 알았다면 달리 대처할 방

법이 있었을지 모르겠으나, 전혀 몰랐으니 이 꿈만 같은 일을
믿을 수 없어하는데, 남자가 첫날의 아쉬웠던 심정과 그 후로
잊지 못하고 줄곧 마음에 품고 있었노라고 얘기를 하니, 그때에
야 니오노미야라는 것을 알았습니다.

니오노미야라는 것을 알자 아씨는 한층 더 부끄럽고, 작은아
씨를 생각하면 달리 어떻게 할 도리도 없는지라 그저 끝없이 눈
물을 흘릴 뿐입니다.

니오노미야 역시 간신히 뜻을 이루기는 하였으나, 앞으로 쉬
이 만나지 못할 일을 생각하면 눈물이 흐릅니다.

이렇게 있는 동안에도 날은 점차 밝아왔습니다.

우근이 있는 곳에 수행원이 와 니오노미야의 귀경을 재촉하
며 헛기침을 하고 있습니다.

우근이 침소로 찾아와 전하는데, 니오노미야는 사랑스럽고
귀여운 아씨의 얼굴을 바라보느라 곁을 떠나고 싶지 않습니다.
또다시 우지를 찾기가 쉽지 않으니, 이렇게 말합니다.

"도읍에서야 나를 찾아 소동을 피우든 어쩌든, 오늘만은 이
렇게 그대 곁에 있고 싶구려. 슬픈 일이든 기쁜 일이든 모든 세
상사는 살아 있는 동안의 일입니다."

지금 당장 떠나자니 죽고 싶은 기분이 들 정도라 우근을 가까
이 불러 이렇게 명합니다.

"무분별한 남자라 여길 터이나, 나는 오늘 이곳을 떠나지 않
을 것이다. 수행원들에게는 근처에 숨어서 대기하라 이르거라.

도키카타는 도읍으로 돌아가, 사람들이 물으면 은밀히 산사에 들어가 근행을 하고 있다고 조리있게 대답을 하라 하고."

우근은 남자가 가오루가 아니라 니오노미야라는 것을 알고는 놀라고 기가 막혀, 이 황당한 상황에 어쩔 줄을 모르니 제정신이 아닙니다. 어젯밤의 자신의 실책을 생각하면 너무도 당황한 나머지 정신이 어떻게 된 사람처럼 어지러운데, 그 마음을 억지로 진정시키고 이렇게 생각하며 스스로 마음을 위로합니다.

'일이 이렇게 되었는데 소란을 피워봐야 아무 소용도 없고 니오노미야 님께 폐만 될 터. 이조원에서 뜻하지 않은 일이 생겼을 때 이미 니오노미야 님이 아씨에게 마음을 빼앗겨 이렇게 된 것이니. 모든 것이 전생에 깊은 인연이 있어서일 것이야. 이 것은 부처님이 하신 일이니, 사람의 힘으로는 도저히 어찌할 수 없는 일이다.'

우근은 니오노미야에게 고합니다.

"오늘 어머님이 아씨를 데리러 온다는 연락이 있었습니다. 어찌하실 생각인지요. 이렇듯 헤어날 수 없는 숙연이니 저희들이 뭐라 드릴 말씀도 없습니다. 허나 오늘은 실로 때가 좋지 않으니, 일단은 가셨다가 다시 오실 마음이 있으시면 그때 천천히 와주십시오."

니오노미야는 꽤나 생각이 있는 척 얘기한다고 생각합니다.

"나는 오래도록 이 사람을 그리워하여 넋을 잃을 정도로 빠져버렸으니, 새삼스레 누가 뭐라고 비난을 하든 듣고 싶지 않다. 지금은 오직 이 사람밖에 눈에 보이지 않는다. 나 같은 신분의 사람이 조금이라도 자신의 입장에 신경을 쓴다면 이처럼 은밀한 행동을 생각이나 했겠느냐. 어머니에게는 아씨는 오늘 몸을 꺼려야 하는 날이니 출타할 수 없다고 전하거라. 내가 있다는 것을 사람들에게 알리지 않으려면 어떻게 하는 것이 좋은지, 우리 두 사람을 위하여 생각해보거라. 그밖에 일들은 내게 뭐라해봐야 아무 소용이 없으니."

이렇게 말하며 아씨가 뭐라 말할 수 없이 귀엽고 한없이 사랑스럽다 여기니, 아씨를 위해서라면 세상의 어떤 비난도 감수하겠다는 투입니다. 우근은 그 자리에서 물러나 귀경을 재촉하는 대내기에게 전합니다.

"니오노미야 님께서 이리 말씀하셨으나, 역시 더 이상 이곳에 머무시는 것은 좋지 않다고 직접 얘기해주세요.

아무리 본인이 절실하게 바란다 하여도 세상에 그 예가 없을 이 같은 처사는 그대들이 어떻게 마음을 먹느냐에 따라 대처할 수 있는 일이 아니었는지요. 어찌하여 그대는 이토록 무분별하게 니오노미야 님을 안내하였는지요. 시골 사람들이 무례하게 이 일을 전하면 대체 어쩔 작정입니까."

대내기는 정말 그런 일이라도 벌어지면 큰일이라고 생각하면서 서 있습니다.

"도키카타가 어느 분입니까. 니오노미야 님께서 도읍으로 돌아가 이렇게 전하라 하시는데요."

"그대가 그렇듯 나무라지 않아도 나는 무서워서 서둘러 도읍으로 돌아가고 싶습니다. 아니 사실은 니오노미야 님의 예사롭지 않은 기분을 보았기에 모두들 목숨을 걸고 수행을 한 것입니다. 아무튼 자고 있던 사람들이 모두 일어난 듯하니."

도키카타는 웃으면서 이렇게 말하고는 서둘러 산장을 떠났습니다.

우근은 사람들이 눈치를 채지 못하도록 어떻게 속일 수 있을까 하고 난감해합니다. 시녀들도 일어났습니다.

"대장님께서 무슨 사연이 있어 사람들의 눈을 몹시 꺼리시는 듯합니다. 어젯밤 오시는 길에 도적을 만나 몹쓸 꼴을 당하셨다 하는군요. 오늘 밤 옷가지를 은밀히 보내라 도읍에 연락을 취하시는 듯하였습니다."

"아, 무서운 일이로군요. 고하타 산은 정말 끔찍한 산이라고들 하는데."

"늘 앞을 물리는 사람을 대동하지 않으시니 그런 꼴을 당하신 게지요. 아아, 큰일입니다."

시녀들이 이렇게 조잘거립니다.

"쉿, 조용히 하세요. 만의 하나 하인들의 귀에 이런 말이 조금이라도 들어가면 무슨 큰일이 벌어질지 모릅니다."

우근은 이렇게 말하는 동안에도 내심 두려워서 견딜 수가 없었습니다. 만약 이럴 때 가오루의 사자가 오기라도 하면 뭐라 말하면 좋을까 싶으니, 그저 부처님에게 비는 길밖에 없었습니다.

"나무 하쓰세 관음보살님. 아무쪼록 오늘이 무사히 지나갈 수 있기를 비나이다."

사실 오늘은 아씨를 이시야마 절에 참배시키려고 어머니가 수레를 보내기로 한 날입니다. 그래서 이곳 시녀들도 모두 육기를 끊고 정진하며 몸을 청결히 한 터입니다.

"그렇다면 오늘 아씨는 이시야마 절에는 가지 못하시겠군요. 아, 정말 아쉽습니다."

해가 높이 떠오르니 우근은 격자문을 열어 올리고 두 사람 가까이에서 시중을 들고 있습니다. 본채의 발을 전부 내리고 '근신 중'이라고 쓴 종이를 걸어놓았습니다. 만약 어머니가 직접 온다면 일은 더욱 난감해질 것입니다.

"어젯밤 꿈자리가 좋지 않아."

아씨가 이렇게 둘러대기로 하였습니다.

아침 세숫물을 우근이 올린 것은 가오루가 왔을 때와 다름이 없는데, 아씨까지 자신의 시중을 드는 것이 뜻밖이라 아씨에게 실례라고 생각합니다.

"그대가 먼저 씻으세요."

아씨는 가오루의 적당히 차분하고 조심스러운 인품에 익숙해져 있었는데, 지금은 한시라도 떠나 있으면 죽을 것만 같다고 정열적으로 애정을 호소하는 니오노미야를 상대하고 보니, 이런 분을 두고 애정이 깊다 하는 모양이라고 절실하게 느낍니다.

허나 자신은 어쩌면 이리도 야릇한 운명에 시달리는 신세일까. 만약 이 일이 누구에게 알려지면 뭐라 여길 것인가. 우선은 작은아씨가 뭐라 생각할지 걱정스럽습니다.

니오노미야는 여자가 아직 자신이 누구라 밝히지 않으니, 캐어묻습니다.

"도무지 가르쳐주지 않으니 유감입니다. 역시 누구인지 있는 그대로 가르쳐주세요. 한심한 신분이라 하여도 내 사랑은 더욱 깊어질 것이니."

아씨는 그에 대해서는 아무 대꾸도 하지 않으나, 그밖에는 애교가 넘치고 친근하게 대답을 곧잘 하면서 몸과 마음을 모두 맡겨오니 니오노미야는 한없이 귀엽게 여길 따름입니다.

해가 중천에 떠 있을 무렵 어머니가 보낸 사자가 도착하였습니다. 수레 두 대를 끌고 말을 탄 예의 촌스럽고 거친 하인들이 일고여덟 명, 그밖에 남자를 다수 동행하고 있는데 역시 품위 없는 아즈마 사투리로 떠들어대면서 시끌벅적하게 들어옵니다. 시녀들은 보기가 흉측하여 저쪽에 숨어 있으라고 하인에게 전합니다.

'어찌하면 좋을까. 가오루 대장님이 지금 여기 있다 하면, 그렇듯 고귀한 분이니 도읍에 있는지 없는지 절로 알려져 거짓말한 것이 들통이 날 터인데. 그리되면 더 이상은 숨길 수 없으니.'

우근은 이렇게 생각하면서 시녀들과 의논도 하지 않고 어머니에게 편지를 썼습니다.

　"어젯밤부터 아씨의 월경이 시작되어 참배를 할 수 없다고 무척 아쉬워하며 한탄하고 있는 터에, 어젯밤 꿈자리까지 사나웠다 합니다. 오늘은 몸을 조심하라고 말씀드려, 지금 근신 중에 있습니다. 거듭 아쉬우나, 무언가가 방해하고 있는 듯합니다."

　데리러 온 사람들에게는 식사를 대접하고 편지를 들려 도읍으로 되돌려 보냈습니다. 변에게도 시녀가 이렇게 전하였습니다.

　"오늘 아씨가 근신 중이라 이시야마 절에는 가지 못합니다."

　아씨는 평소에는 안개 낀 주변의 산을 바라보면서 오늘 하루도 어찌 지낼까 하고 쓸쓸해하며 투정만 부렸는데, 오늘은 아씨와 헤어지고 싶지 않으니 해가 지는 것이 서운하다고 슬퍼하는 니오노미야에게 애틋하도록 마음이 끌려 하루가 눈 깜짝할 사이에 지나간 듯한 기분입니다.

　사랑을 나누는 것 외에는 할 일이 없는 긴긴 봄날, 니오노미야는 아씨의 얼굴을 보고 또 보아도 싫증이 나지 않습니다. 아씨의 얼굴에는 어디 한 군데 결점이 없으니, 다정스럽고 상냥하고 아름답습니다. 허나 이조원의 작은아씨에게는 비할 바가 못 되죠. 또한 우대신 댁 정부인의 한참 젊고 아름다운 미모에도 도저히 비교가 안 됩니다. 그런데도 지금은 이 아씨를 그 누구보다 깊이 사랑하니, 이렇게 아름다운 사람은 본 적이 없다 여깁니다.

아씨 또한 지금까지는 가오루를 세상에 둘도 없이 아름다운 사람이라 여겼는데, 피부가 곱고 매끈하고 품위 있는 아름다운 모습은 니오노미야가 한결 뛰어나다고 생각합니다.

니오노미야는 먹과 벼루를 당겨 습자를 쓰고 있습니다. 흥에 겨운 마음으로 붓을 놀려 멋들어진 글씨에 그림까지 보기 좋게 그리니 젊은 여자의 마음이 니오노미야에게로 옮겨 간 것이지요.

"내 몸이 내 뜻 같지 않아 그대를 만나러 올 수 없을 때에는, 이걸 보세요. 나는 늘 그대와 함께 이렇게 있고 싶습니다."

니오노미야는 남녀가 함께 애틋하게 누워 있는 그림을 그리고는 눈물을 흘립니다.

영원히 변치 않을 사랑이라
우리 둘 사이를 맹세하나
역시 사람의 몸은 서러운 것이니
내일을 알 수 없는 목숨
우리 두 사람의 허망한 사랑과 목숨이여

"이렇게까지 극단적으로 생각하는 것은 불길한 일이지요. 허나 나는 무슨 일이든 내 뜻대로 처신할 수 없는 몸입니다. 그러니 앞으로 우지를 어떻게 다닐지 갖가지로 궁리하다가 정말 죽어버릴 듯합니다. 그때 이조원에서 그대는 나를 냉담하게 대하여, 그런 몹쓸 꼴을 당하였는데 어쩌자고 그대를 찾아내었는지."

니오노미야는 이렇게 말합니다. 아씨는 니오노미야가 먹을 적신 붓을 들어 노래 한 수를 끄적입니다.

변하기 쉬운 남자 마음을
한탄할 것도 없겠지요
인간 세상에서 덧없는 것은
사람의 허망한 목숨이라고
생각한다면

니오노미야는 자신의 마음이 변하면 원망하게 될 것이라 호소하는 것처럼 보이니 아씨가 더욱 사랑스럽게 느껴집니다.

"어떤 사람이 마음이 변한 것을 경험하고 이런 소리를 하는 것인지요."

니오노미야는 미소를 지으면서 가오루가 아씨를 우지로 데리고 올 당시의 상황이 궁금하여 몇 번이나 물으나, 아씨는 난감하여 원망을 하듯 토라져 있으니 그 모습 또한 천진하고 풋풋하게 보였습니다.

"제가 얘기할 수 없는 것을 그렇듯 물으시면 괴롭지요."

그 사정은 두고두고 자연스럽게 물어보리라 생각하는 한편 지금 당장 아씨의 입으로 듣고 싶은 마음도 있으니, 참으로 난처한 성격입니다.

도읍으로 보낸 사자 대부 도키카타가 밤이 되어 돌아와 우근을 만났습니다.

"아카시 중궁께서 이조원으로 사자를 보내시어, '유기리 우대신도 몹시 불쾌하고 있습니다. 아무 말 없이 비밀리에 나다니는 것은 경솔하고, 또 본의 아니게 잘못을 저지를 수도 있습니다. 만약 그런 일이 폐하의 귀에 들어가는 날에는 내가 감독이 소홀하여 그렇다 하실 것이니 입장이 난처합니다'라고 엄하게 꾸짖으셨다 합니다. 다른 사람들에게는 '동산의 성승을 만나러 갔다'고 하였으나. 여자란 참으로 죄가 많은 존재입니다. 하잘것없는 우리 부하들에게까지 거짓말을 하게 하고 허둥대게 하니."

"아씨에게 고귀한 성승의 이름까지 붙여주었으니 고마운 일이로군요. 거짓말을 한 그대의 죄도 그것으로 무마되겠지요. 그건 그렇고 니오노미야 님은 왜 저렇듯 묘한 버릇이 생겼을까요. 미리 무슨 수를 써서라도 만나러 갈 것이라는 전갈을 주셨더라면, 황공한 일이니 이쪽에서도 어떻게든 만날 수 있도록 조처를 취하였을 터인데. 참으로 무분별한 처신을 하시는 분입니다."

우근은 이렇게 도키카타를 상대합니다.

우근은 니오노미야 앞에 가서 이러저러하다고 도키카타의 말투를 그대로 흉내내어 전합니다.

'도읍에서는 모두들 얼마나 걱정을 하고 있을까.'

니오노미야는 이렇게 생각하면서 아씨에게 말합니다.

"내 신세가 참으로 답답하구려. 잠시라도 좋으니 가벼운 신분의 전상인이라도 되고 싶소이다. 헌데, 과연 어찌하면 좋을꼬. 이렇게 사람들의 눈을 언제까지고 피할 수는 없을 터이니. 가오루도 일이 이렇게 되었다는 것을 알면 어찌 여기겠습니까. 그 사람과는 옛날부터 사이가 무척 좋았는데, 나의 이런 배신을 알게 될까 두렵고 부끄럽구려. 또 세상의 비유에도 있듯이 애타게 기다리면서 적적하게 지낼 그대를 찾아주지 않는 자신의 게으름은 생각지 않고 그대를 원망할 것이라 생각되니, 이 일은 사람들이 절대 모르도록, 그대를 이곳에서 데리고 나가 어디 다른 곳으로 옮겨다 놓아야겠습니다."

오늘도 이대로 우지에 머물 수는 없으니 니오노미야는 돌아갈 준비를 하는데, 옛 노래에도 있듯이 자신의 혼은 사랑하는 사람의 '소맷자락 안에' 두고 가려는 것이겠지요.

날이 완전히 밝기 전에 길을 떠나려고 수행원들이 몇 번이나 헛기침을 하면서 출발을 재촉합니다. 니오노미야는 옆문으로 아씨를 데리고 나가 껴안고 함께 있으니, 도무지 혼자 떠날 마음이 생기지 않습니다.

지금까지 수많은 여인을 만나면서
이토록 마음 괴로웠던 적이
과연 있었을까
헤어짐의 슬픔에 앞서

눈물이 갈 길을 어둡게 막으니

니오노미야가 이렇게 노래하자 아씨는 한없이 애틋하고 슬픈 심정입니다.

내 소맷자락이 좁아
헤어짐의 슬픈 눈물조차
막을 수 없으니
어찌 그대가 가는 길을
막을 수 있으리오

바람이 횡횡 불어오고 서리마저 잔뜩 내린 새벽녘, 헤어짐을 아쉬워하는 서로의 옷까지 싸늘해진 듯한 느낌입니다. 말에 올라탈 때에도 다시 내리고 싶을 정도로 애틋함이 북받치는데 수행원들은 말도 안 된다는 듯 답답해하며 갈 길을 재촉하여 앞서 떠나버리니, 니오노미야는 망연한 심정으로 떠나갔습니다.

도키카타와 대내기 두 사람이 말의 고삐를 쥐고 있습니다.

험한 산길을 다 넘은 후에야 두 사람도 말에 올라탔습니다. 얼어붙은 물가를 걷는 말발굽 소리마저 허전하고 구슬프게 울립니다. 옛날에도 이 험한 산길을 넘으며 우지를 다녔으니, 우지란 이 무슨 묘한 인연이 있는 곳이란 말인가, 하고 니오노미야는 생각합니다.

이조원에 도착한 니오노미야는 아씨를 숨겨놓은 작은아씨의 처사를 원망하고 있는 터라, 마음 편한 자신의 방에서 잠자리에 들었습니다. 허나 혼자서 자자니 적적하여 좀처럼 잠이 오지 않습니다. 마음도 허전하여 이런저런 생각이 떠오르니, 염치도 없이 서쪽 별채의 작은아씨 방에 들었습니다.

아무것도 알지 못하는 작은아씨는 아름답고 시원스러운 표정입니다. 저 우지에서 드물 정도로 정취가 있고 귀엽다 여겨 마음이 끌렸던 아씨보다 역시 작은아씨 쪽의 용모가 훨씬 더 빼어나다고 생각합니다. 그런데 이상하게도 둘의 모습이 비슷하여 절로 우지의 아씨가 생각나면서 그리움으로 가슴이 벅차오르니, 몹시 상심한 표정으로 침소에 들어 잠이 들었습니다.

작은아씨를 함께 침소로 데리고 들어가 이렇게 말합니다.

"몸이 몹시 좋지 않습니다. 이러다가 무슨 변을 당하지는 않을까 불안하군요. 나는 그대를 이처럼 귀여워하고 사랑하며 죽을 터인데, 그대는 금방 마음이 변하여 그 사람에게 가겠지요. 사람의 집념은 반드시 이루어지는 것이니."

작은아씨는 심각한 표정으로 무슨 얼토당토아니한 소리를 하는가 싶으니 어이가 없습니다.

"그런 남 듣기에 민망한 소리가 새어나가 만약 가오루 님의 귀에 들어가면, 대체 제가 당신에게 가오루 님에 대해 무슨 헛소리를 하였나 하고 이상히 여기시겠죠. 한스러운 일입니다. 저처럼 보잘것없는 몸은 사소한 농담에도 마음이 아픕니다."

이렇게 말하고 등을 돌리니 니오노미야는 심각한 표정을 지으며 말합니다.

"내가 정말 당신을 원망하는 일이 있다면 당신은 어찌 생각할는지요. 내가 당신을 대충 대하는 남편입니까. 세상은 그렇듯 정성을 다하는 남자는 없을 것이라고, 도가 지나치다고 비난할 정도입니다. 그런데 당신은 나를 업신여기고 나보다 가오루를 더 사랑하는 듯합니다. 업신여김을 당하는 것도 전생의 깊은 인연 때문이라 여기고 체념하고 있으나 당신은 내게 숨기는 것이 많으니, 그것이 실로 아쉽습니다."

마음속으로는 전생의 인연이 얕지 않기에 그 여자가 있는 곳을 찾아낸 것이라 생각하며 그만 눈물짓습니다. 니오노미야가 진정으로 얘기하는지라 작은아씨는 의아하게 여기며 가슴이 술렁거리니 뭐라 대답을 하지 못합니다.

'안타깝구나. 대체 나와 가오루 님의 일로 무슨 소문을 들은 것일까.

니오노미야는 애당초 나를 처음 보았을 때, 일시적인 충동으로 가볍게 연을 맺은 탓에 그 후에도 나와의 모든 일은 가벼이 헤아리는구나. 대단한 연고가 있는 것도 아닌 가오루 님을 의지하고 그 호의가 고마워 친근하게 지낸 것은 나의 과실이었으나, 그런 사소한 일로 나를 가벼이 여기게 된 것이야.'

이렇게 생각하다 보니 작은아씨는 모든 것이 슬퍼 뭐라 말을 할 수도 없어 풀이 죽어 있으니, 그 모습이 측은할 따름입니다.

니오노미야는 그 여자를 찾아낸 것을 작은아씨에게는 당분간 알리지 말자 싶으니, 우지의 여자와는 전혀 다른 일로 기분이 언짢아 작은아씨를 원망하는 척합니다. 작은아씨는 그저 가오루를 정말 원망하는 것이라 생각하면서, 누군가가 꾸민 얘기를 마치 사실인 것처럼 니오노미야에게 고하였을 것이라고 생각합니다. 그런 사람이 누구인지 확인하기 전에는 니오노미야와 동침하는 것도 꺼려지고 부끄러운 일이라는 생각이 듭니다.

궁중에서 아카시 중궁이 보낸 편지가 왔습니다. 꾸벅꾸벅 졸고 있던 니오노미야는 잠에서 깨어나 작은아씨에 대한 언짢음을 풀지 않은 채 침전의 자기 방으로 가버렸습니다.

중궁의 편지는 이런 내용이었습니다.

"어제는 오지 않아 걱정하였습니다. 몸이 좋지 않다 하였는데, 이제 괜찮아졌으면 오늘은 입궁을 하세요. 오래도록 뵙지 못한 듯합니다."

입궁을 하지 않아 일을 시끄럽게 만드는 것도 성가신 일이나 실제로 몸이 좋지 않으니 그날은 입궁하지 않았습니다. 상달부 등이 대거 문안 인사를 하러 왔으나, 발 안에서 종일을 지냈습니다.

저녁때 가오루 대장이 찾아왔습니다.

"이쪽으로 드시지요."

니오노미야는 편안한 차림으로 가오루를 만났습니다.

"몸이 불편하다는 소문이 들려 중궁께서도 몹시 걱정하고 계시다네. 대체 용태가 어떠하길래."

가오루가 이렇게 물으니 니오노미야는 마음이 아프고 가슴이 두근거려 말을 아껴 응수합니다.

'이 남자는 늘 성인군자처럼 행세하지만 실은 겉만 뻔지르르한 파계승이라고 해야겠지. 그렇게 가련한 여자를 우지에 버려 두고 자신은 도읍에서 느긋하게 지내면서, 기다림에 쓸쓸한 나날을 보내게 하다니.'

니오노미야는 이렇게 생각하면서, 가오루가 늘 사소한 일에도 성실한 사람이라고 선전하듯이 행동하는 것을 못마땅하게 여기며 매번 트집을 잡곤 하였으니, 이번 우지의 여자란 비밀을 발견한 것을 가지고도 평소 같으면 얼마나 놀려대었겠는지요. 허나 니오노미야는 그런 농담조차 하지 않아 정말 몸이 불편한 듯 보이니 가오루는 진심으로 문안을 드리고 돌아갔습니다.

"큰일이로군. 그리 큰 병은 아니더라도 역시 오래가는 것은 좋지 않지. 감기에 걸리지 않도록 조심하게나."

'그래도 참으로 의젓한 사람이야. 내가 부끄러워질 정도로군. 우지의 그 여자가 이 사람과 나를 비교하며 어떻게 생각하고 있을까.'

니오노미야는 이렇게 우지의 여자를 한시도 잊지 않고 있습니다.

우지에서는 이시미야 절 참배가 무산되어 시녀들도 모두 따분하게 지냅니다. 니오노미야는 절절한 그리움과 애정을 담아 정성스럽게 편지를 보내고 있습니다. 그 편지를 보내는 것만 하여도 위험한 일이라 여겨지니, 도키카타 대부의 종자로 사정을 전혀 모르는 자를 사자로 보내 우근에게 전하도록 하였습니다.

"옛날부터 알고 지내던 사람인데, 지난번에 가오루 대장님을 모시고 왔다가 나를 알아보고는 관계를 회복하기 위해 편지를 보내는 것입니다."

우근은 동료 시녀들에게는 이렇게 둘러대었습니다. 모든 것을 우근이 거짓말까지 해가면서 수습하고 있습니다.

이렇게 그달이 지났습니다. 니오노미야는 마음이 달아서 안절부절못하지만 우지에 가는 것은 쉬운 일이 아니니, 점점 더 애를 태우고 한탄합니다.

'그 사람 때문에 이렇듯 애를 태우며 마음고생을 하다가는 오래 살지 못할 것 같구나.'

한편 가오루 대장은 잠시 여유가 생긴 터라 여느 때처럼 은밀하게 우지로 걸음을 하였습니다.

우지에 도착하자 우선 절을 찾아 부처님께 참배를 올렸습니다. 송경을 하는 승에게 보시를 하고 저녁때가 되어 아씨의 처소를 몰래 찾았습니다.

가오루는 이런 때 니오노미야처럼 차림새를 허술히 하지 않으니, 평상복에 건을 쓴 날쑥한 보습이 나무릴 데 없이 아름답

습니다. 방으로 들어가는 태도도 보는 이가 부끄러울 만큼 그윽
하고 마음씀씀이도 빈틈이 없습니다.

아씨는 니오노미야와 그런 일이 있었는데 어떻게 만날 수 있
으랴 싶고, 하늘까지 다 보고 있는 듯하여 두렵고 수치스러운
한편, 한결같이 정열적이었던 니오노미야의 모습이 떠오릅니
다. 그런데 가오루의 사랑을 또 받아들여야 한다니 괴로워 견딜
수가 없습니다.

'니오노미야 님이 그때 '그대를 알고 지금까지 오랜 세월을
사랑해왔던 여자들이 모두 싫어졌다'고 하셨지. 그 후로 정말
병을 앓으시면서 아무도 만나지 않아, 쾌유를 비는 기도를 올리
는 사람들만 북적거린다는 소문인데, 내가 가오루 님이 하자는
대로 몸을 맡겼다는 얘기를 들으면 병상에 있는 니오노미야 님
이 어떻게 생각하시겠는가.'

이렇게 생각만 하여도 아씨는 견딜 수가 없었습니다.

가오루는 여전히 뭐라 말할 수 없이 기품 있는 분위기에 사려
깊고 우아한 모습입니다.

오래도록 찾아오지 못한 구실을 말하면서도 말수는 적으니,
그리웠다 슬펐다는 식으로 뜨겁고 끈질기게 말하는 것은 아닙
니다. 늘 만날 수 없는 사랑의 괴로움을 보기 싫지 않을 정도로
호소하자, 아씨에게는 온갖 말을 늘어놓는 것보다 더욱 절실하
게 들렸습니다. 태생이 그런 매력을 지니고 있는 분입니다.

여자를 다루는 솜씨는 차치하더라도 오래오래 믿고 의지할

수 있는 성품이라는 점에서는 가오루가 니오노미야를 훨씬 능가합니다.

'뜻하지 않게 니오노미야 님에게 이렇듯 강렬하게 끌리고 말았으니, 만의 하나 나의 변심이 가오루 님의 귀에 들어가는 날에는 간단히 수습되지 않을 터이니 끔찍한 일이 벌어지겠지. 제정신이 아닐 정도로 내게 푹 빠져 사랑하여주는 니오노미야 님을 그리워하고 따르는 것은 절대 있어서는 안 될 경솔한 일이야. 이 가오루 님에게 혐오스러운 여자로 여겨져 끝내 잊혀진다면 얼마나 불안하고 괴로울 것인가.'

그것을 몸에 저미도록 알고 있으니 아씨는 마음이 혼란스럽습니다.

가오루는 수심스런 표정을 감추지 못하고 풀이 죽어 있는 아씨의 모습을 보고 이렇게 생각합니다.

'만나러 오지 못한 몇 달 사이의 외로움에 사람을 그리워하는 애정을 알았는지, 몹시 어른스러워 보이는구나. 이렇게 적적하고 따분한 생활을 하고 있으니 온갖 생각을 하면서 상심하였기 때문이겠지.'

이렇게 미안한 마음으로 가여워하며 평소처럼 정성스럽게 얘기합니다.

"그대를 맞기 위해 새로 짓고 있는 집이 점차 그 모습을 드러내었어요. 며칠 전 잠시 들러보았는데, 이곳보다 강물도 한가로이 흐르고, 올해는 꽃도 볼 수 있을 것이에요. 내 집인 심조궁에서도 가까운 곳입니다. 지금은 쉬이 만날 수 없어 밤낮으로 허전한 마음으로 지내고 있으니 봄이 되면 형편을 보아 그대를 그곳으로 옮기려고 합니다."

아씨는 니오노미야에게서 어제 조용한 곳을 찾았다는 편지를 받았는데, 니오노미야는 가오루가 새 집을 마련하고 있다는 것을 몰라 그런 배려를 하고 있는 것이라 여겨지니 마음이 아팠습니다. 그렇다 하여 니오노미야를 따를 수도 없는 일이라고 스스로 생각하기는 하나, 오히려 정열적인 니오노미야의 얼굴이 눈앞에 아른거리며 떠나지 않습니다.

'내가 생각하여도 참으로 딱하고 한심한 여자로구나.'

아씨가 이런저런 생각을 하며 눈물을 흘리자 가오루가 이렇게 위로합니다.

"그대가 지금처럼 전전긍긍하지 않고 의젓하게 굴었기에 나는 편안한 마음으로 안심할 수 있었는데. 누가 나에 대하여 나쁜 소리라도 하던가요. 내가 조금이라도 어중간한 심정으로 그대를 만나고 있다면, 내 신분에 이렇듯 무리를 해가면서 열심히 찾아오지는 못할 것입니다. 그리 쉽게 찾아올 수 있는 길도 아니고."

이월의 초승달이 뜨니 가오루는 마루 끝으로 나가 누워 수심에 잠긴 표정으로 바깥을 바라보고 있습니다.

남자는 죽은 큰아씨와의 슬펐던 추억에 잠기고, 여자는 여자대로 새로운 변수가 생겨 더욱 괴롭고 고통스러워진 자신의 운명을 한탄하면서 서로가 시름에 잠겨 있는 것입니다.

산에는 아지랑이가 끼고 싸늘한 강둑에 서 있는 해오라기도 장소가 그러한 탓인지 매우 정취 있게 보입니다. 멀리 우지 다리가 보이고, 강에는 땔감을 실은 배가 이리저리 오가는 등 다른 곳에서는 볼 수 없는 경치가 모두 모여 있는 곳입니다.

가오루는 그 풍경을 볼 때마다 큰아씨를 사랑했던 나날들이 마치 지금 일처럼 떠오르니, 만약 눈앞에 있는 여자가 큰아씨를 대신하는 여자가 아니어도 마주 앉아만 있으면 좀처럼 쉽지 않은 밀회의 애틋함이 몸을 저밀 듯한 장소입니다. 하물며 이 여자는 그리운 큰아씨의 환생이라 하여도 좋을 여자이니, 남녀의 정분도 점차 알게 되었고 도읍의 세련된 행동거지에도 점차 익숙해져가는 모습이 귀여워 처음 볼 때보다 한결 보기가 좋아졌다고 생각합니다.

여자는 이런저런 고민에 마음속이 어지러워 자칫 눈물이 넘쳐흐를 듯한데, 가오루는 위로할 방법이 없어 이렇게 노래합니다.

저 긴 우지 다리처럼
우리 사이 언제까지나
오래오래 변치 않을 터인데
앞날을 의심하여
불안해하고 혼란스러워하지 마세요

"내 연심의 진실은 곧 알게 될 것입니다."

다리를 받친 널빤지의 틈새가
몹시 위태로운 우지 다리는
어쩌다 만나는 그대와 나 사이와
다르지 않은데
그런데도 믿으라 하시는지요

가오루는 전보다 한층 여자를 그냥 내버려둘 수 없는 심정으로 잠시라도 더 이곳에 머물고 싶어합니다. 허나 세상의 입이 시끄러우니 새삼 오래 있는 것도 어리석은 일, 그보다는 하루 빨리 도읍으로 데려가 안심하며 만나면 될 것이라고 생각하고 날이 밝기 전에 돌아갔습니다.

도읍으로 돌아간 후에도, 안 보는 사이에 완연한 여자가 되었다 싶으니 이전보다 한결 애틋하게 그리워하는 때가 많아졌습니다.

이월 십일경, 궁중에서 시를 짓는 모임이 열려 가오루와 니오노미야도 참가하였습니다. 계절에 어울리는 관현이 연주되는 가운데, 니오노미야가 고운 목소리로 사이바라의 「매화가지」 등을 노래하였습니다. 무엇을 하여도 남들보다 더없이 뛰어난데, 공연한 정사에 몰두하는 것만이 죄 많은 일입니다.

갑자기 눈발이 휘날리면서 바람까지 거세지니 관현놀이를 일찌감치 중지하였습니다. 사람들은 그 후 니오노미야가 숙직하는 방으로 모여들었습니다. 니오노미야는 식사를 하고 잠자리에 들었습니다. 가오루 대장이 누구에게든 말을 건네려 마루 끝으로 나가니, 쌓이기 시작한 눈이 별빛에 희미하게 보이는데, '봄날의 어두운 밤은 아무런 소용이 없구나'라는 옛 노래가 떠오를 듯 고귀한 향내를 풍기는 기품 있는 모습으로 '깔개 위에 홀로 옷을 깔고'라 읊조립니다. '오늘 밤도 나를 애타게 기다리는 우지의 하시 히메'라 이어지는 노래의 첫 구절인데, 그런 노래 하나만 읊조려도 절절하고 애틋한 정취를 갖춘 분이라 왠지 의미심장하게 들립니다.

니오노미야는 잠을 자는 척하면서, 일부러 저런 노래를 부르다니 빈정거리는 것은 아닌가 하여 가슴이 술렁거립니다.

'가오루 역시 우지의 여자를 적당히 여기는 것 같지는 않구나. 오늘 밤도 깔개 위에 옷을 깔고 나를 기다릴 것이라고 홀로 자는 밤의 외로움을 안타까워하는 사람은 나뿐인 줄 알았는데, 같은 생각을 하고 있었어. 그건 그렇고 일이 참으로 씁쓸하게 되었구나. 이만한 남자를 제쳐놓고 그 이상으로 내게 애정을 쏟아줄 리는 없으니.'

니오노미야는 이렇게 생각하니 애틋하기도 하고 질투심도 납니다.

다음날 아침, 눈이 제법 많이 쌓였습니다. 어세 지은 시를 바치기 위해 천황 앞에 나선 니오노미야의 지금이 한창인 모습이 넋을 잃을 정도로 아름답습니다.

가오루는 나이가 두세 살 위인 탓인가 니오노미야보다 다소 어른스러운 태도며 마음가짐 등이 일부러 만들어놓은 고귀한 남자의 표본으로 삼아도 좋을 듯 보입니다.

"과연 폐하의 사위답게, 무엇 하나 부족함이 없으니 실로 훌륭하도다."

세상 사람들은 입을 모아 이렇게 말하며 고개를 끄덕입니다.

학문적인 재능이나 정치적인 재능 모두 누구에게도 뒤지지 않는 분입니다.

시를 피로한 후에 모두들 퇴궁하였습니다.

니오노미야가 지은 시를 모두들 훌륭하다고 입이 마르도록 칭찬하며 암송하는데, 본인은 조금도 기뻐하지 않습니다.

'사람들은 대체 무슨 생각으로 시를 짓는 것일까.'

이렇게 생각은 다른 곳에 가 있으니, 그저 우지의 여자만 생각하며 그리움과 외로움에 망연하게 지냅니다.

니오노미야는 어젯밤 가오루의 당당하던 태도에 놀라 걱정스러운 나머지, 어처구니없을 만큼 터무니없는 궁리를 하여 우지로 갔습니다.

도읍은 눈이 더 오기를 기다릴 만큼 잔설조차 미미하였는데, 고하타 산은 산 속으로 깊이 들어가면서 점차 쌓인 눈이 깊어졌습니다. 평소보다 한결 걷기도 어려운데 사람의 발자국조차 뜸

한 산 속 길을 헤치고 가자니, 수행원은 울고 싶을 정도로 두려워 무슨 봉변이라도 당하지 않을까 싶은 심정입니다. 안내역을 맡은 대내기는 식부 소보를 겸임하고 있습니다. 내기나 식부소보 모두 막중한 관직인데 눈 쌓인 산길을 동행하기에는 걸맞으니, 지금 바짓자락을 걷어 올린 모습이 꽤나 볼만합니다.

우지에서는 오늘 밤 가겠노라는 사전 연락이 있기는 하였으나, 설마 이렇게 눈 내리는 밤에 올까 싶어 방심하고 있는데, 밤이 깊어 우근에게 도착하였다는 전갈이 들어왔습니다.

아씨는 니오노미야의 그 깊은 애정에 감동한 듯합니다.

'니오노미야 님이 이렇듯 체면 불구하고 막무가내이시니, 아씨는 장차 어찌 될 것인가.'

우근은 내심 조마조마하지만, 오늘 밤은 니오노미야의 정열에 주위를 조심하는 것도 잊어버리겠지요. 거절하고 돌려보낼 수 있는 방법도 없는지라 우근은 자신처럼 아씨가 마음놓고 대하는 젊은 시녀 가운데 사려가 깊은 자를 이 일에 가담시킵니다.

"참으로 난감한 일이나, 내 편이 되어서 이 일을 아무도 모르게 숨겨주세요."

그리하여 둘이 니오노미야를 몰래 집 안으로 들였습니다. 오는 길에 젖은 옷에서 풍기는 향내가 사방에 가득 풍기니 누가 맡지는 않을까 하여 난처하였을 터인데, 우근과 시녀는 마치 가오루인 것처럼 꾸며 시녀들의 눈을 속입니다.

오늘 밤 안에 노읍으로 놀아가려면 자라리 만나지 않는 편이

나을 것이고 이 산장의 시녀들에게도 부끄러운 탓에 니오노미야는 은밀히 도키카타를 시켜 계략을 꾸몄습니다. 아씨를 강 건너에 있는 어떤 집으로 데리고 갈 준비를 갖추게 하려 도키카타를 그곳에 먼저 보냈습니다. 밤이 깊자 도키카타가 강 건너에서 돌아왔습니다.

"준비가 다 되었습니다."

도키카타는 시녀를 통하여 그렇게 전하였습니다.

"대체 또 무슨 일을 벌일 속셈이람."

잠이 덜 깬 우근은 뭐가 어떻게 된 일인지 알 수 없어 가슴이 쿵쿵거리고 정신이 없으니, 마치 어린아이가 눈싸움을 할 때처럼 온몸을 부들부들 떨고 있습니다.

니오노미야는 아씨에게 어떻게 그런 곳에 가느냐는 말 한마디 할 틈을 주지 않고 불쑥 안아 올리더니 밖으로 나갔습니다. 우근은 산장을 지키려 남고 시종을 동행케 하였습니다.

늘 강에 떠 있는 것을 보며 미덥지 못하다 여겼던 나룻배를 타고 노를 저어 강을 건너는데, 마치 저 먼 강기슭으로 노 저어 가는 것처럼 불안하니 아씨는 니오노미야의 품에 안겨 꼼짝도 하지 않습니다. 니오노미야는 그런 아씨가 사랑스러워 견딜 수가 없습니다.

밝은 새벽달이 떠올라 수면을 한 점 얼룩 없이 비추고 있습니다.

"여기가 다치바나 섬입니다."

뱃사공이 이렇게 말하고 삿대를 세워 잠시 배를 세우자, 니오 노미야가 섬을 바라봅니다. 그 섬은 커다란 바위 모양을 하고 있고 가지 모양이 세련된 상록수에는 잎이 무성하게 달려 있었습니다.

"저 나무를 보세요. 맥없어 보이지만 천년이라도 살 수 있을 만큼 초록이 무성하군요."

다치바나 섬의 곶에서
그대와 맺은 이 마음
작은 섬 상록수의 초록이
천년을 변치 않는 것처럼
내 사랑도 영원히 변치 않으리니

여자 역시 좀처럼 올 수 없는 길인 듯하여 이렇게 중얼거립니다.

다치바나 섬의 초록은
영원히 변치 않아도
파도에 떠다니는 배처럼
허망한 이 몸의 앞날은
어디로 흐를 것인지

정취를 자아내는 계절하며 여자도 아름답고 매력적이니 니오노미야는 노래까지 흥겨운 것은 물론이요 모든 것을 흡족하게 여깁니다.

강 건너에 도착하여 배에서 내리는 때, 이 아씨 우키후네를 다른 사람에게 안겨 내리게 하자니 가엾어 몸소 안고는 수행원의 도움을 받아 준비된 집으로 들어갔습니다. 그 모습을 본 수행원들은 어이가 없어합니다.

"참으로 해괴한 일입니다. 대체 얼마나 대단한 분이기에 이렇듯 요란하게 대우하시는 것인지."

그 집은 도키카타의 숙부인 이나바의 수가 자신의 장원 안에 단출하게 지어놓은 것이었습니다. 대충 완성되었을 뿐이라 삿자리 병풍 등, 지금까지 본 적 없는 소박한 가재도구가 준비되어 있으나 그것으로는 바람조차 제대로 막을 수 없습니다. 울타리 밑에 눈이 드문드문 남아 있고 지금도 구름 낀 하늘에서는 눈이 내립니다.

해가 떠올라 처마 끝에 달린 고드름에 햇살이 닿아 반짝거리니 니오노미야의 용모가 더욱 아름답게 빛나는 듯한데, 사람들의 눈을 피해 온 터라 가벼운 차림입니다.

여자는 니오노미야가 겉옷을 벗겨놓은 터라 가냘픈 몸매가 뭐라 말할 수 없이 은근하고 사랑스럽습니다. 우키후네는 몸단장도 하지 않은 허술한 상태로 눈이 부시도록 아름다운 사람과 마주하고 있다고 생각하나 몸을 숨길 곳이 없습니다.

몸에 익어 감촉이 부드러운 하얀 속겹옷을 다섯 겹 정도 입고 있는 소맷자락과 옷자락이 차분하고 아름다워, 색색이 고운 겉옷을 겹쳐 있는 것보다 오히려 편안하게 느껴집니다. 니오노미야는 늘 만나는 작은아씨나 육조원의 정부인이 이렇듯 편안하고 느긋하게 있는 모습을 보지 못한 터라, 이런 우키후네의 모습까지 신기하고 귀엽다 생각합니다.

젊은 시녀 시종 역시 제법 봐줄 만한 여자였습니다. 이 시종에게도 니오노미야의 모든 것을 보이고 있다 싶으니 우키후네는 부끄러워 견딜 수 없는 기분입니다.

"그대가 누구이든, 내 이름은 사람들에게 발설해서는 아니 되느니라."

이렇게 입막음을 하는 모습까지 시종은 너무도 훌륭한 분이라 생각합니다.

이 집을 관리하며 사는 사내는 도키카타를 주인으로 섬기고 있으니, 도키카타는 니오노미야가 있는 방과 미닫이문을 사이에 두고 옆방에서 주인 행세를 하고 있습니다.

관리인 사내는 황공하여 목소리를 낮추고 말을 건네는데, 도키카타는 옆방을 조심하여 대답도 하지 못하면서 사내의 착각을 재미있어합니다.

"끔찍한 점괘가 나와 몸을 꺼리고 있는 탓에 도읍을 떠나 근신 중이다. 아무도 근접하지 못하게 하여라."

이렇게 명하고는 찾아오는 이 하나 없는 곳에서 니오노미야는 거리낌없이 우키후네와 다정다감하게 얘기를 나누고 마음껏 사랑을 나누며 지내고 있습니다.

이 여자는 가오루가 올 때에도 이렇듯 요염하고 정열적으로 사랑을 나눌까 하고 상상하자 니오노미야는 질투심이 불타올라 원망을 늘어놓습니다.

일부러 가오루가 둘째 황녀를 정부인으로 들여놓고 얼마나 소중하게 떠받들고 있을까, 하는 얘기도 합니다. 허나 얼핏 들은 '깔개 위에 홀로 옷을 깔고'의 한 구절을 읊조렸다는 얘기는 하지 않으니, 얄미운 일이지요.

도키카타가 세숫물과 과자 등을 잇달아 올리는 것을 보고 니오노미야가 주의를 줍니다.

"관리인이 정중하게 모시고 있는 손님인데, 그런 모습을 그 사내에게 보여서야 되겠느냐."

시종은 남녀의 정사에 호기심이 많은 여자 마음으로, 니오노미야의 그 주의를 재미있어하며 자신도 대부 도키카타와 친근하게 얘기를 나누며 종일을 보냈습니다.

눈이 쌓이고 있는 강 건너 우지의 산장을 바라보니, 자욱하게 낀 안개 사이로 나뭇가지가 보입니다. 산이 저녁 햇살을 받아 거울을 걸어놓은 듯 반짝반짝 빛나니, 어젯밤 산길을 헤치고 오면서 힘들고 괴로웠던 일을 두런두런, 여자의 마음을 자극하고 동정을 구하듯 과장하여 얘기합니다.

산봉우리의 눈과 물가의 얼음에도
길을 잃지 않고 찾아온 나이나
그대에게만은 마음이 길을 잃으니

"'고하타 마을에 타고 갈 말은 있어도'라고 하지만."
수수한 벼루를 당겨 심심풀이 삼아 이렇게 썼습니다.

눈발은 흩날려
강가에서 얼어붙지만
그 눈발보다 허망한 나는
하늘 가운데를 헤매다 죽어가겠지요

우키후네는 이렇게 썼다가 지워버립니다.

니오노미야는 이 하늘 가운데라는 말을 언짢아합니다. 가오
루와 자신 사이에서 헤매는 여자 마음이라고 해석한 탓이지요.

우키후네 역시 이상한 말을 쓰고 말았다고 부끄러워하면서
종이를 찢어버렸습니다. 안 그래도 훌륭하고 아름다운 니오노
미야 같은 분이 여자의 마음이 오직 자기에게만 쏠리도록 온 정
성을 다하여 애틋하게 다루니, 그 말이며 몸짓이 더할 나위 없
이 매력적입니다.

이틀 동안의 근신이라 도읍의 사람들에게 둘러댄 덕분에 마
음 편하게 두 사람만의 시간을 즐기니 서로가 넘보하는 성이 깊

어갑니다.

우근은 시녀들에게 빈틈없이 말을 꾸며대고, 갈아입을 옷가지를 강 건너로 보냈습니다. 오늘 우키후네는 시종에게 흐트러진 머리를 빗게 하고, 짙은 보라색 홑옷에 홍매색 뜬옷을 곱게 차려입고 앉아 있습니다. 시종 역시 오래 입어 낡은 허름한 겉치마를 벗고 색깔도 선명한 옷으로 갈아입었습니다.

니오노미야는 시종이 벗어놓은 겉치마를 우키후네에게 입히고 손씻는 것을 거들도록 합니다.

'이 여자를 누이인 첫째 황녀의 시녀로 드리면 얼마나 소중히 여길까. 그쪽의 궁녀들은 신분이 높은 집안 사람들이 많으나, 이만한 미인은 없을 터이니.'

니오노미야는 문득 이런 생각을 합니다.

그날 역시 둘이 보기가 민망할 정도로 다정하게 지냈습니다. 니오노미야는 몰래 도읍으로 데리고 가 숨겨놓고 싶다고 몇 번이나 말합니다.

"그전에는 가오루가 와도 그 사람에게 몸을 허락해서는 아니 됩니다."

이렇게 힘든 일을 맹세케 하려 하니, 우키후네는 그것은 억지라고 생각하며 대답을 하지 못한 채 눈물만 흘립니다. 니오노미야는 그 가여운 모습을 보며 지금 내 눈앞에 있으면서도 마음은 내게로 와 있지 않다는 안타까움에 마음 아파합니다. 울면서 원망하고, 또 두 사람의 사랑의 행로를 얘기하면서 한없는 사랑을 나누면서 밤을 밝힌 후 사방이 밝아오기 전에 우키후네를 데리고 산장으로 돌아왔습니다. 니오노미야는 역시 우키후네를 제 손으로 안아 강가로 내렸습니다.

"그대가 그리 좋아하는 분은 이렇게까지는 하지 않겠지요. 내 깊은 사랑을 알겠습니까."

니오노미야가 이렇게 말하자 여자가 순순히 고개를 끄덕이니 참으로 귀엽다고 생각합니다.

우근이 옆문을 열고 우키후네를 안으로 들입니다. 니오노미야는 그대로 헤어져 도읍으로 돌아가기가 아쉽고 애석하여 괴로워합니다.

이럴 때 돌아가는 곳은 역시 이조원입니다. 기분이 좋지 않아 식사도 입에 대지 않습니다. 시간이 흐르면서 점점 더 창백하게 야위어갑니다. 얼굴 모습까지 초췌하게 바뀌니 폐하를 비롯하여 모든 사람들이 걱정하고 한탄합니다. 문안객들로 소란스러워 안정을 취할 수도 없는 터라 니오노미야는 우키후네에게 보내는 편지조차 구구절절 쓰지 못합니다.

우지에서는 딸의 출산 때문에 출타하였던 까다롭고 잔소리 심한 유모가 돌아와 니오노미야가 보낸 편지를 느긋하게 읽을 수도 없습니다.

지금은 딸이 볼품없는 우지에서 살고 있으나, 가오루가 과연 어떻게 뒤를 보살펴줄 것인가, 그것을 기대하며 어머니는 마음을 달래고 있습니다.

그러던 차에 세상에는 비밀이나 근자에 우키후네를 도읍으로 데리고 간다는 것이 결정되어 체면이 서니, 겨우 안심하고 기뻐합니다. 새로운 시녀를 찾아내고 귀여운 여동을 고용하여 우지로 보냅니다.

우키후네는 내심, 그렇게 하는 것이 순리이고 처음부터 그럴 작정으로 이날을 기다리고 있었노라 생각하는 한편 억지스런 사랑을 관철하려는 니오노미야를 생각하면, 가오루를 원망할 때의 모습이며 이런저런 말이 환상처럼 눈앞에 알알이 떠오르고, 잠시 눈을 붙이고 졸다 보면 이번에는 꿈에 니오노미야가 나타나니 자신의 꼴이 한심하게 느껴집니다.

비가 쉬지 않고 내리는 날이 오래 계속되는 때, 니오노미야는 산길을 헤치고 우지에 가는 것이 더욱 힘들어져 체념은 하면서도 그리움을 견딜 수 없어, 부모가 소중히 여기는 자식은 이 얼마나 따분한 신세인가 하고 한탄을 하니, 황송한 일이 아닐 수 없습니다.

한없이 맴도는 이런저런 생각을 담아 편지를 씁니다.

그대가 그리워
상심에 잠기니
그쪽 하늘을 보아도
구름조차 보이지 않을 만큼

어두워지는 내 외로운 마음

붓 가는 대로 흘려 쓴 것이 오히려 멋들어지고 풍취 있어 보입니다.

딱히 확실한 생각이 없는 우키후네는 젊은 마음에 니오노미야의 뜨거운 정열이 기쁠 따름이니 전보다 더욱 니오노미야에게 마음이 기울어갑니다. 허나 처음 몸을 허락한 가오루 역시 사려가 깊고 인품도 훌륭한 듯하니, 이분을 통하여 처음 남녀의 정을 배웠기 때문일까요.

'이런 당치 않은 일이 가오루 님의 귀에 들어가 나를 싫어하게 되면 앞으로 어찌 살아갈까. 가오루 님이 언제 도읍으로 데리고 갈까 하여 걱정하고 괴로워하는 어머니도, 실로 어리석은 딸이었다고 정나미가 떨어져 돌아보지 않으시겠지. 또 이런 나를 어여삐 여기고 몸달아하는 니오노미야 님 역시 원래는 바람기가 많은 성품이라고 하니 지금은 애정이 있어 열렬하게 사랑해주나 얼마 안 있어 그 사랑이 식으면 나를 잊고 말겠지. 만의 하나 이런 상태로 니오노미야 님의 사랑이 식지 않아 어딘가에 나를 데려다놓고 정부의 한 사람으로 오래도록 정분을 나눈다 하여도, 작은아씨는 과연 뭐라 여길지. 모든 것이 끝내는 밝혀지는 세상인데. 이조원에서 니오노미야 님이 엉뚱한 행실을 하셨던 그 저녁의 사건만 하여도, 그것을 실마리로 니오노미야 님이 나를 찾아낸 것이니. 하물며 앞으로 내 저지가 어떻게 변

하든, 도읍에서의 내 생활상을 니오노미야 님이 듣지 못할 리 없을 터이지.'

이렇게 생각을 더듬어가니 자신이 저지른 과오 때문에 가오루에게 버림을 받는다면 역시 괴롭지 않을 수 없을 것이라 마음이 어지러웠습니다.

마침 그때 사자가 가오루의 편지를 들고 왔습니다. 이 편지와 방금 전에 받은 니오노미야의 편지를 같이 읽는 것조차 싫으니, 역시 자상한 말을 줄줄이 엮어 쓴 니오노미야의 편지를 먼저 읽고 엎드려 있는데, 시종과 우근이 서로 눈짓을 하면서 말은 하지 않아도 고개를 끄덕입니다.

"역시 마음이 니오노미야 님에게 기울어 있는 듯하군요."

"그럴 만도 하지요. 가오루 님의 용모는 세상에 비교할 것이 없을 만큼 훌륭하지만, 니오노미야 님의 모습 또한 각별하니까요. 편안하게 있을 때의 그 애교에 넘치는 모습이라니. 저 같으면 이렇듯 깊은 애정을 받으면서 마냥 이러고 있지 않겠어요. 중궁전에서 시중이라도 들면서 그 모습을 늘 보려 하겠지요."

"어처구니가 없군요. 방심할 수 없는 사람입니다. 가오루 님보다 용모가 뛰어난 분이 누가 있다고요. 용모는 물론이요 그 마음씀씀이와 태도는 어떻고요. 그러한데 니오노미야 님과 우리 아씨가 이렇게 된 것은 정말 민망한 일이죠. 대체 어찌할 생각인지."

이렇게 둘이 얘기하고 있습니다. 지금까지는 우근이 혼자서 거짓말을 하여 사태를 수습하였으나 시종이 사정을 알고 비밀을 나눠 갖게 되었으니, 거짓말을 하기도 쉬워졌습니다. 나중에 온 가오루의 편지는 이렇습니다.

"마음을 쓰면서도 소식을 전하지 못하는 것을 용서하세요. 간혹 그대도 내게 편지를 보내주세요. 늘 기다리고 있습니다. 내 진정한 마음은 절대 변함이 없으니."

끄트머리에 노래가 한 수 적혀 있습니다.

　장맛비에 갇혀
　개이지 않는 수심에 잠기니
　비에 물이 불었을 우지 강
　먼 산골의 그리운 그대는
　어찌 지내고 있는지

"여느 때보다 한결 그대가 그립습니다."

하얗고 딱딱한 종이가 연문답지 않게 근엄한 분위기의 봉투에 담겨 있습니다. 필적은 깔끔하고 단정하여 아름다운 풍정이 있는 것은 아니나 품위가 있고 그윽한 성품이 묻어납니다.

니오노미야의 편지는 늘 길게는 씌어 있으나 일부러 조그맣게 접어 보낸 쪽지 편지입니다. 허나 양쪽 모두 나름의 정취가 있습니다.

"아무도 보지 않을 때 우신은 니오노미야 님에게."

시종이 이렇게 권합니다.

"오늘은 도저히 답장을 쓰지 못하겠어요."

우키후네는 부끄러워하면서 그저 적적함을 달래려 노래를 짓습니다.

이곳의 지명인 우지를
내 마음 수심과
같은 말이라 생각하면
나는 우지 산골에
살기가 한층 시름스러우니

때로 언젠가 니오노미야가 그려준 남녀의 그림을 보면 절로 눈물이 흘러나옵니다.

니오노미야와의 관계를 오래 지속할 수는 없는 일이라고 이리저리 생각하면서 단념하려고 하나, 이대로 어디론가 숨어버려 만날 수 없게 된다면 얼마나 슬플까 싶은 생각이 간절합니다.

이 세상을 정처없이
떠다니는 듯 허망한 이내 몸
차라리 저 봉우리의 비구름이 되어
사라져버리고 싶으니

"구름에 섞이면 더는 만나 뵐 수 없겠지요."

이런 답장을 읽으며 니오노미야는 엉엉 울음을 터뜨립니다.

'말은 이리 하나 나를 그리워하는 것이겠지.'

이렇게 헤아리니, 슬픈 표정으로 수심에 잠겨 있을 우키후네의 모습이 환영처럼 눈앞에 떠오릅니다.

저 고지식한 가오루는 느긋한 마음으로 답장을 읽고 있습니다.

외로움에 지쳐
슬픔을 가누지 못하는 나를 아는
비는 그치지 않으니
우지 강은 물론이요 이 소맷자락마저
눈물에 젖어 무겁습니다

이렇게 씌어 있는 편지를 손에서 내려놓지 못하고 '가엾구나. 그 얼마나 외롭고 상심에 젖어 있을까'라고 헤아리면서 그리워합니다.

부인에게 무슨 얘기를 하던 차에 가오루는 이렇게 속내를 털어놓습니다.

"무례한 말씀이라 심경을 상하게 하지는 않을까 우려되나, 나처럼 고지식한 인간도 실은 오래도록 뒤를 보살피고 있는 여자가 있습니다. 불편한 산골에 마냥 버려둔 터라 그 사람이 몹시 낙담하여 괴로워하고 있는 것이 기엾어 근자에 도읍으로 불러들일까 합니다. 나는 옛날부터 다른 사람과 달라, 세상을 버리고 독신으로 지내려 하였으나 이렇게 그대와 결혼한 후로는 함부로 세상을 버릴 수도 없게 되었습니다. 그러하다 보니 지금까지 숨겨왔던 그 여자 역시 그냥 내버려둔다면 큰 죄를 짓는 일인 듯하여."

"저는 어떤 일에 마음을 써야 하는지 전혀 모르겠습니다."

"폐하께 이런 일을 나쁘게 고해바치는 사람도 있겠지요. 세상의 입이란 실로 하찮고 믿을 수 없는 것이나, 그 여자는 화제에 오를 만큼 변변한 여자가 아니니."

새로 지은 집으로 우지의 여자를 데리고 오려 계획하고 있는데, 이런 여자를 위하여 집까지 새로 지었다고 거창하게 구는 것도 염치없는 일이라, 장지문도 은밀하게 발랐습니다. 그 일을 하필이면 친근하고 마음이 편하다는 이유로, 대내기의 아내의 아버지인 대장 대보에게 맡겼던 것입니다. 그러니 대내기를 통하여 니오노미야의 귀에 속속 들어가는 것이지요.

"심복들 가운데에서 속을 터놓을 수 있는 가사를 골라, 정성을 들여 그림을 그리게 하고 있습니다."

니오노미야는 이런 보고를 받고 질투심에 가슴이 다 쿵쾅거리니, 자신의 유모로 먼 지방 수령의 아내가 되어 임지로 내려간 자의 집이 하경에 있다는 생각을 떠올립니다.

"은밀하게 거느리고 있는 여자를 당분간 숨겨주었으면 하네."

니오노미야가 이렇게 의논을 하자, 수령은 어떤 여자일까 궁금해하면서 니오노미야가 소중히 여기는 여자인 듯하니 거절하기도 황공하여 맡기로 하였습니다. 이렇게 은신처를 마련한 니오노미야는 다소 마음이 놓였습니다. 이달 말 수령이 임지로 내려가는 날 당장 우키후네를 데려오리라 계획합니다.

"이러저러하게 결정을 하였으니 그런 마음가짐으로. 절대 사람들이 알 수 없도록."

우지에는 이렇게 전갈을 보냈습니다. 우지에 몸소 가는 것은 도저히 어려워 가지 못하고 있는데, 우지의 우근에게서도 예의 유모가 시끄럽게 구니 지금은 도저히 만나기 어렵다는 연락이 왔습니다.

가오루는 사월 십일을 우키후네를 도읍으로 데리고 오는 날로 정하였습니다. 우키후네는 '오라는 물 있으면'이라 하여 어느 쪽이든 몸을 의탁할 수도 없으니, 앞으로 어쩌면 좋을지 자신의 기이한 운명을 한탄하며 혼란스러워합니다.

'당분간 어머니 집에 있으면서 생각해보아야겠어.'

이렇게 생각하는데 어머니는 소장의 아내가 된 딸이 머지않아 출산을 한다 하여 순산 기도와 독경 등으로 쉴 틈이 없이 분주하니, 이시야마 절 참배나 하러 갈 때가 아닙니다. 얼마 후에 어머니가 직접 우지를 찾아왔습니다.

"가오루 님께서 이사에 앞서 세심하게 신경을 쓰셔서 시녀들의 의상까지 보내주셨습니다. 만사 빈틈없이 훌륭하게 순비하고 싶으나, 이 유모 혼자 몸으로 하는 일이라 허술할 수밖에 없습니다."

유모가 나와 이렇게 수다스럽게 얘기하는 모습이 사뭇 만족스러운 듯 보입니다.

'내 신상에 당치도 않은 일이 생겨 세상의 웃음거리가 되면 어머니는 물론 유모와 시녀들 모두 나를 뭐라 여길 것인가. 억지만 부리는 니오노미야 님이 오늘도 편지에 '설령 하얀 구름이 겹겹이 끼어 있는 깊은 산에 틀어박힌다 하여도 나는 반드시 찾아낼 것입니다. 그렇게 되면 나와 그대는 살아 있지 못하겠지요. 그러니 마음 편하게 그곳에 숨어 있도록 하세요'라고 썼으니, 대체 나는 어찌하면 좋다는 말인가.'

우키후네는 속까지 불편해져 엎드려 있습니다.

"왜 이렇게 안색이 창백하고 야윈 것입니까?"

어머니가 놀라 묻습니다.

"요즘은 늘 몸이 좋지 않습니다. 음식도 전혀 입에 대지 않고 맥이 풀려 있습니다."

유모가 이렇게 말하자 어머니는 귀신이 씌었는지도 모르겠다며 불길해합니다.

"기분이 어떻습니까. 혹시 회임을 한 것은 아닐까 싶은데, 하지만 지난번 이시야마 참배도 월경 때문에 중지하지 않았나요."

우키후네는 수치스러워 고개를 들지 못합니다.

해가 저물어 달 밝은 밤이 되었습니다. 니오노미야의 품에 안

겨 나룻배를 타고 강을 건넜던 얼마 전의 달 밝은 밤이 떠오르
니, 우키후네는 니오노미야가 그리워 한없이 눈물을 쏟으면서
그런 자신의 마음을 어이없어합니다.

어머니는 옛이야기라도 나누려 저쪽 방에 있는 변을 불렀습
니다. 변은 죽은 큰아씨의 생전의 모습을 얘기하면서, 사려가
깊어 온갖 일을 다 걱정하다 보니 점점 약해져 끝내 저세상으로
가고 말았다고 얘기합니다.

"만약 지금 살아 계셨더라면 큰아씨도 작은아씨처럼 이 아씨
와 친하게 지내면서 편지를 나눠 만사가 불안하고 외로웠던 마
음을 위로받을 수 있었을 터이니, 얼마나 행복하겠습니까."

'우리 딸은 큰아씨나 작은아씨와 남이 아니니, 다같은 하치
노미야의 자식인 것을. 내가 바라는 바대로 가오루 님과의 인연
만 계속돼준다면 작은아씨의 행운에 뒤지지 않을 것이야.'

어머니는 마음속으로는 이렇게 생각하며 말합니다.

"늘 우리 딸의 일로 걱정만 끼쳐왔으나 요즘 들어 다행히 걱
정을 덜었으니, 가오루 님이 딸을 도읍으로 맞아들이면 이제 이
먼 우지를 일부러 찾아오는 일도 없겠지요. 이렇게 뵈었을 때
옛날이야기를 천천히 듣고 싶고, 또 묻고도 싶습니다."

"출가한 몸으로 불길한 생각만 하고 있는 탓에 아씨를 만나
친근하게 얘기하는 것을 사양하여왔습니다. 그런 저를 버리고
도읍으로 떠나고 나면, 홀로 남은 저는 몹시 외롭겠지요. 허나
이런 외딴 산골에서 살자니 걱정스러운 일이 많으니, 아씨의 앞

날을 생각하면 도읍으로 가는 것이 기쁘기 한량없는 일입니다. 세상에 더없이 신중한 가오루 님이 아씨를 이렇듯 찾아주시는 것도 예사 총애는 아니라고 늘 말씀드렸는데, 과연 헛말이 아니었습니다."

"앞날의 일은 알 수 없으나, 지금 당장은 가오루 님이 깊은 애정으로 돌보아주시는 것을 모두가 여승께서 마음을 써준 덕분이라고 진정으로 고맙고 기쁘게 여기고 있습니다. 황공하게도 작은아씨가 정을 아끼지 않는데, 니오노미야 님 때문에 조심해야 하는 불편한 일이 있어, 그곳에 있지 못하고 이 세상에 의지할 곳 하나 없는 비참한 신세가 되었다고 저는 늘 걱정하고 슬퍼하였습니다."

"니오노미야 님은 주위가 평온하지 못할 정도로 색을 좋아하시는 분이니, 분별력이 있고 재치 있는 젊은 시녀들은 시중을 들기가 어렵습니다. 물론 훌륭한 분이시기는 하나 남녀의 정사에 관해서는 사정이 다르니, 시녀 주제에 무례하게 작은아씨의 마음을 상하게 하는 일이 있어서는 곤란하다고 대보의 딸이 말하더군요."

변은 웃으면서 이렇게 말합니다.

'시녀조차 그러한데 하물며 여동생인 나는 어떠하랴.'

우키후네는 엎드린 채 이렇게 생각합니다.

"참으로 불미한 일이로군요. 가오루 님도 황녀를 아내로 맞이하셨으나, 그분과 우리 딸은 애당초 혈연관계가 아니니, 황공

82

하게 보살핌을 받게 된다 하여도 싫든 좋든 어쩔 수 없는 일이라 생각합니다. 허나 이 아이가 니오노미야 님과 잘못되는 일이라도 있으면 저는 슬프고 한심하여 견딜 수가 없을 것이니, 두 번 다시 얼굴조차 보지 않을 것입니다."

우키후네는 그 소리를 듣자 온몸이 떨리고 간담이 서늘해지는 듯하였습니다.

'역시 나는 죽어야 할 몸이로구나. 이렇게 살아남아 있어봐야 언젠가는 세상에 얼굴도 들지 못하는 신세가 될 것이니.'

우키후네는 이렇게 생각하니 콸콸콸 흐르는 우지 강의 거친 물소리가 소름이 끼치는 듯 들립니다.

"이런 거친 강이 아니라 좀더 온화하게 흐르는 강도 있겠지요. 세상에 둘도 없을 정도로 거친 강가에 오래도록 살았는 것을요. 가오루 님께서 가엾게 여기시는 것은 당연한 일이지요."

어머니는 이렇게 마땅한 처사라는 표정입니다. 시녀들 역시 옛날부터 우지 강의 흐름이 너무 빨라 겁이 났다고 말합니다.

"얼마 전에도 뱃사공의 손자가 삿대질을 잘못하여 강물에 떨어졌지요."

"빠져서 목숨을 잃는 사람이 많은 강입니다."

이렇게 하는 말을 듣고 우키후네는 생각합니다.

'내가 이 강에 몸을 던져 행방이 묘연해지면 어머니를 비롯하여 가오루 님이나 니오노미야 님 역시 당장은 낙담하여, 허망하게 죽은 나를 가엾게 여기며 슬퍼하실 터이시. 허나 오래 살아 사람들의 웃음거리가 되는 한심한 꼴을 당하게 된다면, 그 슬픔은 아무리 세월이 흘러도 지워지지 않을 것이니.'

이렇게 죽느냐 사느냐, 거기까지 생각하자 결국 지금 죽는다고 하여 누구에게 폐가 되는 것도 아니니 오히려 기분이 후련해질 듯한데, 또 한편으로 생각하면 역시 죽는다는 것은 견딜 수 없이 슬픈 일이었습니다.

어머니도 잠이 든 척하면서 아씨의 앞날을 이리저리 걱정하는데 그 가슴속이 번뇌로 가득하였습니다. 우키후네가 병이라도 걸린 것처럼 하루하루 야위어만 가니, 어머니는 유모에게 이렇게 말합니다.

"필요한 기도를 올리게 하세요. 액막음은 이렇게 하여주시고요."

우키후네로서는 액막음 따위 아무런 관심이 없으니, 할 수 있다면 신사의 냇물에서 서글픈 사랑을 하지 않도록 기원을 드리고 몸을 정결히 하고 싶다 생각하는데, 어머니는 그런 속내를 모르니 나서서 시끄럽게 소란을 피웁니다.

"도읍으로 옮기려면 시녀가 더 있어야겠지요. 도읍으로 데리고 가도 좋을 만큼 반듯한 집안의 딸을 찾아내서 되도록 이곳에 있게 하세요. 고귀한 분은 만사에 신중을 기하여 교제를 하나, 시녀들 사이에서도 총애를 다투는 관계가 있으면 성가신 일이 벌어질 수도 있으니까요. 표면적으로는 최대한 조심스럽고 신중하게 하여, 귀찮은 일이 생기지 않도록 하세요."

어머니는 하나에서 열까지 빈틈없이 주의를 줍니다.

"집에 출산을 앞두고 누워 있는 딸이 있어 걱정스러우니."

어머니는 집으로 돌아가려 합니다. 우키후네는 마음이 몹시 흔들리고 모든 것이 불안하여 이제 두 번 다시 어머니를 보지 못한 채 죽는 것은 아닐까 하고 생각합니다.

"몸도 매우 좋지 않은데 어머니가 곁에 없으면 마음까지 불안하니 당분간이나마 어머니와 함께 있고 싶습니다."

우키후네는 이렇게 말하고 어머니를 따라 나섰습니다.

"그렇고말고요. 나도 같은 생각이지만, 도읍에서는 출산을 앞두고 난리가 났습니다. 이곳에 있는 그대의 시녀들이 자잘한 일을 할 장소도 없을 만큼 좁은걸요. 그대가 사이바라의 노래처럼, 멀고 먼 다케후로 거처를 옮긴다 해도 나는 은밀히 만나러 갈 것이나, 어미의 신분이 미천하니 그대의 신상을 생각하면 안쓰러워."

어머니는 눈물을 흘리면서 이렇게 말합니다.

오늘도 가오루에게서 편지가 왔습니다. 몸져누웠다고 하니, 용태가 어떠한지 문안차 보낸 것입니다.

"직접 가보고 싶으나, 도저히 피할 수 없는 용무가 생겨 가볼 수 없습니다. 요즘은 그대를 맞을 날을 손꼽아 기다리니, 오히려 마음이 괴롭습니다."

니오노미야 역시 어제 보낸 편지에 납상이 없어 안타까워하며 구구절절한 편지를 보냈습니다.

"새삼스럽게 뭘 망설이는지요. 그대가 혹여 뜻하지 않은 곳에 의지하지는 않을까 걱정스러워 제정신이 아니니, 점점 더 넋이 나간 듯 망연해져 있습니다."

언젠가 비 내리는 날, 두 분의 사자가 이곳에서 마주친 일이 있었는데 오늘도 같은 사자가 왔습니다. 가오루의 사자는 상대가 대내기의 집에서 가끔 보는 남자인지라 무슨 일로 왔느냐고 묻습니다.

"개인적인 일로 만나 봐야 할 사람이 있어 왔습니다."

"개인적으로 찾아왔다는 사람이, 제 손으로 그렇듯 호색적인 연문을 들고 왔다는 말인가. 무슨 사연이 있는 게로군. 어째 그리 숨기는 것인가."

가오루의 사자가 이렇게 캐묻자 니오노미야의 사자는 궁색해져 이렇게 대답합니다.

"실은 좌위문 대부 도키카타 님이 이곳의 시녀에게 보내는 연문입니다."

가오루의 사자는 얘기가 방금 전과 달라 아무래도 수상쩍다고 생각하나, 그 자리에서 더 이상 캐묻는 것도 이상하니 서둘러 도읍으로 돌아갔습니다.

가오루의 사자는 눈치가 빠른 남자로, 동행한 동자를 불러 이렇게 명하였습니다.

"저 남자의 뒤를 쫓아가 좌위문 대부의 집으로 들어가는지

보고 오거라."

동자는 돌아와 이렇게 고하였습니다.

"니오노미야 님의 댁으로 들어가, 식부 소보에게 편지를 전하였습니다."

가오루의 사자가 그렇게 뒤를 캐고 있는 줄은 알 리가 없고 사실 사자는 무슨 사정인지도 정확히 모르는 터인데, 가오루의 사자에게 행선지가 밝혀지고 만 것은 실로 안타까운 일이었습니다.

사자는 가오루의 댁으로 가서, 마침 출타하려는 가오루에게 편지를 전하였습니다.

가오루는 그때 평상복 차림으로 아카시 중궁이 육조원으로 출궁을 한다 하여 문안차 그쪽으로 가려는 참이었습니다. 앞을 물리는 수행원의 숫자도 많지 않으니 그리 요란스러운 행렬은 아닙니다.

"좀 이상한 일이 있어 그것을 확인하려고 시간이 좀 걸렸습니다."

사자가 편지를 전하는 시녀에게 그렇게 말하는 것을 얼핏 들은 가오루는 수레 쪽으로 걸어와 물었습니다.

"대체 무슨 일이냐."

사자는 시녀가 듣는 것도 곤란하니, 삼가 입을 다물고 있습니다. 가오루도 그런 마음을 헤아리고 그대로 육조원으로 향하였습니다.

그날 중궁은 평소와 다르게 몸이 좋지 않아, 친왕들도 대거 문안을 하였습니다.

상달부들도 많이 모여 시끌시끌한데, 중궁의 용태가 그리 심한 것 같지는 않습니다.

대내기는 태정관의 관리라 일이 많으니 뒤늦게 왔습니다. 내기가 우키후네의 편지를 이곳에서 니오노미야에게 전하려 하자, 니오노미야는 대반소에서 내기를 문 앞으로 불러 편지를 받았습니다.

가오루는 마침 중궁전에서 물러나온 때라, 니오노미야가 몹시 애착하는 분에게서 온 편지인 듯하여 흥미롭게 여기고 선 채로 곁눈질을 하고 있습니다.

니오노미야는 그런 줄도 모르고 그 자리에서 편지를 열어 보았습니다. 가오루는 붉은색 엷은 종이에 구구절절한 사연이 씌어 있는 것을 금방 알아차립니다.

니오노미야는 편지를 읽느라 여념이 없으니 이쪽을 보지 못합니다. 유기리 우대신도 중궁전에서 물러나와 장지문 밖으로 나가니, 가오루는 우대신이 오고 있다는 것을 알리려 일부러 헛기침을 하며 니오노미야에게 주의를 주었습니다.

니오노미야가 허둥지둥 편지를 숨기는데 유기리 우대신이 나타났습니다. 니오노미야는 놀라 옷깃을 여미고 예의를 갖춥니다. 대신은 그곳에 무릎을 꿇은 뒤 이렇게 고하고는 서둘러 자리를 떴습니다.

"이제 그만 실례하겠습니다. 중궁께서 요즘 한동안은 앓지 않으셨는데, 걱정스럽습니다. 곧바로 에이 산의 주지승을 불러오라 사자를 보내야겠습니다."

밤이 깊자 문안객들은 모두 육조원으로 갔습니다. 유기리 우대신은 니오노미야를 앞세우고 자식인 상달부를 다수 거느리고 육조원의 동북쪽 자신의 거처로 돌아갔습니다.

가오루는 그 사람들보다 늦게 육조원으로 갔습니다. 아까 사자가 무슨 전할 말이 있는 듯한 표정이었기에 그것이 마음이 걸리니, 앞을 물리는 자들이 정원에서 횃불을 밝히는 동안 그 사자를 불러들였습니다.

"아까 내게 하려던 말이 무엇인가."

"오늘 아침, 우지에 다녀왔는데, 그곳에서 이즈모의 권의 수도키카타 조신 댁에서 일하는 사내가 보라색 얇은 종이에 써 벚나무 가지에 묶은 편지를 산장의 서쪽 옆문에 다가가 시녀에게 건네는 것을 보았습니다. 수상쩍어 그 사내에게 캐물으니, 하는 말이 앞뒤가 맞지 않아 거짓말을 하는 듯하였습니다. 왜 그렇게 얼버무리는지 이상하여 동자를 시켜 뒤를 밟게 하였더니 니오노미야 님의 댁으로 들어가 식부 소보 미치사다 조신에게 그 편지를 건넸다 합니다."

가오루 역시 이상하다 의심합니다.

"그 편지를 어떤 식으로 건넸다 하던가."

"그것은 보지 못하였습니다. 제가 있는 곳과는 다른 문에서 건넸습니다. 하인의 말로는 붉은색 종이에 매우 아름다운 편지였다고 합니다."

가오루는 아까 대반소에서 얼핏 본 편지가 떠오르니, 그 편지가 틀림없다고 생각합니다. 사자가 동행한 동자를 시켜 그렇게 확인한 것은 눈치빠른 행동이었다고 생각하면서 곁에 수행원들이 있는 탓에 더 이상 자세한 것은 묻지 않았습니다.

'역시 니오노미야는 소름이 끼치도록 빈틈이 없는 사람으로구나. 그 여자가 우지에 있다는 것을 어떻게 알았을까. 또 어떻게 그 여자를 유혹한 것일까. 우지 같은 산골에 숨겨두면 이런 일은 절대 일어나지 않으리라 여겼는데, 내가 실로 어리석었구나. 허나 나와 무관한 여자에게 손을 댄다면 몰라도, 하필이면 그 여자에게까지. 옛날부터 허물없고 숨김없이 친밀하게 지내면서, 야릇한 중매역에 안내역까지 하여주었는데 그런 나에게 이런 혹독하고 떳떳하지 못한 처신을 하다니, 너무하구나.'

가오루는 이렇게 생각하니 심사가 편치 않습니다.

'작은아씨를 깊이 연모하면서도 오랜 세월 실수 없이 지내온 것은 나의 더없이 신중한 성격 때문이었다. 그것도 작은아씨에 대한 나의 마음은 지금 시작된 도리에 어긋난 사랑도 아니고, 두 사람이 맺어지기 전 큰아씨와의 인연으로 시작된 애틋한 것인데. 다만 내 마음속에 어두운 그림자가 있으면 작은아씨는 물론 나 자신을 위해서도 괴로운 일이 될 것이라 억제하고 조심하여왔는데, 생각하면 바보 같은 짓이었어.

지금, 평소보다 문안객이 많아 복잡한데 그 먼 우지까지 과연 답장을 보낼 수 있을까. 아니면 벌써 우지를 드나들기 시작하였다는 말인가. 사랑의 길이 멀고 먼데. 그리고 보니 니오노미야가 간혹 행방이 묘연해져 찾았다는 소문을 들은 듯하구나. 그런 정사에 빠져 고뇌하는 나머지 몸까지 좋지 않았던 것이었어.

옛일을 생각해도, 우지에 있는 작은아씨에게 뜻대로 드나들 수 없었을 때의 한탄하던 모습이라니 보기가 안쓰러울 정도였으니까.'

이렇게 곰곰이 생각하니 가오루가 찾아갔을 때 우키후네가 몹시 슬퍼하며 상심하였던 이유를 알 것 같아 참을 수 없이 처절한 기분이 들었습니다.

'사람의 마음이란 참 어려운 것이로구나. 그렇게 사랑스럽고 얌전하게 보였는데 호색적인 면이 있었다니. 니오노미야가 상대하기에 피차 바람기가 많으니 어울리는 한 쌍이란 말인가. 정실로서 존경하는 마음으로 정분을 맺은 사이라면 몰라도 그 정도로 여길 여자는 아니었으니, 역시 이대로 숨겨놓은 채 정부로 삼는 것이 상책이겠구나. 니오노미야와의 정사가 들통이 났으니, 이제는 끝이라고 헤어지고 나면, 그래도 그립기는 할 터이니.'

차라리 니오노미야에게 여자를 양보하고 자신은 손을 떼고 싶은 심정이나 한편으로는 이렇게 생각하니, 마음속이 온갖 생각으로 가득하여 보기가 안됐다 싶을 정도입니다.

'내가 정나미가 떨어져 이쯤에서 버린다면 반드시 니오노미야가 불러들일 터이지. 일이 그리되면 그 여자의 앞날이 얼마나 비참해질지, 그런 것 따위는 니오노미야가 생각하여줄 리가 없으니.

그렇게 애정을 주었다가 싫증이 나면 누이의 시녀로 들여 시중을 들게 한 여자가 두셋은 된다고 들었으니. 우지의 여자가 그런 식으로 황녀의 시중을 들게 되는 것도 나로서는 가여운 일이고.'

가오루는 역시 여자를 버릴 마음은 들지 않는데 상황은 알고 싶으니 편지를 보냈습니다. 아무도 없을 때 예의 사자를 직접 불러들였습니다.

"미치사다 조신은 지금도 나카노부의 딸을 만나고 있는가."

"그런 듯합니다."

"대내기는 우지에 사자를 보낼 때, 늘 그 사내를 보내느냐. 그쪽은 쓸쓸하고 적막하게 살고 있는 여자이니, 미치사다도 연정을 품은 것이겠지. 사람들 눈에 띄지 않도록 우지에 다녀오거라. 눈에 띄면 웃음거리가 될 터이니."

가오루는 한숨을 쉬면서 이렇게 말합니다. 사자는 삼가 말씀을 받들고, 미치사다가 늘 가오루에 대하여 캐내려 하고 우지를 드나들었던 것이 납득이 가나, 그러한 사정을 우쭐한 기분으로 친근하게 말씀드리지는 못합니다.

가오루도 이런 아랫것에게까지 자세한 사정을 알리고 싶지 않다 여긴 듯, 더 이상은 묻지 않았습니다.

가오루의 사자가 평소보다 빈번하게 우지를 찾는지라 우키후네는 이런저런 생각이 많아졌습니다.
가오루의 편지에는 다만 이렇게 씌어 있었습니다.

그대 마음이 변하여
다른 남자를 기다리고 있는 줄을 몰랐던
어리석은 나는
지금도 오직 나만을
기다리고 있으리라 여기고 있으니

"웃음거리로 만들지 마세요."
아무래도 좀 이상하다 싶으니 우키후네는 불안하여 가슴이 터질 듯하였습니다. 노래의 의미를 아는 것처럼 답장을 쓰기도 거북하고, 만약 무슨 잘못이라도 한다면 오히려 일이 이상하게 될 것이라 편지를 다시 접어 돌려보냈습니다.
"잘못 보낸 편지인 듯하여 돌려보냅니다. 도무지 몸의 상태가 좋아지지 않으니 뭐라 쓸 수도 없습니다."
가오루는 그런 답장을 보고 과연 잘도 둘러대는구나, 이렇게 재치있는 여자인 줄은 몰랐다며 씁쓸히 웃으니, 우키후네를 얄미운 여자라고만 여기지는 않는 게지요.

노골적이지는 않으나 은근히 니오노미야를 암시하는 편지 내용에 우키후네는 고뇌가 깊어질 뿐입니다.

'결국 나는 스스로 파멸을 초래하게 될 것이야.'

이렇게 고뇌하고 있는데 우근이 찾아와 말합니다.

"어찌하여 가오루 님의 편지를 되돌려 보냈는지요. 편지를 되돌려 보내는 것은 불길한 일이라 하여 꺼리는데."

"알 수 없는 말이 씌어 있어, 잘못 보낸 줄 여겼습니다."

편지를 되돌려 보내다니 이상한 일이라, 우근은 사실 편지를 돌려주기 전에 몰래 열어 보았던 것입니다. 정말 행실이 방자한 우근입니다.

"아, 안되었지만 모두가 난감하게 되었군요. 가오루 님도 대강은 상황을 파악하신 듯싶습니다."

편지를 보았다는 말은 하지 않고 이렇게 말하자 우키후네는 얼굴을 붉히면서 아무 말도 하지 못합니다. 우근이 편지를 훔쳐보았다는 생각은 꿈에도 하지 못하니, 다른 곳에서 가오루의 상태를 넌지시 지켜본 사람이 우근에게 그렇게 말한 것이 틀림없다고 생각합니다. 허나 누가 그런 말을 하더냐고 우근에게 물을 수는 없었습니다.

시녀들이 자신을 어찌 생각할까, 니오노미야와의 일이 발각되었다고 생각하니 너무도 부끄러워 견딜 수가 없습니다.

자신의 뜻으로 그렇게 된 것은 아니라 하더라도 결국 이런 결과를 초래하였으니, 대체 이 무슨 괴로운 운명인가 하고 자책합니다.

"내 언니가 히타치에서 두 남자와 관계를 맺었는데, 신분의 고하는 차치하고 이런 일이 있었다고 합니다. 두 남자는 서로에게 지지 않을 만큼 언니에게 애정을 쏟고 푹 빠져 있었는데, 언니는 어느 쪽으로 정해야 하나 하고 고민하였다는군요. 그러다가 나중에 언니에게 애정을 보인 남자에게 정이 조금 더 쏠렸습니다. 그것을 질투하여 앞의 남자가 뒤의 남자를 죽여버리고 말았답니다. 그런 후 자신도 언니에게는 통 발길을 하지 않았다는군요.

히타치에서는 훌륭하고 아까운 무사를 한 명 잃은 셈이지요. 살인을 저지른 남자는 히타치의 수의 심복이었는데, 그런 죄를 지은 자를 어떻게 부릴 수 있느냐 하여 히타치에서 추방하고 말았답니다. 모두가 여자의 행실이 나쁜 탓이었다 하여 히타치의 관기로도 써주지 않으니, 언니는 아즈마 지방의 촌부가 되고 말았습니다. 어머니는 지금도 그 언니가 그리워 울고 있는데, 참으로 죄업이 큰일입니다.

불길한 얘기를 하다가 새삼스레 이런 말을 하는 듯하나, 신분의 상하를 막론하고 이런 남녀 사이의 정분 때문에 고민하는 것은 절대 좋은 일이 아니지요. 목숨까지는 몰라도, 사람들 저마다 신분에 상응하여 곤란한 일이 생기기 마련이니까요. 죽기보다 부끄러운 일은 오히려 신분이 높은 사람에게 생기는 법입니다.

차제에 어느 쪽이든 한 분을 정하세요. 니오노미야 님도 애정의 깊이는 가오루 님을 능가하니 진지하게 말씀을 한다면 그쪽으로 정하고, 그렇게 전전긍긍 고민은 이제 접으세요. 한탄하는 나머지 몸까지 축을 내는 것은 아무런 득도 되지 않습니다.

어머니는 그토록 아씨를 걱정하시는데, 유모는 가오루 님의 계획에 따라 도읍으로 이사할 일에만 열심이니 그 준비에 여념이 없습니다. 그에 앞서 데려가고 싶다 말씀하시는 니오노미야 님의 심정이야말로 애처롭고 딱합니다."

우근의 이런 말에 니오노미야의 아름다움을 흠모하고 동경하는 시종은 또 이렇게 말합니다.

"무슨 말씀을 그리 합니까. 듣고 있자니 끔찍한데, 아씨에게 그런 얘기를 들려드리다니 그만 하세요. 무슨 일이든 모든 것은 그 사람의 전생의 인연에서 비롯되는 것입니다. 그러니 아씨 스스로 생각하여 조금이라도 마음이 기우는 쪽이야말로 인연이라고 생각하세요. 허나 니오노미야 님처럼 뭐라 말할 수 없이 훌륭한 분이 황공하게도 아씨를 열렬하게 사랑하고 있으니, 그 모습을 본 저는 가오루 님이 도읍으로 이사를 서두르시는 것이 어째 영 내키지 않습니다. 잠시 몸을 피하여 숨어 지내면서 아씨의 애정이 쏠리는 쪽으로 결정하는 것이 좋을 듯합니다."

"아니 그것은 좀. 저는 어느 쪽으로 정하든 상관이 없으나, '아씨가 마음 편히 지낼 수 있도록'이라 하쓰세와 이시야마 절의 관음보살에게 발원을 하였습니다. 가오루 님의 장원 사람들은 모두 거친 자들뿐인데, 그 일족이 이 우지 산골에 잔뜩 있는 듯합니다. 야마시로나 야마토에 있는 가오루 님의 영지 사람들은 모두 내사인이란 자와 인연이 닿아 있다고 합니다. 그 내사인의 사위인 우근위 대부란 자를 우두머리로 하여 우지의 모든 영지를 관할하라 가오루 님께서 명하셨습니다. 고귀한 분들 사이에서는 몰인정하고 난폭한 일을 시키려 하지 않겠으나, 아무것도 모르는 촌뜨기들이 산장의 숙직인으로 교대 근무를 하고 있는 터라, 자신이 당번일 때에는 조금도 실수를 하지 않으려 힘쓰는 나머지 오히려 실수를 저지르곤 합니다. 며칠 전 밤에 니오노미야 님과 강 건너에 갔을 때에도 정말 위험하여 겁이 났습니다. 니오노미야 님은 가능한 한 사람들의 눈을 피하려 수행원도 몇 거느리지 않고 차림새까지 허술히 하였는데, 그런 장면을 그 사람들이 보았기라도 한다면 얼마나 큰 문제가 될지 알 수 없습니다."

이렇게 얘기하는 시녀들의 말을 듣고 우키후네는 엎드려 눈물을 흘리며 생각합니다.

'역시 이 사람들은 내가 니오노미야 님에게 마음이 기울었다 여기고 이런 말들을 하는 것이겠지. 너무도 부끄럽구나. 내 마음은 아직 어느 분이라 결정한 것도 아니고, 다만 일이 이렇게 된 것이 마치 꿈만 같고 어이가 없는데. 니오노미야 님이 저렇듯 애를 태우는 것도 왜 그렇게까지 안달을 하는 것일까 하고 생각할 뿐이고, 오래도록 의지하였던 가오루 님과 이것을 끝으로 헤어진다는 생각을 한 적도 없거늘. 그러하기에 이토록 괴롭고 어쩔 줄을 몰라하는데, 우근이 말한 것처럼 정말 난감한 일이라도 벌어지면 어쩌면 좋을까.

아무래도 나는 죽어버렸으면 좋겠구나. 이렇듯 한심한 꼴이 되고 말았으니. 신분이 낮은 사람들 사이에서도 나처럼 이러지도 저러지도 못하여 괴로워하는 예는 그리 많지 않을 것이야.'

"그리 걱정하지 마세요. 마음을 편히 가지라고 이런저런 얘기를 한 것입니다. 전에는 걱정거리가 있어도 그저 아무 일도 아닌 듯 느긋하게 대처하였는데, 니오노미야 님과 그 일이 있었던 후로는 안절부절못하여 고민하는 눈치이니, 저도 이상하여 생각이 많습니다."

우근이 이렇게 말하니, 사정을 아는 사람들은 모두 걱정스럽고 조마조마한 상태입니다. 사정을 모르는 유모는 혼자 만족스러운 듯 옷감에 물을 들이고, 신참 가운데 귀여운 여동을 불러 앉혀놓고 한탄을 하기도 합니다.

"기분전환 삼아 이런 아이들이라도 보세요. 별다른 일도 없는데 그렇게 누워만 있으니, 귀신이 도읍으로 가는 것을 방해하고 있는 것이겠지요."

가오루에게서 그 편지의 답장이 없는 채 며칠이 지났습니다.

그런 어느 날, 우근이 끔찍하다는 듯 얘기한 내사인이란 자가 찾아왔습니다. 들었던 것보다 우락부락하고 뚱뚱하고 촌스러운 노인네로 목소리까지 컬컬하였습니다. 왠지 예사로워 보이지 않는데, 시녀에게 전할 말이 있다 종자를 통하여 전하니 우근이 만나보았습니다.

"가오루 대장님의 부름을 받고 오늘 아침에 도읍에 다녀오는 길입니다. 잡다한 일을 소인에게 명하는 동시에 이런 말씀을 하셨습니다. 아씨가 우지에 있는 동안 야간 경비까지 소인이 맡고 있는 터라 안심하고 숙직인을 보내지 않았는데, 요즘 시녀의 처소에 어디에 사는 누군지도 모르는 사내가 드나들고 있다는 소문을 들으셨다 합니다. '괘씸한 일이 아닌가, 근무 태도가 태만하구나. 밤을 지키는 당번은 그 사정을 알 것이다. 모른다, 알지 못한다로 끝날 일이 아니다' 이렇게 꾸짖으셨습니다. 소인은 전혀 모르는 일이라 '아무개는 지난 몇 달 동안 병세가 무거워 밤당번을 서지 못하였으나, 경비에 임하는 자들에게는 조금도 한눈을 팔지 말고 성실하게 근무토록 하였습니다. 그런데 말씀하신 것처럼 수상한 일이 만의 하나 있었다면, 아무개의 귀에 들어가지 않을 리가 없습니다. 잘못 들으신 것은 아닌지요.' 이렇게 사람을 통하여 말씀드렸습니다. 그러니, '앞으로는 보다 신중하게 당번을 서도록 하여라. 부족한 점이 있으면 엄중한 벌에 처할 것'이라 말씀하시니, 어떤 이유로 이런 말씀을 하시는 것인지 소인은 황망하였습니다."

이자의 하는 말을 들으니 우근은 올빼미의 우는 소리보다 한층 소름이 끼쳤습니다. 우근은 대답노 하시 않고 우기후네 아씨에게 달려갑니다.

"역시, 그런 이유였습니다. 지난번에 제가 말씀드린 일과 똑같은 일이 벌어졌으니, 들어보세요. 가오루 님이 이번 일을 눈치채신 듯합니다. 그래서 그 후로는 편지도 보내시지 않는 것이겠지요."

우근은 이렇게 한탄하는데, 유모는 드문드문 주워듣고는 얼토당토아니하게 기뻐합니다.

"가오루 님이 정말 반가운 말씀을 하셨군요. 이 주변에는 도적이 많다고 하는데 숙직인도 처음처럼 밤 경비를 하지 않고, 모두들 대역이라면서 아랫것들을 보내고 순찰도 제대로 돌지 않으니 말입니다."

우키후네는 우근의 말대로, 끝내 이 몸이 파멸할 때가 왔다고 생각합니다. 한편 니오노미야는 언제 만날 수 있는가, 이사는 어떻게 되었는가 하고 기다리다 지친 애처로움을 호소합니다. 정말 난감한 일이 아닐 수 없지요.

'아무튼 일이 이렇게 되었으니, 어느 분을 따른다 한들 골치 아픈 일이 벌어질 것이 틀림없어. 그렇다면 차라리 이 한 몸이 죽어 없어지는 것이 가장 무난한 길이지. 그 옛날에도 두 남자의 사랑을 한 몸에 받고 어느 쪽을 선택할지 결정하지 못하고 괴로워한 나머지 여자가 스스로 몸을 던져 죽은 예가 있지 않은가.

이대로 살아남아 있으면 반드시 언젠가는 곤경에 처하게 될 것이야. 내가 죽는 것이 무에 서러우랴. 어머니도 내가 죽으면

당분간은 슬퍼하고 전전긍긍하시겠지만, 많은 자식들을 보살
피다 보면 언젠가는 그 슬픔도 한탄도 잊으실 터이지. 이 이상
살아남아 몸을 망치고 웃음거리가 되어 영락한 신세로 세상을
떠다닌다면 죽는 것보다 더 한심하고 처참한 꼴을 보이게 될 것
이야.'

우키후네는 이렇게 마음을 굳힙니다. 천진하고 얌전하고 연
약해 보이나 히타치의 시골에서 그저 품위 있게 세상 물정 따위
는 모르고 자란 사람이라 몸을 던져 스스로 목숨을 끊는다는 다
소 무서운 생각도 할 수 있는 것이지요.

그런 후부터는 저 성가신 연문 따위도 남겨둘 수 없으니, 눈
에 띄게 한번에 없애버리는 것이 아니라 등불에 태우고 강물에
떠내려 보내면서 조금씩 처분합니다. 사정을 모르는 시녀들은
도읍으로 이사하기에 앞서, 이곳에서 따분한 나날을 보내며 심
심풀이 삼아 종이에 써두었던 노래를 버리는 것이라고만 생각
합니다. 시종이 그것을 발견하고는 이렇게 말합니다.

"어찌하여 그렇게 없애버리는지요. 서로 사랑하는 두 분이 마
음을 담아 주고받은 연문은 사람들에게는 보일 수 없을지언정
손궤 바닥 깊숙이 넣어두었다가 간혹 꺼내 남몰래 보는 것도 감
개무량한 일입니다. 니오노미야 님이 그렇듯 훌륭한 종이에 황
공할 정도로 많은 사연을 적어 보내신 편지를, 이렇게 찢어버리
는 것은 너무도 매정한 일입니다."

"아니지요. 훗날 번거로워질 이런 편지를 어떻게 남겨둘 수

있겠습니까. 어차피 나는 오래 살지 못할 것이니 내가 죽은 후까지 이런 것이 남아 있으면 그분에게도 폐가 될 것이 아니겠나요. 주제를 모르고 이런 것을 간직하고 있었다는 소문이 귀에 들어가면 얼마나 수치스럽겠어요."

이렇듯 허망한 일을 자꾸자꾸 생각하다 보니 몸을 던지는 일을 쉽게 결심하지 못하는 것이지요.

'부모보다 앞서 죽는 자식은 그 죄가 특히 크다고 하는데,'

어디에선가 얼핏 들은 이런 말도 떠오릅니다.

이십일도 지났습니다. 니오노미야가 우키후네를 맞아들이려 하는 그 집의 주인은 이십팔일에 임지로 내려가게 되었습니다. 니오노미야는 이렇게 편지를 보냈습니다.

"그날 밤에는 내가 직접 데리러 가겠습니다. 아랫것들이 상경을 눈치채지 못하도록 아무쪼록 주의하세요. 나는 절대 사람들이 알지 못하도록 할 것입니다. 나를 의심하지 마세요."

'니오노미야는 차림새를 허술히 하고 은밀히 오실 터인데, 이렇게 사방의 경비가 엄중하니 다시 한 번 만나 얘기도 하지 못한 채 꺼림칙한 마음을 품고 그대로 돌아가시는 것은 아닐까. 잠시라도 이곳에 들일 수는 없을 터이니. 애써 찾아온 보람도 없이 나를 원망하시면서 허망하게 돌아가실 그 모습을 생각하면 딱하여 견딜 수가 없구나.'

이런 생각을 하니 우키후네는 여느 때처럼 니오노미야의 모습이 눈앞에 떠올라 떠나지 않습니다. 억누를 수 없는 슬픔에 편지에 얼굴을 묻고 한동안 사람들의 눈을 피하고 있었으나, 더는 견디지 못하고 소리내어 통곡을 합니다.

"아아, 아씨, 이러시면 끝내 사람들이 모든 것을 알아차리고 말 것입니다. 벌써 이상히 여기는 자도 있다 합니다. 그렇듯 온갖 것을 걱정하지 말고 니오노미야 님 한 분으로 결정하고, 그렇게 답장을 쓰세요. 이 우근이 곁에 있는 한, 어떤 끔찍한 일이라도 도모할 것이니, 그리하면 이렇듯 조그만 아씨 한 몸 정도야 니오노미야 님이 맨손으로 데리고 나가실 수도 있을 것입니다."

우근이 말하자 우키후네는 잠시 눈물을 거두고 이렇게 말하고는 끝내 니오노미야에게 답장을 보내지 않았습니다.

"늘 그렇게 당연하다는 식의 말을 듣는 것이 싫습니다. 니오노미야 님을 따르는 것이 당연한 일이라면 몰라도, 그런 도리에 어긋나는 일을 해서는 안 된다는 것을 나도 알고 있는데, 니오노미야 님은 마치 내가 억지로 부탁이라도 하는 듯 말씀하니, 대체 어찌하실 작정인가 싶어, 생각하면 할수록 괴롭습니다."

니오노미야는 통 답장이 없으니 또 이렇게 생각합니다.

'이렇게 아무리 시간이 흘러도 승낙할 기미를 보이지 않고 답장조차 거의 보내지 않는 것을 보면, 가오루가 그럴싸한 말로 설득하여 조금이라도 안심할 수 있는 쪽으로 낙착을 보자고 결심을 굳힌 것이겠지. 당연한 일이기는 하나 몹시 아쉽고 샘이

나는구나. 아니면 나를 그토록 진심으로 사모한다 하였는데, 만
나지 못하는 동안 시녀들의 이렇다 저렇다 하는 쪽으로 기운 것
일까.'

이렇게 끝없는 상념에 잠겨 있자니 그리움이 갈 곳을 잃고 허
공으로 넘치는 듯 여겨져, 늘 그러하듯 억지를 부려 한걸음에
우지를 찾았습니다.

우선은 도키카타가 산장의 갈대 울타리 주위를 살피는데 지
금까지와는 달리 누구냐고 외치는 여러 사람들의 목소리가 들
리고, 야간 경비가 당장이라도 눈을 뜰 듯합니다. 도키카타는
되돌아와 산장의 상황을 잘 알고 있는 사내를 불러, 그 사내에
게 캐묻습니다. 사내는 지금까지와는 상황이 완전히 뒤바뀌어,
몹시 골치 아프게 되었다 여기면서 이렇게 말합니다.

"도읍에서 갑작스럽게 편지가 왔습니다."

그리고 우근의 몸종을 불러 만났습니다.

우근은 일이 몹시 성가시게 되었다고 뼈가 저리도록 느끼면
서 몸종을 통하여 이렇게 전하였습니다.

"황공하나, 오늘 밤은 도저히 만날 수 없습니다."

니오노미야는 어찌하여 자신을 이리도 멀리하는 것인가 싶어
견딜 수가 없습니다.

"우선 도키카타가 안으로 들어가 시종을 만나, 그 사람을 만
날 수 있도록 재주껏 섭외를 해보거라."

도키카타가 안으로 들어가니, 이 사람은 영리한 사람이라 어

떻게든 구실을 만들어 시종을 찾아내어 만났습니다.

"무슨 이유인지, 가오루 님의 명령이 있다 하여 야간 경비를 서는 자들이 빈틈없이 엄중하게 경비를 서고 있는 터라 어떻게 할 도리가 없으니 난감할 따름입니다. 아씨가 늘 상심에 잠겨 있는 것도 니오노미야 님에게 폐를 끼치는 것이 황공하여 고뇌하는 탓이니 보기가 애처롭습니다. 아무튼 오늘 밤은 상황이 좋지 않습니다. 오늘 밤은 이대로 돌아가시고, 언젠가 도읍으로 맞아들이는 밤에는, 이쪽에서도 내밀하게 그 준비를 하고 수순을 궁리하여 연락드리도록 하겠습니다."

이렇게 말하고 덧붙여 유모는 언제 잠에서 깰지 알 수 없는 사람이라 곤란하다고 말합니다.

"여기까지 오는 길의 곤란함도 예사롭지 않았으나, 오직 보고 싶은 마음에 애타하며 길을 서둘러 왔는데 만날 수 없다니 그런 맥 빠지는 말씀은 도저히 드릴 수가 없습니다. 정이 그렇다면 그대도 함께 가서 사정을 자세하게 설명하여주세요."

도키카타는 이렇게 시종을 채근합니다.

"그것은 곤란합니다."

서로의 주장을 굽히지 않는 사이에 밤이 어언 깊었습니다.

니오노미야는 말에 탄 채 멀리 떨어진 곳에 서 있는 터라, 시골의 촌스럽고 포악한 개들이 잔뜩 몰려나와 짖어대니 그것도 불길하고 소름끼치는 일입니다. 은밀한 길이라 수행원의 수도 많지 않고 니오노미야의 차림새도 허름한데, 혹여 수상한 자가 달려오면 어찌하나 하여 종자들은 모두 불안에 떨고 있습니다.

"어서 빨리, 니오노미야 님에게 갑시다."

도키카타는 귀찮도록 시종을 닦달하여 데리고 갑니다. 겨드랑이를 지나 가슴 앞으로 늘어뜨린 긴 머리를 제 손으로 껴안은 모습이 제법 봐줄 만한 미인입니다.

도키카타가 말에 태우려 하자 시종이 절대 싫다고 하니 도키카타가 시종의 옷자락을 들고 나란히 걸어갑니다. 도키카타는 자기 신발을 시종에게 신기고 자신은 종자의 허름한 신발을 신고 있습니다.

니오노미야 앞에 도착하여 이러저러하다고 보고를 하고는, 말에 탄 채로는 얘기를 나눌 수 없으니 나무꾼의 집 울타리 안에 무성한 넝쿨잎 뒤에 말다래라고 하는 마구를 깔고 니오노미야를 말에서 내리게 하였습니다.

니오노미야는 마음속으로 이런 생각을 하면서 하염없이 눈물을 흘립니다.

'이 무슨 형편없는 꼴이란 말인가. 나는 이런 색의 길에 빠져 인생을 망칠 것이니 결국은 별 볼일 없는 생애를 보내게 되겠지.'

하물며 마음 약한 여자인 시종은 그런 니오노미야를 동정하여 애처롭게 여기면서 슬픈 마음으로 바라보고 있습니다. 원수를 보기에도 끔찍한 귀신으로 만들었다 하여도, 그 비탄에 젖어 이성을 잃은 측은한 니오노미야의 모습에는 귀신도 연민의 정을 품지 않을 수 없겠지요.

잠시 후 니오노미야는 눈물을 거두고 이렇게 말합니다.

"그 사람과 한마디도 할 수 없다는 말이냐. 대체 어쩌다가 일이 이렇게 되었다는 말이냐. 역시 시녀들이 가오루에게 고자질을 한 것이겠지."

시종은 산장의 상황을 자세하게 고하고 덧붙여 이렇게 말합니다.

"오늘 밤은 이대로 돌아가시고, 도읍으로 맞이할 그날을 사전에 아무도 모르게 연락하여주세요. 이런 망측한 모습을 뵈었으니, 이 한 몸 버려서라도 아씨가 니오노미야 님의 마음을 따르도록 도모할 각오입니다."

니오노미야 자신도 사람들의 눈을 몹시 의식하니, 그저 일방적으로 원망하는 일은 없습니다.

밤이 많이 깊어지면서 아까 그 개들이 비난하듯 쉬지 않고 짓는 소리가 들려 수행원들이 쫓고 있는데, 그것을 수상히 여기고 활을 퉁겨 소리를 내면서 야경을 도는 천박한 남자들이 '불조심'이라 외치는 소리가 들리니, 니오노미야에게는 어서 돌아가라 재촉하는 소리처럼 들립니다. 돌아설 때의 그 슬픔은 말할 나위가 없습니다.

차라리 깊은 산에
몸을 묻고 싶으나

과연 이 몸을 어디에 묻으면 좋을꼬
하얀 구름에 가린 산길을
울며울며 돌아가는 나는

"너도 어서 돌아가거라."

니오노미야는 시종을 돌려보냅니다.

니오노미야의 부드럽고 아름다운 모습이 절절하게 마음에 스미고, 밤 깊어 이슬에 젖은 옷자락에서 풍기는 향내는 어디에 비유할 수 없이 감동적입니다.

시종은 아쉬운 마음을 뒤로 한 채 눈물을 흘리면서 겨우 돌아갔습니다.

우근에게서 니오노미야에게 확실하게 거절하였다는 전갈을 들은 우키후네는 근심걱정이 더욱 늘어나 자리에 누워 있는데, 시종이 들어와 방금 전의 일을 처음부터 끝까지 고하였습니다. 우키후네는 대답은 하지 않으나 베개가 떠내려갈 정도로 눈물을 흘리는 한편으로, 우근과 시종이 어찌 생각할까 하여 부끄러워합니다.

다음날 아침에도 너무 울어 퉁퉁 부은 눈가가 이상하여 부끄러우니, 자리에 누운 채 일어나지 않습니다.

'부모님을 앞서 가는 죄를 용서해주세요.'

일어나서는 겉치마에 허리띠를 슬쩍 걸친 모습으로 경을 읽으며 오직 이런 기도를 할 뿐입니다.

니오노미야가 그려준 그림을 꺼내 보면서, 그림을 그릴 때의 손놀림, 얼굴 표정 등이 지금 마주 앉아 있는 것처럼 생생하게 떠오르니, 어젯밤 한마디도 할 수 없었던 것이 못내 아쉬워 슬퍼합니다. 또 도읍으로 맞아들여 아무 부담 없이 느긋한 마음으로 만나자고 하면서 영원토록 변함없는 사랑을 맹세하여주었던 가오루도 자신이 강물에 몸을 던져 죽으면 어찌 생각할까 싶으니 측은합니다. 또 한편으로는 자신이 죽은 후, 듣기에도 민망한 소문을 내는 소갈머리 없는 사람도 있을 것이라 생각합니다. 그것은 상상만 하여도 수치스러운 일이나, 살아 있어 천박하고 행실이 좋지 못한 여자라고 사람들의 웃음거리가 되는 것보다는 나으리라 생각하며 이렇게 술회합니다.

한탄과 고통 끝에
강물에 몸을 던져 죽어도
내 죽은 뒤 수치스럽고 불미한
소문이 떠돌 것을 생각하면
괴로워 마음에 걸리니

또 어머니를 생각하면 그리워 견딜 수가 없고, 평소에는 생각도 하지 않는 형제자매들의 못난 얼굴까지 그리워집니다.

작은아씨를 생각해도 그렇고, 다시 한 번 만나고 싶은 사람들이 줄줄이 떠오릅니다.

시녀들은 모두 이사 준비를 서두르면서 옷감에 물을 들이는 등 뭐라뭐라 시끄러운데, 우키후네의 귀에는 그런 소리가 들리지 않습니다.

밤이 되자, 사람들의 눈을 피하여 이 산장을 빠져나갈 방책을 이리저리 궁리하느라 잠들지 못하자, 몸까지 이상해져 그만 정신을 잃고 말았습니다.

날이 밝으면 우지 강을 바라보면서 몸을 던지리라 생각하니, 도살장으로 끌려가는 양보다 죽음이 가까워졌다고 생각합니다.

니오노미야는 애틋한 마음을 절절하게 담아 편지를 보냈습니다. 새삼 답장을 보냈다가 누가 보면 어쩌랴 싶으니, 쓰고 싶은 말을 쓸 수도 없습니다.

　　내가 죽어 시신조차
　　이 괴로운 세상에 남지 않는다면
　　그대는 어디를 내 무덤이라 찾아
　　원망을 늘어놓으리

이렇게만 써서 니오노미야의 사자에게 건넸습니다.

'가오루에게도 이 세상에서 이별하는 마음을 전하고 싶으나, 이별의 편지를 이쪽저쪽에 보내면, 친분이 두터운 두 사람이니 얘기를 나누다 보면 언젠가는 두 분 모두에게 사정이 알려질 터이지. 그렇게 되면 더욱 괴롭고 한심하니. 내 죽음은, 아무도 그

정황을 분명하게 알 수 없는 것이 좋을 것이야.'

이렇게 생각을 바꿔 가오루에게는 편지를 쓰지 않았습니다. 때마침 도읍에서 어머니가 보낸 편지가 왔습니다.

"어젯밤 꿈에 평온하지 못한 그대의 모습을 보았습니다. 마음에 걸려 여기저기 절에 독경을 부탁하였습니다. 꿈을 꾼 후 잠이 들지 못한 탓인지 잠시 낮잠을 자다가 또 사람들이 불길하다는 꿈을 꾸었습니다. 눈을 뜨자마자 편지를 씁니다. 아무쪼록 몸조심하세요. 외딴 산골에 사는데다, 간혹 그곳을 드나드는 가오루 님의 부인의 질투나 원망도 무서운 것입니다. 특히 지금 그대는 병을 앓고 있으니, 꿈자리가 사나워 걱정스럽습니다. 우지에 찾아가보고 싶으나, 소장과 결혼한 둘째가 아직도 여전히 귀신이라도 씌인 듯 마음을 놓지 못하고 앓고 있는 터라 한시도 곁을 떠나면 안 된다고 수가 엄명을 하여 가볼 수가 없습니다. 그쪽 산사의 아사리에게도 그대의 무사함을 기원하고 독경을 하라 이르세요.'

편지와 함께 산사에 바칠 보시와 의뢰 편지가 들어 있었습니다.

지금을 마지막이라 여기는 딸의 심중을 모르는 채 어머니가 이런 편지를 보내니 너무도 슬퍼 견딜 수가 없습니다.

도읍의 사자를 산사에 보내고 어머니에게 답장을 썼습니다. 하고 싶은 말은 많으나 지금은 마음껏 쓸 수도 없으니 그저 노래 한 수를 써 보냅니다.

꿈처럼 허망한 이 세상에서
꾼 꿈에 휘둘리지 마세요
내세에서 다시 만날 날을
기다려주세요

산사의 종소리가 바람을 타고 산장에 있는 자신의 머리맡까지 들려오니, 누워 애틋한 심정으로 듣고 있습니다.

지금 들리는 저 종소리
사그라드는 울림에
내 울음소리를 실어
어머니에게 전해주세요
이 세상에서 내 목숨은 다하였다고

사자가 산사에서 가지고 온 독경 목록에 이 노래를 곁들여 썼습니다.

사자가 오늘 밤은 도읍으로 돌아갈 수 없다 하여, 목록을 나뭇가지에 묶어두었습니다.

"어째 오늘 밤은 가슴이 술렁거리는군요. 어머니의 편지에도 꿈자리가 사나워 불길하다 하였는데, 숙직인들은 경비를 잘 서주세요."

유모가 시녀를 시켜 이렇게 말하는 것을, 우키후네는 자리에 누운 채 괴로운 심정으로 듣고 있습니다.

"음식을 전혀 입에 대지 않으니, 좋지 않은 일입니다. 죽이라도."

유모가 이것저것 열심히 권합니다.

'유모는 배려를 한다 하여 이런저런 애를 쓰고 있는데, 지금은 추한 노인이 되고 말았구나. 내가 죽은 후에는 과연 어디로 갈 것인지.'

이렇게 생각하니 유모 또한 가엾습니다.

이 세상에는 더 이상 살 수 없는 이 몸, 그 사연을 유모에게는 넌지시 알리고 싶으나 유모가 그 말을 들으면 놀라 말보다 눈물이 앞설 것이라 생각하니, 마음이 쓰여 아무 말도 하지 않습니다.

우근이 곁에서 자겠노라 하면서, 한숨을 쉽니다.

"이렇게 상심하고 있으면 안 됩니다. 상심이 큰 사람의 혼은 몸을 빠져나와 허공을 떠돈다고 하니, 그래서 어머님의 꿈자리도 사나웠던 게지요. 두 분 가운데 누구 한 사람을 정하고 그다음 일은 운에 맡기세요."

우키후네는 이때 즐겨 입던 부드러운 옷자락으로 얼굴을 가리고 엎드려 있었다고 하는군요.

하루살이

거기에 있는 듯한데
손에는 잡히지 않고
분명 봤다고 여겼더니
단박에 행방도 알 수 없이
묘연하게 사라진 하루살이여

◆ 가오루

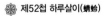 **제52첩 하루살이(蜻蛉)**
가오루가 우지의 아씨들을 회상하며 읊은 노래에서 이 제목이 붙었다.

다음날 아침, 우지 산장에서는 우키후네가 없어진 것을 알고 시녀들이 찾아다니느라 일대 소동을 피우나, 아무런 보람이 없습니다.

이야기 속의 아씨가 누군가에게 보쌈을 당한 아침처럼 소란스러우니, 굳이 자세하게 쓰지는 않겠습니다.

도읍에 있는 어머니가 어젯밤 보낸 사자가 아직 돌아오지 않아 불안하니 다른 사자를 우지로 보냈습니다.

"닭이 우는 시각에 출발하라 하여."

그 사자가 이렇게 말하자, 유모와 시녀들은 뭐라 대답하면 좋을지 몰라 당황할 뿐 그저 어쩔 줄을 모릅니다. 시녀들은 무슨 일인지 추측할 길도 없어 허둥대기만 하는데, 비밀을 아는 우근와 시종은 요즘 무척이나 고뇌하고 슬퍼하였던 우키후네 아씨의 모습을 떠올리고, 우지 강에 몸을 던진 것을 아닐까 하고 생각이 미칩니다.

울며불며 어머니에게서 온 편지를 열어 봅니다.

"그대가 너무도 마음에 걸려 잠을 자지 못한 탓인지 오늘 밤은 꿈에서도 그 모습을 느긋하게 보지 못하였습니다. 무엇이 짓누르는 듯하고 몸도 평소와 달리 몹시 좋지 않으니, 역시 불길한 일이 생긴 것은 아닐까 두려워 견딜 수가 없습니다. 도읍으로 이사할 날이 머지않았으나, 일단 그때까지는 이곳에서 지내도록 하세요. 허나 오늘은 비가 올 듯한 날씨이니, 다음날에."

또 우키후네가 어젯밤 어머니에게 쓴 답장을 열어보고 우근은 울음을 터뜨립니다.

'역시 그랬구나. 이렇듯 허망한 말을 하면서 어찌하여 내게는 그 속내를 조금도 털어놓지 않았다는 말인가. 어렸을 때부터 내게는 숨기는 것이 없었으니, 나 역시 티끌만큼도 숨김이 없는 것을 당연시하였는데, 이 세상을 하직하는 여행길에 나를 남겨두고 스스로 목숨을 끊는다는 암시조차 주지 않았으니, 너무하구나.'

이렇게 생각하니 슬픔을 이길 수 없어 발을 동동 구르며 우는 우근의 모습이 마치 어린아이 같습니다.

'아씨가 몹시 고뇌하고 힘겨워한다는 것은 나도 이전부터 알아차리고는 있었지만, 성품이 차분하였기에 사람들을 놀라게 하는 터무니없는 일을 생각하실 분이 아니라 여겼는데, 대체 어찌하여 이런 일이 생겼다는 말인가.'

도무지 이유를 알 수 없으니 그저 슬퍼할 뿐입니다.

유모는 시녀들보다 그 도가 한층 심하니 우왕좌왕하면서 이 일을 어찌하면 좋느냐고, 어찌하면 좋느냐고 말할 뿐입니다.

니오노미야는 평소와는 좀 말투가 달라 무슨 의미가 있는 듯한 우키후네의 편지를 보고 가슴이 술렁거립니다.

'무슨 생각일까. 나를 사모하는 것 같기는 하였으나 아무래도 바람기가 많은 성품이라 일시적인 충동은 아닐까 하여 늘 의심하였으니, 모습을 감추려는 속셈인가.'

사자에게 답장을 쥐어 보냈으나 사자는 산장의 모든 사람들이 한참 울며 어쩔 줄 몰라 허둥대는 때에 도착하였는지라 편지를 전하지도 못합니다.

"이게 대체 무슨 난리입니까."

허드렛일을 하는 여자에게 묻습니다.

"이유는 알 수 없으나 어젯밤에 갑자기 아씨가 돌아가셨습니다. 의지하는 가오루 님도 아니 계신 때라 이곳에 있는 모든 사람들이 그저 당황하여 우왕좌왕하면서 물건에 부딪치고 걸려 넘어지고 야단입니다."

사자는 이곳 사정을 잘 모르는 사내였기에, 자세한 것은 묻지 않고 그대로 도읍으로 돌아갔습니다.

"이러저러하였습니다."

사자가 말을 전하는 이에게 보고하자 니오노미야는 놀라 마치 꿈인가 싶습니다.

'어떻게 그런 야릇한 일이 있을 수 있다는 말인가. 몹시 앓고 있다는 소리는 듣지 못하였는데. 요즘 몸 상태가 좋지 않다는 말은 종종 하였으나, 어제 받은 편지에도 그런 기미는 전혀 없고, 오히려 평소의 편지보다 애절한 정을 담아 썼을 정도였는데.'

니오노미야는 전혀 납득할 수 없어 도키카타를 불러 이렇게 말합니다.

"당장 우지에 가서 상황을 알아보고 확실하게 물어 오너라."

"가오루 대장님이 어떤 소문을 들었는지 '숙직인이 야간 경비를 게을리하고 있다'고 나무라셨다 합니다, 그 후로 아랫사람이 드나들 때도 숙직인이 일일이 확인을 하고 캐묻습니다. 아무런 구실도 없이 갔다가 도리어 비난을 당하고, 그 사실이 가오루 님의 귀에 들어가기라도 하면 이쪽의 계획을 눈치챌 우려도 있습니다. 게다가 갑자기 사람이 죽은 곳은 당연히 소란스러울 것이고 사람들의 출입도 많을 터인데."

"그렇다 하여 이대로 사정을 모르는 채 가만히 있을 수는 없지 않느냐. 어떻게든 수를 써서 근접하여, 사정을 아는 시종이나 누구를 만나 어떤 사건이 있어 사자가 그런 말을 전하였는지 확인하고 오너라. 아랫것들은 적당히 말을 둘러대는 일도 있으니."

안타까워하는 니오노미야의 모습이 측은하고 안되었기에 도키카타는 저녁나절 우지로 떠났습니다.

신분이 낮은 자는 꺼릴 것이 없으니 도키카타는 일찍 우지에 도착하였습니다. 빗발은 다소 가늘어졌으나 험악한 산을 넘어야 하는 터라 단출한 차림새에 마치 하인 같은 모습으로 와 보니, 산장에 많은 사람들이 모여 시끌벅적합니다.

"오늘 밤, 곧바로 출관을 할 것입니다."

이런 소리가 들리니 도키카타는 그저 어이가 없습니다. 우근에게 왔다는 뜻을 전하였으나, 복잡한 와중이라 만날 수가 없습니다.

"지금은 놀라움과 슬픔에 망연하여 일어나 앉을 수도 없습니다. 그대가 이렇게 찾아오는 것도 오늘 밤이 마지막일 터인데 만날 수도 없으니."

"그렇다 하여 사정을 전혀 알지 못한 채 도읍으로 돌아갈 수는 없습니다. 다른 한 분이라도 만나게 하여주세요."

아무쪼록이라 하니, 시종이 나와 만났습니다.

"이 무슨 변인지 모르겠습니다. 갑자기 돌아가셨으니, 상상도 하지 못한 일입니다. 슬프다는 말 따위로는 모자라 그저 꿈을 꾸는 듯하고 모두들 뭐가 뭔지 모르는 상태에서 우왕좌왕하고 있다고 전해주세요. 다소 마음이 진정되면, 요즘 들어 늘 수심에 잠겨 있었던 아씨의 모습과 지난밤 모처럼 찾아주셨는데 만나지 못한 것을 정말 안타깝게 여기며 슬퍼하였던 모습 등을 말씀해올리지요. 사후 뒤처리 등, 세상에서 꺼리는 상중 기간이 끝나면 다시 한 번 들러주세요."

이렇게 말하며 그저 목을 놓아 울 뿐입니다. 집 안에서도 사람들의 우는 소리가 늘리는데 그 가운데 아마도 유모이겠지요.

"아아, 우리 아씨, 대체 어디로 간 것입니까. 돌아오세요. 시신조차 볼 수 없다니 이게 무슨 허망하고 슬픈 일입니까. 매일 아침저녁으로 보아도 조금도 싫증이 나지 않은 아씨였습니다. 언젠가는 반드시 행복하게 사는 날을 볼 수 있으리라고, 그날이 하루빨리 오기를 밤낮으로 기도하니 내 목숨까지 길어지는 듯 하였는데. 이 유모를 버리고 이처럼 행방이 묘연해지다니 대체 어찌 된 일입니까. 끔찍한 형상의 귀신이라도 우리 아씨를 데리고 갈 수는 없지요. 제석천도 사람들이 애석해하는 사람은 돌려보낸다고 합니다. 우리 아씨를 데리고 간 자는 사람이든 귀신이든 돌려주세요. 시신이라도 보게 하여주세요."

이렇게 늘어놓는데 그 말 중에 도무지 납득할 수 없는 점이 여러 가지 있습니다.

"역시 있는 그대로 사실을 알려주십시오. 혹시 누가 아씨를 숨겨놓았습니까. 저는 확실한 사정을 알아오라 하여, 니오노미야 님을 대신하여 온 사자입니다. 돌아가셨든 누가 숨겨놓았든, 지금은 어쩔 수 없는 일이나 훗날 니오노미야 님의 귀에 들어갈 수도 있을 것입니다. 그때 나의 보고와 사실이 다르면, 사자로 이곳에 온 저의 과실이 되겠지요. 또 니오노미야 님이 '설마 죽지는 않았겠지' 하고 믿어, 그대들을 만나 사실을 들어오라고 명한 그 마음이 황송하지 않습니까. 여자의 색향에 취하는 일은 다른 나라의 조정에도 옛이야기에도 그 예가 얼마든지 있으나 니오노미야 님처럼 깊은 애정을 보이시는 분은 세상에 둘도 없을 것이라 생각합니다."

사자가 말하니 시종은 이런 생각을 합니다.

'이분은 니오노미야가 소중히 여기는 사자가 분명하니, 내가 사실을 숨긴다 한들, 이렇게 기이하고 그 예가 없는 얘기는 머지않아 저절로 니오노미야의 귀게 들어갈 터이지.'

"누군가가 숨겼을지도 모른다고 조금이라도 짚이는 것이 있다면, 무엇 때문에 여기 있는 사람들 모두가 이렇듯 당황하고 허둥대며 어쩔 줄 몰라하겠는지요. 아씨가 평소 니오노미야 님의 일로 몹시 고민하던 차에 가오루 대장님이 니오노미야 님을 넌지시 암시하며 싫은 소리를 한 적이 있습니다. 어머니도, 지금 이렇게 울부짖는 유모도, 처음부터 알고 지낸 가오루 님이 마련하여주시는 곳으로 이사를 할 것이라 그 준비를 서두르고 있었습니다. 아씨는 니오노미야 님을 절대 사람들에게 알리지 않으려고 혼자 가슴에 남몰래 간직하고 그분의 애정에 황감해하면서도 사모하고 그리워한 터라 마음이 혼란스러웠던 게지요. 애처롭게도 스스로 몸과 마음을 버리고 만 듯하니, 유모도 어쩔 줄을 모르고 미친 사람처럼 저렇게 울부짖는 것입니다."

이렇게 사정을 설명하나, 사실은 얼버무리고 있습니다. 도키카타는 아무래도 납득하기가 어려워 이렇게 말합니다.

"그럼 다음에 천천히 찾아오기로 하지요. 선 채로 얘기를 듣는 것도 몹시 실례가 되는 일이니. 아마 근일 중에 니오노미야 님께서도 이곳을 찾으실 것입니다."

"황공하게도. 허나 지금 와서 두 분의 비밀이 세상에 알려지는 것은 죽은 아씨로서야 전생의 인연이 그러했다고 여길 일이겠지만, 아씨가 죽기 전까지 굳게 비밀을 지켰던 일이니 니오노미야 님 역시 절대 다른 이에게 말씀하시지 않도록 하여주세요. 그것이 죽은 아씨를 위한 배려라 할 수 있겠지요."

산장에서는 아씨의 예사롭지 않은 죽음을 아무에게도 알리지 않으려 자살이 아닌 것처럼 꾸미고 있는데 사실이 절로 새어나가지는 않을까 우려하여 이렇게 입막음을 하고는 도키카타의 귀경을 재촉하였습니다.

쏟아지는 비를 맞으며 어머니도 우지에 내려왔습니다. 새삼 뭐라 할 말이 없을 정도로 슬퍼하며 울음을 터뜨립니다.

"눈앞에서 귀여운 딸이 죽는 것을 보는 슬픔과 괴로움은 뭐라 말로 다 할수는 없다 하나, 사람은 언젠가는 죽는 법, 이밖에도 그 예는 얼마든지 있습니다. 그런데 이렇게 죽다니, 대체 어떻게 된 일인가요."

요즘 우키후네가 니오노미야와의 복잡한 사정으로 몹시 괴로워하고 상심이 컸다는 것을 전혀 모르는 어머니는 아씨가 생각다 못하여 우지 강에 몸을 던지리라고는 상상도 못하였으니 이렇게 생각합니다.

'귀신에게 먹힌 것일까 여우에게 홀린 것일까. 옛날 신기한 이야기에 그런 예가 씌어 있었던 듯한데.

아니면 아니 그래도 두려웠던 가오루의 정부인의 시중을 드는 심보가 고약한 유모가 '이러저러한 사정으로 우지에서 여자를 데리고 온다 합니다'라고 고자질하여, 그것을 용납할 수 없는 부인이 아씨를 속여 유괴하도록 시켰는지도 모를 일.'

이런 생각으로 허드렛일을 하는 자를 의심하여 묻습니다.

"새로 들어온 이들 가운데 속내를 알 수 없는 사람은 없는지요."

"우지는 도읍에서 멀리 떨어진 불편한 곳이라 이곳 생활에 익숙하지 못한 신참 시녀들은 자잘한 일도 하지 못하여 곧 돌아온다면서 이사 준비에 필요한 물건들을 챙겨 모두들 각자의 고향으로 돌아갔습니다."

그리고 이전부터 이 산장에 살았던 시녀들조차 일부는 고향으로 돌아가 산골에는 몇 명만 남아 있는 때였습니다. 남아 있는 시종은 죽고만 싶다며 눈물로 지새웠던 아씨의 근황을 생각하며 써놓은 것은 없나 하여 찾아보니, 벼루 밑에 '내 죽은 뒤'라 흘려 쓴 노래가 있었습니다. 그것을 본 시종은 그렇다면 강물에 몸을 던졌다는 말인가 하고 우지 강을 바라보면서 콸콸 흐르는 강물 소리에 귀를 기울이니 불길하고 슬프게만 들립니다.

"이렇게 강물에 몸을 던진 분을 두고, 이러쿵저러쿵 소란을 피우고 이쪽에서나 저쪽에서나 어떻게 된 일인가 하여 의심을 하니 참으로 안된 일입니다."

우근과 시종은 이렇게 얘기를 나눕니다.

"니오노미야 님과의 비밀스러운 일도 아씨 쪽에서 원하여 그리된 것은 아니지요. 어머님이 아씨가 죽은 후에 부모로서 그일을 알게 된다 하여도, 상대가 그렇듯 고귀한 분이니 몸이 초췌해질 정도로 수치스러워하지는 않을 것입니다. 차라리 사실을 있는 그대로 말씀드려, 아씨를 잃은 슬픔에 그 시신마저 찾을 수 없는 불안까지 겹쳐 혼란스러워하는 마음을 조금이나마 해소하여드리도록 해야겠어요. 돌아가신 분은 시신을 앞에 놓고 장례를 치르는 것이 보통입니다. 세상에 그 예가 없는 상황에서 시신이 없이 날만 흐르면, 결국은 몸을 던졌다는 것을 숨길 수 없어질 터이죠. 역시 어머니에게 사실을 말씀드려, 세상에 대한 체면이라도 세울 수 있도록 해드려야 하겠지요."

그래서 지금까지의 경위를 있는 그대로 은밀하게 얘기하였습니다. 말하는 쪽도 정신을 잃을 것 같으니 말을 계속할 수가 없습니다. 하물며 듣는 쪽은 혼란스러워 도무지 무슨 일인지 알수가 없습니다.

'그렇다면 우리 딸이 저 끔찍한 우지 강에 몸을 던져 떠내려간 채 죽었다는 말인가.'

어머니는 한층 더 마음이 혼란스러우니, 자신도 강물에 몸을 던져 죽고만 싶은 심정입니다.

"떠내려간 시신의 행방을 찾아, 반듯하게 묻어주기라도 하고 싶군요."

"찾는다고 무슨 소용이 있을는지요. 지금은 행방을 알 수 없는 저 넓은 바다로 떠내려갔을 터인데요. 그러니 공연히 찾아 나섰다가 세상에 소문이라도 나면 오히려 성가시고 민망한 일이 생길 것입니다."

우근과 시종이 이렇게 말하니 어머니는 이러지도 저러지도 못하고 그저 가슴만 찢어질 듯 고통스러우니, 정말 어찌하면 좋을지 알 수가 없습니다.

우근과 시종 둘이 수레를 가까이 대게 하고, 우키후네가 평소에 사용하였던 깔개와 가재도구, 빈 껍질이 되고 만 이불까지 모두 수레로 옮겼습니다. 유모의 자식인 대덕, 그 숙부인 아사리, 그 제자 가운데 아주 친근하게 드나들던 스님과 전부터 친분이 있었던 노법사 등 상중에 기도를 올리기로 한 스님들이 장례 절차를 밟아 관을 실어냅니다.

"정말 불길해서 견딜 수가 없군요."

어머니와 유모는 땅에 나뒹굴며 울부짖었습니다.

대부와 내사인 등, 지난번에 협박을 하듯 캐물은 자들이 찾아와 이렇게 말합니다.

"가오루 대장님께 아씨가 돌아가신 사정을 알리고 의논을 한 후에, 장례 날짜를 정하고 예를 갖추어 성대하게 장례를 치르는 것이 좋을 듯합니다."

"일부러 오늘 밤 안에 끝내려는 것입니다. 내밀하게 치러야 할 사정이 있어."

수레를 건너편 산기슭의 들판으로 끌고 가 아무도 근접하지 못하게 하고, 시신이 없다는 것을 아는 스님들끼리 화장을 하였습니다. 모든 것이 허망하도록 타버리니, 화장은 순식간에 끝났습니다.

우지 같은 시골에 사는 사람들은 도읍의 사람들보다 오히려 장례를 정중하고 치르고 그 날짜도 길흉을 따져 잡습니다.

"참으로 이상한 장례식입니다. 신분이 낮은 자가 죽었을 때처럼 정해진 예법을 따르지 않고 조촐하고 어설프게 치르고 있으니."

"도읍의 사람들은 본처가 있는 경우에는 특히 저런 식으로 한다는군요."

비난하는 사람도 있는 한편 갖가지로 쑥덕거립니다.

그 소리를 들은 우근은 이렇게 생각합니다.

'이런 산골 사람들이 이러쿵저러쿵하는 것도 수치스러운 일인데 하물며 나쁜 소문은 막을 길이 없어 당장에 퍼져나가는 세상이니, 시신도 남기지 않고 죽은 듯하다는 소문이 가오루 대장님의 귀에 들어가면, 니오노미야 님이 숨긴 것은 아닐까 수상히 여기며 반드시 의심을 하실 터이지. 또한 두 사람은 가까운 친척 사이이니, 그런 사람을 돌보고 있는지 어떤지는 당분간 모르고 지낸다 하여도 결국은 아시게 될 것이야. 또 가오루 대장님이 니오노미야 님이 숨겼다고 의심하실 것이라고만은 할 수 없지. 대체 어떤 남자가 아씨를 데리고 가 숨겼을까 하고 의심하실 수도 있을 것이야. 살아 있었다면 고귀한 분에게 사랑을 받

는 좋은 운을 지녔을 분이 죽은 후에 실로 한심하고 터무니없는 의심을 사게 되었구나.'

우근은 산장의 하인들 가운데, 오늘 아침 우키후네의 실종 사건 때문에 우왕좌왕하던 상황을 처음부터 끝까지 본 자가 있으므로, 그런 자들에게는 엄중하게 함구령을 내리고 사정을 아는 자들에게는 절대 남이 진상을 알지 못하도록 비밀을 지키려 합니다.

"만약 내가 오래 살아남는다면 그때는 시간을 갖고 차분하게 지금까지의 사정을 모든 분들에게 말씀드리기로 합시다. 단 지금은 슬픔마저 가실 듯한 니오노미야 님과의 일을 불쑥 사람을 통하여 듣게 된다면, 아씨를 위해서는 오히려 딱한 일이 되겠지요."

이렇게 두 시녀는 양심의 가책을 느끼니, 어디까지나 실상을 감추려 합니다.

그무렵 가오루 대장은 어머니 온나산노미야의 병환 때문에 이시야마 절로 들어가 쾌유 기원을 위한 기도를 올리고 있어 몹시 분주하였습니다. 그래서 우지의 아씨 일을 더욱 걱정하였는데, 우지에서는 이런 사건이 있었다고 분명하게 전하여주는 이도 없었습니다. 우지에서는 이렇게 큰일에 가오루 대장이 가장 먼저 달려오지 않은 것은 나쁜 소문이 돌고 있는 탓이라고 생각합니다.

간신히 장원의 사람이 이시야마 절을 찾아 사건의 경위를 보고하니, 너무도 뜻하지 않은 일에 가오루 대장은 혼절이라도 할 지경입니다.

다음날 아침, 가오루 대장의 조문 사절이 우지에 도착하였습니다.

"그렇듯 큰일이 생겼다 들었으니 누구보다 먼저 내가 달려가야 하나 어머님의 병세가 위중하여, 날을 정하여놓고 산사에서 쾌유 기원 기도를 올리는 중이라 당장 가지 못합니다. 허나 어젯밤 장례 건을 왜 연락하여주지 않았는지요. 날짜를 연기하는 한이 있어도 그런 일은 예법에 따라 반듯하게 치러야 하는데, 왜 그렇듯 단출하게 서두른 것입니까. 이런저런 말을 하여본들 지금은 아무 소용없는 일이나 그 사람의 마지막 가는 길의 의식을 소홀히 하여 산골의 미천한 사람들에게 비난을 받는 것은 나로서는 애석한 일입니다."

저 친근한 대장 대보가 사자로 와 이렇게 전하였습니다.

사자가 당도하자 슬픔이 극에 달하여 새삼 사건의 전말을 뭐라 설명할 수도 없으니, 그저 눈물에 젖어 비탄에 빠져 있는 것을 빌미로 구차한 대답은 하지 않고 지나갔습니다.

가오루 대장은 대보에게서 보고를 받고는 아무리 그래도 너무도 허망하고 괴로운 일이라 생각합니다.

'우지는 참으로 꺼림칙하고 불길한 곳이로구나. 귀신이라도 살고 있다는 말인가. 왜 지금까지 그 사람을 그런 곳에 놔두었을까. 뜻하지 않게 니오노미야가 드나들게 된 것도, 내가 그 사람을 그런 곳에 방치하였기 때문에 가볍게 여기고 꼬드긴 것일 터이지.'

이렇게 생각하니, 남녀 사이의 정분에 둔감한 자신의 마음이 분하고 가슴이 아픕니다.

어머니가 병환 중에 있는데 이런 일로 번뇌하여 마음이 어지러워지는 것도 한심한 일이라 가오루 대장은 도읍으로 돌아갔습니다. 허나 부인의 처소에는 가보지 않습니다.

"그리 대단한 일은 아니라 말씀드릴 것도 없으나, 친척 가운데 불행한 일을 당한 자가 있다 들은 터라 마음이 혼란스러우니 불길할까 꺼려집니다."

이렇게 구실을 둘러대고 우키후네와의 허망한 비련의 사랑을 돌이켜보며 홀로 한탄하고 슬픔에 잠겨 있습니다. 지난날의 아름답고 사랑스러웠던 우키후네의 얼굴과 모습이 한없이 그리우니, 이런 생각을 하면서 근행에 정진합니다.

'그 사람이 살아 있을 때에는 어찌하여 지금처럼 애틋하게 사랑하지 못하고 태평하게 지냈다는 말인가. 지금 와서 괴로운 심정을 다스릴 길 없고 후회스러운 일만 헤아릴 수 없이 가슴에 사무치니, 여자 문제에 관하여는 역시 괴로움을 겪을 숙명인 듯하구나. 나는 출가하자는 뜻을 세웠는데 그 뜻을 이루지도 못하고 이렇듯 속인으로 평범하게 살아가고 있으니, 부처님도 나를 원망하는 것일까. 그런 내게 부처님이 불심을 일깨우려 그 방편

으로 자비심을 숨기고 이런 시련을 겪게 하는 것일까.'

니오노미야는 비탄에 젖은 가오루 대장보다 한결 더하니, 우키후네의 갑작스러운 죽음에 이삼 일은 망연자실하여 정신을 차리지 못하는 모습입니다.

대체 어떤 귀신이 씌었을까 하고 주위 시녀들이 쑥덕거리는 가운데 날이 지나니, 끝내는 눈물도 마르고 마음도 진정되었습니다. 그러자 생전의 우키후네의 모습이 그리워 다시 격한 슬픔이 밀려오니 오히려 견딜 수 없이 애틋한 추억이 되살아납니다.

사람들에게는 병세가 중한 것으로 가장하여 눈물에 젖은 얼굴을 보이지 않으려 하나, 본인은 숨길 수 있다 여겨도 비탄에 젖은 모습이 절로 사람들의 눈에 확연하게 띄었습니다.

"니오노미야 님이 무슨 일로 저렇듯 상심하여 목숨이 위태로울 정도로 고뇌하시는 것일까."

개중에는 이렇게 말하는 사람도 있으니, 가오루 대장도 이런 니오노미야의 용태를 자세하게 캐묻습니다.

'역시 그랬구나. 그 두 사람은 그저 연문만 주고받는 사이가 아니었어. 니오노미야가 한번 보고는 반드시 제 것으로 삼고 싶어할 만한 그런 여자였어. 만약 살아남아 있었다면, 니오노미야와 내가 남남이 아닌 만큼 내게는 어리석고 터무니없어 보이는 사건이 벌어졌을 터이지.'

날마다 니오노미야를 문안하지 않는 사람이 없으니 온 세상이 떠들썩한 이때에 대수로운 신분도 아닌 여자의 죽음 때문에 집에 틀어박혀 문안도 가지 않으면, 니오노미야와 여자의 관계 때문에 이쪽이 심사가 뒤틀려 있는 것이라 여겨질 터이니, 가오루 대장은 니오노미야의 댁을 찾아갔습니다.

그무렵 식부경도 세상을 떠났습니다. 가오루에게는 숙부인 사람이라 엷은 먹색 상복을 입으니, 마음속으로는 그 사람을 위한 상복이라 여기며 마침 잘되었다고 생각합니다. 가오루는 다소 얼굴이 야위어 우아한 아름다움이 한결 더한 듯 보입니다.

문안객들이 다 돌아간 차분하고 조용한 해거름입니다. 니오노미야의 용태는 머리도 들 수 없는 정도는 아니라, 친하지 않은 사람은 만나지 않아도 늘 발 안으로 들이는 친근한 사람까지 만나지 않는 것은 아닙니다.

허나 가오루를 만나는 것은 뒤가 켕기니 거북하게 여깁니다. 그리고 가오루를 만나면 우키후네가 더욱 그리워져 넘쳐흐르는 눈물을 가눌 수 없을 것이라 생각하나 그래도 마음을 진정시키고 대면하였습니다.

"그리 대단한 병도 아닌데 모두가 조심하여야 하는 병이라고들 하니 폐하와 중궁께도 걱정을 끼쳐 무척 송구한 마음이네. 이 세상의 무상함이 사무치도록 절절하게 느껴지는군."

이렇게 말하고 흐르는 눈물을 소맷자락으로 닦아 지우려 하나, 눈물은 소매를 적시고 또 넘쳐흐르고 맙니다. 니오노미야는 그런 자신을 실로 겸연쩍게 여기며 이렇게 생각합니다.

'이 눈물이 그 사람 때문이라는 것은 알지 못할 것이야. 그저 여자처럼 기가 약한 자라 여길 터이지.'

허나 가오루는 달리 생각합니다.

'역시 그랬었구나. 니오노미야는 오로지 그 사람만 생각하고 있는 것이야. 두 사람의 관계가 언제부터 시작된 것일까. 아무 눈치도 채지 못한 나를 얼빠진 남자라고 얼마나 웃었을까.'

이렇게 생각하면 슬픔도 잊혀질 듯한데 니오노미야는 또 다른 생각을 합니다.

'이 사람은 어쩌면 이리도 정이 없을까. 사랑하는 사람과 사별하는 청천벽력 같은 일이 아니더라도 통렬한 슬픔이 마음을 저미는 때에는 하늘을 날아가는 새 울음소리조차 슬프게 들리는 법이거늘. 내가 이렇듯 마음이 약해져 있는 것을 보고 만약 그 사람 때문이라는 것을 헤아린다 하여도 그 정도로 애정의 기미에 둔한 사람도 아닌데. 인생의 무상함을 뼈저리게 깨달은 사람은 오히려 이렇듯 냉정하게 대처할 수 있는 것일까.'

가오루가 부럽기도 하고 의젓하게 느껴지기도 합니다. '자신이 사랑하는 여자가 기대어 있었던 노송나무 기둥이라 생각하니 그 기둥까지 그립다'는 옛 노래도 있듯이, 그 여자와 인연이 깊었던 사람이라 생각하며 이 사람과 마주 앉아 있었던 여자의 모습을 떠올리니 가오루가 마치 유품인 듯 여겨져 정겹게 바라보고 있습니다.

세상 얘기를 하다가 가오루는 이런 일을 언제까지 비밀에 부칠 수는 없다고 생각합니다.

　"옛날부터 나 혼자 가슴에 간직하고 한동안 자네에게 말하지 않은 비밀이 있어 그동안 답답하고 고통스러웠는데, 지금은 나도 관위가 높아졌고 자네는 다망하여 편히 쉬며 얘기할 수 있는 틈도 없는 듯하고, 숙직소에도 특별한 용건이 없는데 찾아가기도 뭣하여 얘기할 기회를 잡지 못하고 세월만 꾸물꾸물 지나간 것이 마음에 걸렸다네. 실은 그 옛날 자네도 알고 있는 우지 산골에서 허망하게 죽은 큰아씨와 인연이 있는 사람이 뜻하지 않은 곳에 살고 있다는 소문을 듣고, 그렇다면 때로 그 사람을 만나 세상 돌아가는 얘기라도 나누고 싶다 생각하였는데 공교롭게도 그때마침 둘째 황녀와의 혼담이 결정되어 세상의 입이 시끄러운 때와 겹쳤는지라, 일단은 우지의 외딴 산골에 그 사람을 숨겨두었다네. 헌데 도읍에서는 종종 만나러 갈 수도 없고, 그 여자 역시 나만을 의지하는 것 같지도 않았다네. 그렇다는 것을 나도 어렴풋이 짐작은 하고 있었는데, 어엿한 본처로 들일 생각이라면 문제가 될 터이나, 그저 간혹 드나드는 여인으로 삼기에는 딱히 불편함이 없으니, 부담 없고 귀여운 여자라 생각하였지. 그런데 그 여자가 얼마 전에 허망하게 죽어버렸다네. 이 역시 무상한 세상의 섭리라 절실하게 느꼈네만 슬픔은 견딜 수가 없군. 그 여자에 대해서는 자네도 얼핏 들었을 터이지."

　이렇게 말하고 비로소 눈물을 흘립니다. 가오루로서는 눈물을 흘릴 만큼 슬퍼한다고 여겨지고 싶지 않으니 스스로 꼴불견이라고 생각하지만, 한번 흐르기 시작한 눈물은 끊임없이 넘쳐 흘렀습니다.

이성을 잃은 가오루의 모습에 니오노미야는 신기한 일이다, 참으로 딱하다 생각하지만 일부러 시치미를 떼고 이렇게 말합니다.

"그것 참 딱한 얘기로군. 어제 나도 얼핏 듣고 조문을 보내야겠다고 생각했으나, 자네가 굳이 사람들에게는 알리려 하지 않는다고 하기에 사양하고 있었네."

다른 뜻은 없는 것처럼 말하나, 끓어오르는 슬픔을 참을 수 없어 말수가 적어졌습니다.

"자네에게도 말상대나 하라고 소개하려던 사람이었네. 어쩌면 한번쯤은 봤을지도 모르겠군. 이 댁에도 연고가 있어 드나들었던 여자이니."

이렇게 말하고는 조금씩 비아냥거립니다.

"병석에 누워 있는데 하잘것없는 여자에 대하여 두서없이 늘어놓아 안정에 방해가 되면 곤란하겠군. 아무쪼록 몸조심하게나."

가오루는 니오노미야의 방에서 물러나오면서 이런 생각을 합니다.

'참으로 애착이 컸던 모양이로구나. 허망한 일생이었지만 그 여자도 꽤 대단한 운을 타고났어. 니오노미야는 당대의 천황과 황후가 그토록 총애하는 소중한 황자로, 용모며 자태 무엇 하나

나무랄 데가 없는 세상에 둘도 없이 훌륭한 사람인데. 니오노미야가 총애하는 여자들만 하여도 예사 분들이 아니지. 헌데 그런 분들을 제쳐놓고 이 여자에게 한없는 애정을 쏟아 지금은 병까지 얻어 세상을 떠들썩하게 하고 있으니. 기도다 독경이다 제사다 굿이다, 각 분야에서 영험한 자들이 쾌유 기원을 위하여 앞을 다투어 기도를 올리고 있는데, 그것도 니오노미야가 그 여자에게 집착한 나머지 생긴 병 때문이 아닌가. 나 역시 이렇듯 높은 신분에 황녀를 아내로 맞았는데, 그 여자에 대한 애착은 니오노미야보다 못하였던 것일까. 지금은 죽은 사람이라 생각하니 슬픔을 가눌 길이 없으나, 이런 집착은 다 어리석은 짓이지. 이제 한탄하고 슬퍼하는 것은 그만두기로 하자.'

이렇게 슬픔을 억누르려고 하나 온갖 생각에 머리가 어지러우니 '사람은 목석이 아니라 모두 정이 있으니'라는 『백씨문집』의 한 구절을 읊조리면서 누워 있습니다.

그 여자의 장례를 극히 간소하게 치른 듯하니 딱하기도 하고 어이가 없습니다.

'작은아씨가 이 일을 들으면 어떻게 생각할까.

아랫것들 사이에서는 어미의 신분이 낮은 경우에 뒤에 남은 자식이 있으면 장례절차도 간략하게 한다는 얘기가 있다는데. 그래서 그렇듯 단출하게 치른 것일까.'

이렇듯 심사가 편치 못합니다. 우지의 일이 이래저래 마음에 걸려 끝이 없으니 내가 직접 가서 그 여자가 어떻게 임종을 맞앉는지 들어보고 싶다고 생각은 하나, 그곳에서 삼십일재가 끝날 때까지 오래 머물 수는 없는 노릇이고 그렇다 하여 애써 걸음을 하였는데 곧바로 돌아오는 것은 남보기가 민망하니, 온갖 생각에 괴로울 뿐입니다.

달이 바뀌어, 여자가 살아 있었다면 오늘이 바로 도읍으로 맞이하려던 날이었다는 생각을 합니다. 그날 저녁때의 여자가 그리워 견딜 수가 없으니, 앞뜰에 피어 있는 감귤꽃의 그윽한 향기 속으로 두견새가 울면서 날아갑니다. '두견새여 죽은 사람이 있는 곳에 갈 수만 있다면'이라 혼자 중얼거리고, 나는 죽은 사람 그리워 소리내어 울고 있으니 그 사람의 혼에 전하여달라는 심정을 술회하는 것만으로는 부족합니다. 오늘은 북쪽에 있는 이조원에 니오노미야가 오는 날이니, 감귤 가지를 꺾어 노래와 함께 보냈습니다.

그대 역시 죽은 사람 그리워
남몰래 눈물 흘리고 있으리니
덧없는 저세상의 새라는
두견새 울음소리에
마음을 실어 보내고 있다면

니오노미야는 작은아씨의 얼굴 생김이 죽은 사람을 너무 닮아 절절한 감개에 젖어 있으니, 두 사람 모두 시름에 잠겨 있습니다.

"무슨 의미라도 있는 듯한 편지로군."

니오노미야는 가오루의 노래를 보고 이렇게 중얼거리고 노래를 지었습니다.

예로부터 감귤꽃 향기는
사람을 떠올리게 한다는데
꽃향기 풍기는 그대의 집에서는
두견새도 그대의 비탄에
조심스레 울겠지요

"난감한 심정이네."

작은아씨는 우지에서 일어난 이번 일을 모두 알고 있었습니다. 너무도 가엾고 허망하고 어이 없이 떠난 큰아씨는 물론 이 동생 역시 사려가 깊고 착한 사람이었는데, 나 혼자 이렇듯 평안하게 깊은 생각도 없이 지금까지 살아 있구나, 허나 앞으로 또 언제까지 살 수 있을까 하고 불안합니다.

니오노미야는 우키후네의 자살 사건을 작은아씨가 속속 알고 있는 터라 새삼 거짓말을 하는 것도 고통스러운 일이니, 생전의 모습 등을 다소 꾸며 울고 웃으며 얘기합니다.

"당신이 그 사람을 숨겨놓은 것이 원망스러웠소이다."

두 사람은 자매인지라, 다른 사람을 상대로 얘기하는 것과 달리 친근함이 느껴지고 슬픔은 더하였습니다.

육조원에서는 모든 일을 엄격하게 예법에 따라 대대적으로 치르는 터라, 니오노미야가 다소 몸이 불편하다고 하여도 야단법석을 떱니다. 따라서 문안객도 많으니, 유기리 우대신과 형제들이 간병을 하느라 옆에 들러붙어 시끄럽게 굽니다. 그에 반하여 이조원에서는 느긋하고 편안한 기분으로 지낼 수 있습니다.

니오노미야는 아직도 이번 일이 꿈만 같고 왜 그렇듯 갑작스럽게 죽었을까 하는 의문이 가시지 않으니, 예의 도키카타를 불러들여 우근을 데리고 오라 명하고 우지로 보냈습니다.

우지의 산장에서 어머니는 지금도 우지 강의 거친 강물 소리를 들으면 자신도 강물에 뛰어들고 싶을 정도로 마음이 아픕니다. 우지에 있다 보면 한없이 마음이 침울해지니 외롭고 서러워 도읍으로 돌아갔습니다.

남아 있는 시녀들은 염불하는 스님에 의지하여 차분하고 조용히 지내고 있는데 니오노미야의 사자가 들어 왔습니다.

전에는 산장을 에워싸고 빈틈없이 까다롭게 경비를 섰던 사람들이 지금은 사람이 드나들어도 뭐라 하지 않습니다.

'그때가 마지막이었는데, 하필이면 니오노미야를 그렇듯 경계하여 안으로 모시지도 못한 것이 정말 아쉽구나.'.

시녀들은 당시의 니오노미야를 정말 딱하게 여깁니다.

도키카타는 당시, 니오노미야가 억지스러운 불륜에 애를 태운다 하여 보기 난처한 행실이라 여겼는데, 지금 산장에 와보니 니오노미야가 이곳을 드나들었던 과거 밤의 모습이며 그 품에 안겨 강을 건넜던 우키후네의 품위 있고 아리따웠던 모습이 떠오릅니다. 모두들 슬픔과 비통함에 젖어 침울하니, 마음을 단단하게 먹고 있는 자는 보이지 않습니다.

우근이 도키카타를 만나 북받치는 울음을 참지 못하는 것도 당연한 일입니다.

"니오노미야 님이 그대를 데리고 오라 명하셨기에, 모시러 왔습니다."

"지금 와서 새삼스럽게 이곳 시녀들이 이상히 여길까 내키지 않는데다, 찾아가 뵌들 니오노미야 님이 이번 일을 충분히 납득할 수 있도록 모든 것을 후련하게 얘기할 수는 없을 듯합니다. 삼십일재가 끝난 후에, 잠시 볼 일이 있다 둘러대도 이상하지 않을 시기가 되면 부르지 않아도 찾아가 뵙겠습니다. 지금은 죽고만 싶은 심정이니 내 마음 같지 않게 목숨이 붙어 있는데, 다소나마 이 슬픔이 진정되면 정말 꿈만 같은 그무렵의 이런저런 일을 니오노미야 님에게 말씀드리도록 하지요."

우근은 이렇게 말하고 오늘은 움직이려 하지 않습니다.

"미천한 몸이라 두 분의 관계에 대해서는 자세한 것을 알지 못하나, 다만 니오노미야 님이 그분에게 쏟은 한결같은 애정을 이 두 눈으로 보아왔는지라 그대들과도 서둘러 말을 걸고 근접힐 필요는 없으리라, 언센가는 우리가 뒤를 놀봐야 할 분이라 생각하였는데. 이렇게 말하는 보람도 없이 슬픈 결과가 되었으니, 나 자신의 마음은 오히려 깊어졌습니다.

니오노미야 님이 일부러 수레까지 보내는 배려를 하셨는데, 그 마음씀씀이를 그냥 돌려보내는 것은 뭐라 말할 수 없이 황망한 일입니다. 그러니 다른 한 분이라도 함께 가주십시오."

도키카타가 이렇게 간청하자 우근은 시종을 불러 함께 가라합니다.

"그렇다면, 그대가 찾아가 뵈세요."

"제가 찾아 뵈어 무슨 얘기를 할 수 있겠습니까. 게다가 삼십일재를 치르기 전에 어찌 도읍으로 가겠는지요. 그쪽에서도 상중에 있는 사람이 오는 것을 꺼리지 않을까요."

"병환 때문에 이런저런 기도를 올리느라 시끄럽고, 니오노미야 님 자신도 삼가 근행에 정진하고 있는 듯하나 아씨의 죽음에 대해서만은 납득하기 어려워하시는 듯합니다. 또 그렇듯 깊은 인연으로 맺어진 사이였으니, 니오노미야 님 자신이 복상에 임하시는 것이 좋지 않았을까요. 삼십일재까지는 며칠 남지 않았으니 너무 신경 쓰지 말고 한 분이라도 가주세요."

도키카타는 열심히 설득하고 재촉합니다.

시종은 전에 뵈었던 니오노미야의 모습도 그립고 보고 싶으니, 우키후네가 죽고 없는 앞날에 언제 또 이런 기회가 있으랴 싶어 역시 니오노미야의 댁에 가기로 하였습니다.

검은 상복을 입고 차림새를 단정히 한 시종의 모습이 꽤 산뜻

합니다.

　손윗사람을 뵐 때 입는 겉치마는 그 사람이 죽은 지금은 필요
가 없을 것이라 깜빡 잊고 상중에 입는 물들이지 않은 쥐색을
입고 있던 터라, 수행원에게 엷은 보라색 겉치마를 들려 동행합
니다.

　'만약 아씨가 살아 있었더라면 사람들의 눈을 피하여 이 길
을 지나 도읍으로 갔을 터인데. 나 역시 속으로는 니오노미야 님
편을 들고 있었는데.'

　이렇게 생각하니 슬픔이 온몸을 저미는 듯하였습니다. 시종
은 도읍으로 가는 내내 울고만 있었습니다.

　니오노미야는 시종이 왔다는 전갈을 듣자 슬픔이 더욱 북받
쳤습니다. 작은아씨에게는 아무래도 조심스러우니 시종을 불러
들였다는 말은 하지 않습니다.

　니오노미야는 침전으로 나가 시종의 수레를 건널복도에 대게
하고, 우키후네의 당시의 모습 등을 자세하게 물어봅니다.

　"근자에는 늘 수심에 잠겨 있었고, 그 전날 밤에는 많이 울기
도 하였습니다. 이상할 정도로 말수가 적어지고, 몹시 슬퍼하며
망연하게 지냈는데 사람들에게는 뭐라 한 마디도 하지 않고 혼
자 가슴에만 숨기고 있었던 터라 유언도 없었습니다.

　저희들은 강물에 몸을 던지는, 그런 독한 각오를 하고 있을
줄은 꿈에도 몰랐습니다."

이렇게 소상하게 말하니, 니오노미야는 말을 듣기 전보다 더욱 격렬하게 한탄을 하며 견딜 수 없어합니다.

'어차피 그런 인연이라 이러저러하게 된 것이라면 몰라도, 얼마나 굳은 결심을 하고 결행하였을까. 어째서 사전에 감지하고 막지 못하였을까.'

가슴이 끓어오르는 듯하나 지금 와서 무슨 소용이 있겠는지요.

"편지를 태워버릴 때, 저희들이 어찌하여 그것을 알아차리고 이상히 여기지 않았는지 모르겠습니다."

그날은 밤이 새도록 죽은 사람을 추억하면서 지냈습니다. 또 시종은 송경 목록에 우키후네가 써놓은 어머니에게 보내는 답장 얘기도 하였습니다. 니오노미야는 지금까지 하잘것없는 시녀라 눈에도 들어오지 않았던 시종까지 친근하고 정겹게 느껴집니다.

"이곳에 머물면서 내 시중을 들도록 하거라. 이곳 작은아씨가 그 사람과는 자매 사이였으니."

"황공한 말씀이오나, 지금은 슬픔을 가눌 수 없으니 일단은 우지로 돌아가 아씨의 상을 끝낸 후에 다시 올라오겠습니다."

"그렇다면 그때 다시 오도록."

니오노미야는 시종과의 헤어짐마저 아쉬웠습니다.

날이 밝을 무렵 시종이 돌아가려 하니, 니오노미야는 우키후네를 위하여 마련해두었던 머리빗함 한 쌍과, 옷함 한 쌍을 찾아와준 보답으로 내렸습니다. 그 사람을 위하여 준비한 것은 많으나, 그것들을 시종에게 주자니 과한 듯하여 신분에 걸맞은 것만 준 것입니다.

시종은 그런 기대 없이 찾아왔는데, 이렇듯 선물을 받아 돌아가자니 주위의 시녀들이 뭐라 생각할까 왠지 걱정스러워 난감하였습니다. 허나 무슨 구실로 돌려주면 좋을지 모릅니다.

우지로 돌아가 우근과 둘이 살짝 열어보았습니다. 마침 한가로운 때여서 정성껏 세공을 하여 새로이 준비한 물건들을 이것저것 들여다보니, 눈물만 흐를 뿐입니다.

옷가지도 모두가 훌륭합니다.

"이런 상중에 이렇듯 화려한 것을. 사람들 눈에 띄지 않게 어떻게 감추면 좋을까요."

둘은 선물을 어떻게 처치하면 좋을지 몰라 난처해합니다.

가오루 대장 역시 우키후네의 죽음이 마음에 걸려 떠나지 않으니, 생각다 못하여 우지를 직접 찾아갔습니다. 가는 길목 길목마다 옛일을 떠올립니다.

'대체 무슨 인연으로 하치노미야 님의 댁을 드나들게 되었던 것일까. 그리하여 뜻하지 않게 하치노미야 님의 사생아를 보살피기까지 하였다니. 하치노미야 일가족 때문에 나는 늘 마음고생만 심하였구나. 애당초 나는 부처님의 인도로 실로 존귀하고 신심이 깊은 하치노미야 님을 찾아, 내세의 극락왕생만을 맹세하였는데, 끝내는 길을 잘못 들어 색도에 빠져들어 마음을 더럽

히고 말았으니, 불도의 본의를 거역했다 하여 부처님이 나를 깨
우치려 함인가.'

이런 생각을 하며 우근을 부릅니다.

"나는 그 사람이 죽기 전후의 상황을 아직 정확하게 듣지 못
하였다. 시간이 흘러도 아직 체념하지 못하여 안타깝고 어이가
없구나. 이제 곧 삼십일이 지날 터라 그때까지 기다리려 하였으
나 진상을 알고 싶은 마음을 자제할 수 없어 찾아왔다. 그 사람
은 대체 어떤 상태로 죽었느냐."

'변이 대강의 사정을 헤아리고 있는 있으니 가오루 님은 변
에게도 캐물을 것이지. 설사 진상을 숨긴다 하여도 누군가가 달
리 말씀드리면 일이 성가시게 될 터인데.

니오노미야 님과 은밀한 밀회를 나눴기에, 갖가지 거짓말을
하여가며 줄곧 감싸왔으나, 이렇게 마주 앉아 진지한 가오루 님
의 안색을 보면서 얘기를 나누면 전부터 이러저러하였다 말하
려던 말을 다 잊어버리고 마니, 참으로 난감하구나.'

궁리하던 나머지 우근은 당시의 사정을 전부 털어놓고 말았
습니다.

너무도 뜻밖의 어처구니없는 사건에 가오루는 잠시 입도 다
물지 못하였습니다.

'그런 기이한 일이 어떻게 있을 수 있다는 말인가. 세상 사람
들 같으면 속으로 생각하고 입으로 말하였을 것도 그 사람은 애
써 말을 가리고 얌전하였는데, 어떻게 그런 끔찍한 생각을 하였

다는 말인가. 이곳 시녀들이 사실을 왜곡하고 꾸며서 내게 말하는 것이겠지.'

마음은 더욱 혼란스러워 파도가 이는 듯한데, 비탄에 젖어 있었던 니오노미야의 모습은 얼핏 보기에도 예사롭지 않았고, 이곳 시녀들이 말도 안 되는 거짓말을 하고 있다면 언젠가는 절로 알게 될 일, 상하를 막론하고 시녀들이 모여 눈물을 흘리며 슬픔을 가누지 못하는 것을 이렇게 내 두눈으로 보고 있으니 모두가 거짓말 같지는 않습니다.

"아씨와 함께 사라진 시녀는 혹여 없느냐. 좀더 당시의 정황을 자세하게 듣고 싶구나. 설마, 그 사람이 나를 냉담한 사람이라 여겨 떠난 것은 아니라고 생각한다. 무슨 말할 수 없는 사정이 갑자기 생겨 그런 일을 저질렀다는 말이냐. 나는 절대 강물에 몸을 던질 사람은 아니라고 믿고 있느니라."

우근은 가오루가 딱하기도 하나, 역시 이분은 우키후네의 투신에 의심을 품고 있다 여겨지니 난감하지 않을 수 없습니다.

"세월이 흐르면 절로 들리는 소리가 있겠지요. 그분은 원래 히타치에서 딱하게 자란 분이라, 이 외딴 우지에 온 후로 언제부터인지는 몰라도 늘 슬픈 듯이 수심에 잠겨 있었습니다. 가오루 님이 이렇게 간혹 우지를 찾아주시는 날을 기다리면서, 타고 태어난 불운한 처지까지 위로받는 듯 보였습니다. 입으로 말은 하지 않아도 언젠가 안정이 되는 날, 밤낮으로 천천히 뵐 수 있기를, 하루빨리 그날이 오기를 줄곧 기다리는 듯하였습니다. 그러다 이제야 그 희망을 이룰 수 있게 되었다고 넌지시 말씀하였습니다. 곁에서 시중을 드는 시녀들도 진심으로 기뻐하고, 이사 준비를 서둘렀습니다. 어머님도 염원이 이루어졌다 안도하며 도읍으로 이사할 준비에 여념이 없었습니다. 그러던 차에 가오루 님으로부터 납득하기 어려운 편지를 받았을 뿐만 아니라, 이곳에서 야경을 서는 자들까지 가오루 님으로부터 시녀들의 풍기가 문란하다 꾸중을 들었다 하며 예의도 모르는 시골 촌것들이 마치 불미하고 수상한 일이라도 있었던 것처럼 아씨에게 무례하게 군 일이 있었습니다.

그 후로 가오루 님으로부터 오래도록 편지가 없었습니다. 아씨는 '어렸을 때부터 고난이 많은 몸이라는 것은 알고 있었으나 어머님은 그런 나를 어떻게든 보란 듯이 출세시켜 행복하게 살게 해주리라고 온갖 걱정을 다하였다. 그런데 가오루 님의 총애를 받은 탓에 오히려 사람들의 웃음거리가 되었으니 어머님이 얼마나 한탄할 것이냐.' 이렇게 말하면서 늘 괴로워하며 한탄을 하였습니다.

그것 외에는 달리 무슨 근심이 있었는지, 아무리 생각하여도 저는 짚이는 것이 없습니다. 귀신이 데려갔다면 무슨 증거가 될 만한 것을 조금이라도 남겼겠지요."

이렇게 말하며 우는 우근의 모습이 몹시 슬퍼하는 듯하니 가오루는 대체 무슨 일이 있었는지, 니오노미야가 숨긴 것은 아닌가 하여 의심하였던 마음이 가시면서 눈물이 쏟아졌습니다.

"나는 내 마음대로 자유롭게 처신할 수 없는 몸, 무슨 일을
하여도 당장에 세상 사람들의 눈에 띄는 입장이라 그 아씨가 마
음에 걸려 견딜 수 없는 때에도, 머지않아 아씨를 내 집 가까운
곳에 데려다 놓고 아무 거리낌없이 만나면서 소홀치 않게 대우
하고 목숨이 다하도록 보살펴 주리라 마음먹고 있었던 탓에, 그
리운 마음을 애써 억누르고 참아왔었다. 그런데 그런 나를 냉담
하다 여겼다면 그 사람이 니오노미야와 나를 비교하는 마음이
있어서가 아니었을까 하고 생각한다. 이런 말은 새삼 하지 않으
려고 하였으나 너밖에는 듣는 이가 없기에 하는 말인데, 그 니
오노미야와의 건이다. 대체 언제부터 시작된 관계이냐. 니오노
미야는 그런 색도에 관해서는 상상도 할 수 없을 정도로 여자의
마음을 어지럽게 하는 분이니, 여자 쪽에서 수시로 만날 수 없
는 괴로움에 목숨을 버린 것은 아닐까 하고 나는 생각한다. 그
러니 숨기지 말고 좀더 자세하게 말하여보거라. 내게는 진상을
숨기지 말거라."

우근은 가오루가 아씨와 니오노미야의 사이에 대하여 분명하
게 알고 있는 것이라 생각하니 더욱 가오루가 딱한 마음이 들었
습니다.

"참으로 불미한 소문을 들으셨습니다. 이 우근, 한시도 아씨
곁을 떠난 적이 없사온데."

우근은 잠시 궁리하면서 말을 얼버무립니다.

"허나 언젠가는 절로 듣게 되실 터이지요. 아씨는 전에 니오

노미야 댁의 작은아씨에게 잠시 의지한 적이 있습니다. 당시 그 댁에 몸을 숨기고 있었는데, 어느 날 갑자기 뜻지 않은 때 니오노미야 님이 아씨 방에 들어오셔서 하마터면 큰 변을 당할 뻔하였는데, 유모가 니오노미야 님을 호되게 꾸짖으며 방해를 한 덕분에 일단 봉변은 면하고 니오노미야 님은 방에서 나가셨습니다.

아씨는 그 일로 크게 낙담하여 삼조의 허름한 집에 당분간 은신하고 있었습니다. 그 후로는 행여라도 니오노미야 님이 거처를 알아차리지 못하도록 주의하여 별일이 없었는데, 어떻게 알았는지 아씨가 우지에 있다는 것을 알고는 지난 이월부터 편지를 보내왔습니다. 편지는 종종 왔으나 아씨는 거들떠보지도 않았습니다. 허나 우리 시녀들이 너무 송구한 일이니 답장을 보내지 않는 것은 도리어 좋지 않다고 말씀드려 한두 번 답장을 보냈을까요. 그 외에 일은 아무것도 알지 못합니다."

우근으로서는 그렇게밖에 말할 수 없었을 터이고, 그 이상 억지로 캐묻는 것도 가여운 일이라, 가오루는 홀로 깊은 우수에 잠겼습니다.

'그 사람은 니오노미야의 매력에 끌려 그리워 연모하면서도 내게 등을 돌리고 버릴 수는 없어 어찌하면 좋을지 몰랐던 것이겠지. 아직은 사려 깊지 못한 연약한 성품인데, 어쩌다 이 우지 강가에 살게 된 탓에 몸을 던지자 생각한 것인지도 모르겠구나. 만약 내가 이런 산골에다 그 사람을 숨겨놓지 않았더라면 아무리 괴로운 일이 있어도, 옛 노래에도 있듯이 스스로 괴로움에서 벗어나려 골짜기를 찾아 몸을 던지는 일은 없었을 터인데.'

이렇게 생각하니 물과의 악연이 원망스럽고, 우지 강이 견딜 수 없이 혐오스러웠습니다.

지금까지 몇 년이나 마음에 품고 그리워하던 우지의 아씨들을 위하여 험악한 산길을 마다않고 오갔는데, 그리운 사람이 하나도 남지 않은 지금은 새삼 이곳이 한스럽고 증오스러우니, 우지란 말조차 듣기 싫고 불길한 느낌이 듭니다.

'작은아씨가 그 사람 얘기를 할 당초에 농담 삼아 '인형'이란 별명을 붙였는데, 그때도 물에 떠내려간다는 예언 같아 불길하였던 터. 아무튼 내가 부족하여 죽음에 이르게 하고 말았구나.'

어머니의 신분이 높지 않은 탓에 장례 절차도 간략하고 조촐하게 치렀을 것이라고 불만스럽게 생각하고 있었는데, 자세한 사정을 듣고 보니 이러하여 어머니의 심정을 동정하고 딱하게 여깁니다.

'어머니는 또 얼마나 슬퍼하였을까. 그 정도 신분인 자의 딸로는 꽤 괜찮은 사람이었는데. 니오노미야와의 불미한 정사에 대해서 그 어머니는 아무것도 몰랐을 터이니, 오히려 나와의 관계 때문에 괴로워하였던 것이라 의심하고 원망하고 있겠지.'

이 산장에서 죽은 것이 아니니 죽음의 부정을 타지는 않겠으나, 수행원들이 보는 앞이라 체면도 있고 하여 집 안에는 들어가지 않고 끌채의 받침대를 가져오라 하여 옆문 앞에 걸터앉으니 그 높은 신분에는 어울리지 않는 일이나, 아담하고 무성하게 자란 나무 아래 이끼를 깔개 삼아 잠시 앉아 이렇게 읊조립니다.

이곳에서 추억을 나누었던
두 사람 모두 지금은 없는데
나까지 허망한 이 산골을
황폐하게 버려둔다면
누가 있어 이 추억의 산장을 추모하리

그 시절의 산사의 아사리는 지금 율사가 되었습니다. 율사를 불러들여 아씨의 법회에 관하여, 상중의 염불승의 숫자를 늘리라는 등 이런저런 명을 내립니다.

자살은 죄업이 무거우니, 다소나마 그 죄를 덜기 위하여 이레마다 경과 불상을 공양하라는 등 상세한 것까지 지시를 내립니다.

사방이 완전히 어두워진 후에야 가오루는 도읍으로 돌아갔습니다.

'만약 그 사람이 살아 있었더라면, 오늘 밤은 도읍으로 돌아가지 않았을 터인데.'

변에게도 전갈을 보냈습니다.

"이 몸이 뭐라 말할 수 없이 불길하게 여겨져 기력을 다 잃었습니다. 지금은 분별력까지 잃어 노망이 들었으니, 그저 엎드려 잠만 잘 뿐입니다."

이렇게 말하며 나오려 하지 않으니 가오루도 억지로 들르지는 않았습니다.

돌아가는 길에도 하루빨리 도읍으로 데려가지 않은 것이 유감스러우니, 우지 강의 거친 물소리가 들리는 동안에는 그저 마음만 어지러웠습니다.

'시신조차 찾지 못하였다니, 이 무슨 망측한 결말이란 말인가. 대체 지금 어떤 모습으로 어느 강바닥에서 조개들 사이에 섞여 있을까.'

이렇게 어두운 마음을 풀 길이 없으니, 애절함에 젖어 있습니다.

우키후네의 어머니는 집에는 출산을 앞둔 딸이 있는지라 히타치의 수가 부정을 탄다 하여 결재를 하라고 성가시게 굽니다. 상가에 들여놓았던 발로 집에 갈 수도 없어 뜻하지 않게 삼조의 누옥에 임시로 머물고 있으니, 슬픔을 위로할 길조차 없습니다.

딸의 출산이 어떻게 되었는지 걱정하고 있는데, 딸은 무사히 순산을 하였습니다. 상중의 부정으로 불길한 몸이라 출산한 딸과 손주에게는 근접할 수도 없고 다른 자식들도 생각할 수 없으니 망연하게 지내고 있는데 가오루가 보낸 사자가 왔습니다.

어머니는 아무 생각도 할 수 없는 멍한 상태인데도 편지를 받은 것이 너무도 기쁜 한편 또 슬퍼지고 말았습니다.

"이번의 너무도 뜻하지 않은 참담한 일에 가장 먼저 조문을 드려야 옳으나 마음은 혼란스럽고 눈물이 앞을 가려 아무것도 보이지 않으니, 하물며 어머니인 그대는 얼마나 자식 잃은 마음의 미망에 혼미하고 비탄에 빠져 있을까 하고 생각합니다. 잠시 시간을 두자고 생각하는 사이에 세월만 허망하게 흘렀습니다.

이번 일을 당하여 세상의 무상함이 더욱 뼈저리게 느껴지니 슬픔을 가눌 길이 없습니다. 내가 만약 한탄하다 죽지 않고 오래 살아남는다면, 죽은 사람의 유품이라 여기고 무슨 일이 있으면 꼭 연락을 주세요."

이렇게 정성스럽게 써서, 사자는 예의 대장 대보 나카노부를 보냈습니다.

"만사를 느긋하게 생각하다 보니 세월만 흘러, 나의 진정한 성의를 볼 수는 없었겠지요. 그러나 앞으로는 그대를 잊지 않겠습니다. 그러니 그대 역시 마음속으로 그렇게 생각해주세요. 어린 자식도 몇이나 있다 하니, 그 자식이 조정에 출사하는 날에는 반드시 힘이 되어드리겠습니다."

사자는 이렇게 가오루의 말을 전하였습니다.

어머니는 사실 딸의 시신을 만지지 않았으니 철저하게 몸을 삼가야 하는 것도 아니라 사자를 굳이 집 안으로 들였습니다.

"시신을 만지지 않았으니, 부정 탈 일은 없을 것입니다."

어머니는 울면서 답장을 씁니다.

"이렇게 슬픈 일을 당하고도 죽지 못하는 자신의 목숨을 저주하고 한탄하고 있는데, 이처럼 황공하게 편지를 받으니 살아남은 덕분일까요. 딸아이가 살아 있을 때에는 오직 불안한 딸의 처지를 걱정하며 살았는데, 딸의 불운이 모두 어머니인 저의 하잘것없는 신분 탓이라 여기고, 가오루 님의 황공한 말 한 마디에 의지하여 오래오래 행복하게 살라고 편지를 보냈는데 그 보람도 없이 이렇듯 참혹한 결과를 맞고 말았습니다. 지금은 우지와의 인연이 원망스럽고 슬플 따름입니다. 기쁘고 고마우신 말씀 덕분에 목숨을 연명하여 잠시나마 살아남아 있다면 자식들도 가오루 님에게 힘을 청하지 않을까 생각됩니다. 다만 지금은 당장의 슬픔에 눈물이 앞을 가리니, 아무 말씀도 드릴 수가 없습니다."

　사자의 수고에 흔해빠진 선물로 보답할 경우가 아닙니다. 그렇다 하여 아무것도 하지 않자니 마음이 꺼려 어젠가 가오루에게 헌상하려고 들고 온, 얼룩무늬가 들어 있는 무소의 뿔로 만든 훌륭한 석대와 긴 칼을 자루에 담아, 대보가 수레에 오르려는 때 사람에게 전하여달라 하였습니다.

　"죽은 사람의 뜻입니다."

　사자가 가오루에게 선물을 보이자, 가오루는 이렇게 말합니다.

　"상중인데 하시 않아도 될 일을 하였군요."

　"어머님과 직접 대면하였는데, 눈물을 흘리고 슬퍼하며 여러 가지 말씀을 하였습니다. '나리께서 자식들의 일까지 염두에 두고 말씀을 하니 너무도 황공한 일이나, 사람 취급도 받지 못하는 신분이라 오히려 부끄러워 고개를 들 수 없을 정도입니다. 세월이 흐르면 세상이 어떤 연고인지 알지 못하도록 하여 부족한 자식이나 모두 댁으로 찾아 뵙고 시중을 들도록 하겠습니다'라고 하였습니다."

사자는 이렇게 보고하였습니다.

'그리 가까운 친척 관계는 아니나, 폐하께 계급이 수령 정도인 자의 딸을 드리는 일도 없지는 않지. 전생의 인연을 따라 폐하의 총애를 받는다면 사람들이 뭐라뭐라 비난할 일도 없을 터이고. 또 신하라도 신분이 미천한 여자나 한번 결혼한 경험이 있는 여자를 아내로 삼은 예는 많다. 고작 히타치 수의 딸이라고 세상에 소문이 난다 하여도, 애당초 내가 여자를 잘못 대우하여 명예에 손상을 입는다면 곤란할 것이나, 그렇지는 않으니. 딸 하나를 허망하게 잃고 슬퍼하는 어머니에게 역시 그 딸의 인연으로 이렇게 체면을 세웠다고 생각할 수 있을 만큼의 배려는 반드시 하여야겠지.'

가오루는 이렇게 생각합니다.

어느 날, 히타치의 수가 어머니를 찾아왔는데, 부정을 탈까두려워 입구에 선 채로 이렇게 말하며 화를 내었습니다.

"딸이 출산을 한 이 중요한 시기에 이런 곳에 잘도 있습니다 그려."

혼약 파기 사건이 있은 후로 수에게는 딸이 어디에 있다는 것은 물론, 전혀 사정을 알리지 않았습니다.

"어차피 신세를 망치고 불편한 생활을 하고 있겠지."

수는 이렇게 생각하고 또 그렇게 말도 하였습니다.

"이렇듯 명예로운 입장이 되었습니다."

어머니는 가오루가 딸을 도움으로 맞이한 후에 이렇게 수에게 알릴 작정이었습니다. 그런데 일이 이렇게 되고 만 것입니다. 새삼 숨겨봐야 소용없는 일, 지금까지의 사정을 눈물로 고하였습니다.

가오루 대장의 편지를 꺼내 보이자, 수는 시골 사람답게 권문세도가와 귀인을 무턱대고 존경하고 무슨 일에든 감읍하는 사람이라 자지러질 듯 놀라고 겁을 먹으면서 편지를 몇 번이나 다시 읽었습니다.

"이런 더없이 좋은 행운을 버리고 죽어버리다니. 나도 가오루 대장님의 신하로 댁에 출사를 하고 있으나, 한번도 가까이 불러 부리신 적이 없다. 실로 고귀한 분이시지. 그런 분이 어린 자식들의 일까지 걱정하여주시다니, 정말 믿음직스러운 일이 아닌가."

이렇게 기뻐하는 것을 보고 어머니는 하물며 죽은 사람이 살아 있었다면 어떠하였으랴 싶으니, 울음을 터뜨리며 몸부림칩니다. 수도 이제야 눈물을 흘립니다.

허나 아씨가 살아 있었다면 오히려 히타치 수의 자식들에게까지 마음을 쓰는 일은 없었겠지요.

가오루는 자신의 과오로 사랑스러운 딸을 죽게 하였으니 그 것이 안타까워 어떻게든 어머니를 위로하고 싶은 마음에 세상 의 비난마저 감수하리라 생각한 것이니까요.

가오루는 사십구일재 법회에 관하여 지시하면서도, 정말 어 떻게 되었을까, 혹시 살아 있는 것은 아닐까 하고 생각합니다. 살아 있든 죽었든 법회를 갖는 것은 죄를 짓는 일이 아니니, 예 의 율사의 산사에서 치르도록 하였습니다. 열석하는 스님 예순 명에게 드릴 보시 등을 대대적으로 명하였습니다.

어머니도 참례하여 공양을 하였습니다.

니오노미야는 우근에게, 은 항아리에 황금을 넣어 보냈습니 다. 사람들의 눈에 띄는 화려한 일은 할 수 없으니, 우근이 바치 는 공물로 하라고 일렀습니다.

"우근이 왜 저런 훌륭한 것을 바치는 것일까."

사정을 모르는 사람들은 이렇게 의아해하였습니다.

가오루는 심복 부하들을 대거 보내 일을 돕도록 하였습니다.

"거 참 이상하군. 지금까지 별다른 소문이 없었던 사람의 사 십구재 법회를 이렇듯 정중하게 치르다니. 대체 어떤 분이기에."

새삼스럽게 놀라는 사람이 많은데, 히타치의 수가 나타나 조 심스럽지 못하게 주인 행세를 하니 사람들은 모두 이상하다는 표정으로 보고 있습니다.

히타치의 수는 딸이 소장의 자식을 출산하였으니 성대하게 축하를 하자고 소란을 떨며 집안에 부족한 것이 거의 없을 정도로 갖추어놓았습니다. 그런데다 당과 신라에서 들여온 물건들까지 모아들여 꾸미고 싶은데 신분이 신분인지라 그런 물건들은 모두 치졸한 것이었습니다.

가오루는 이 법회를 차분하게 치를 생각이었는데 모든 것이 더없이 훌륭하니, 그것을 본 히타치의 수는 만약 딸이 살아 있었다면 자신과는 비교도 할 수 없을 정도로 대단한 운세를 거머쥐었을 것이라고 생각합니다.

작은아씨도 송경에 대한 보시를 하고 일곱 명의 역승을 위하여 향연을 베풀었습니다.

폐하께도 지금은 가오루에게 이런 소실이 있었다는 것이 알려졌습니다. 무척이나 총애를 하였는데 정부인을 배려하여 우지에 숨겨놓았다고 하니, 딱한 일이었다고 생각합니다.

니오노미야와 가오루는 세월이 흘러도 슬픔이 가시지 않았습니다.

니오노미야는 사랑이 불길이 막 타오르던 중에 갑자기 상대가 죽었으니 실로 견딜 수 없이 괴로워하는데, 원래가 바람기가 많은 성품이라 이 슬픔을 잊을 수 있을까 하여 다른 여자와의 정사를 시도하는 일이 많았습니다.

한편 가오루는 법회를 정중하게 치른 후, 만사를 배려하고 유족들의 뒤까지 보살피면서, 아무리 한탄하여도 돌아오지 않을 사람을 역시 잊지 못하고 있습니다.

아카시 중궁은 숙부인 식부경의 상중에는 사가인 육조원에 머물렀습니다. 그동안에 둘째 황자가 식부경으로 승진하였습니다. 막중한 직책에 오른 터라 어머니 중궁전에 시종 문안드릴 수가 없습니다. 동생인 니오노미야는 누이인 첫째 황녀를 울적하고 외롭고 슬픈 마음의 위안처로 삼고 있습니다. 이곳에서는 미인이라 평판이 자자한 시녀들도 많은데, 니오노미야는 그 얼굴조차 마음껏 볼 수 없는 것을 유감스러워합니다.

가오루는 이제야 겨우 사람들의 눈을 피해 만나고 있는 소재상이란 시녀를 용모도 아름답고 마음씨도 곱고 재기에 넘치는 여자라고 생각합니다. 같은 금이나 비파를 퉁겨도 손톱소리, 술대 소리가 남들보다 뛰어나고 편지를 쓰거나 얘기를 나누어도 어딘가 모르게 다른 여자와는 차이가 나는 정취가 있었습니다.

니오노미야도 이전부터 소재상에게 마음이 끌렸던 터라 두 사람 사이를 떼어놓으려고 슬쩍슬쩍 말을 건네나, 소재상은 다른 시녀들처럼 그리 쉬이 니오노미야에게 정을 줄 수는 없다는 듯이 얄미울 정도로 당차게 퉁기고 있습니다. 가오루는 그런 것을 보고, 소재상은 역시 다른 여자와는 다소 다르다고 생각하는 듯합니다.

죽은 사람 때문에 가오루가 몹시 상심해 있다는 것을 잘 아는 소재상은 더 이상은 견딜 수가 없어 편지를 썼습니다.

　　슬픔을 헤아리는 마음은
　　남들 못지않으나
　　보잘것없는 나이기에
　　애써 위로도 삼가고
　　숨이 끊어질 듯 슬픔에 젖어 있으니

"내가 그 사람을 대신할 수만 있다면."
　고운 종이에 이렇게 썼습니다. 구슬픈 저녁나절, 마음이 착잡
해질 때에 맞춰 보내니, 재치가 있다고 생각합니다.

　　인간 세상은 무상한 것이라 하여
　　많은 사람들이 앞서 갔는데
　　괴로움이 몸을 저미는 나조차
　　새삼 사람들이 알아차릴 만큼
　　슬픔을 보이지는 않았을 터인데

　조문의 편지를 받은 기쁨에 가오루는 소재상의 방을 몸소 찾
아갔습니다.
　"침울하고 슬픈 때에 마침 받은 편지가 한결 기뻐서."
　주눅이 들 정도로 고귀하고 묵직한 분이라 평소에는 이런 곳

을 찾는 일이 없습니다. 그런데 이 얼마나 소박한 거처인지요. 여자의 방이라 하나, 너비도 깊이도 좁아 문가에 기대앉으니, 딱한 일이라 생각되지만 소재상은 그런 자신의 처지를 비하하지 않고 적당할 정도로 얘기를 합니다.

가오루는 죽은 사람보다 이 시녀가 그으함을 갖추고 있다고 생각합니다. 어쩌다 이렇게 시녀가 되었을까, 내 소실로 들여앉히고 싶을 정도로구나, 하고 생각합니다. 허나 그런 속내를 표정으로 드러내지는 않습니다.

연꽃이 한창일 무렵, 아카시 중궁이 법화팔강회를 열었습니다. 돌아가신 육조원 겐지와 무라사키 부인을 위하여 각각 날짜를 달리하여 경과 불상을 공양하니 실로 장엄하고 엄숙한 법회였습니다.

『법화경』 5권을 강의하는 날에는 화려한 장작 행도가 있었는데, 그것이 대단한 구경거리라 시녀들의 연고를 좇아 여기저기에서 구경꾼들이 모여들었습니다.

닷새째 날 아침에 법회가 끝나니, 불당으로 꾸몄던 침전의 장식물을 제거하고 원래 방으로 돌아갔습니다.

침전의 북쪽 차양의 방도 장지문을 떼어냈었는데 사람들이 다시 끼워 맞춥니다.

그동안 첫째 황녀는 건널복도에 있었습니다. 시녀들도 청문에 지쳐 각자 자신의 방에서 쉬고 있었던 터라 황녀 곁에는 사람이 많지 않았습니다.

　그런 저녁나절, 오늘 절로 돌아가는 스님 가운데 꼭 전할 말이 있다 하는 자가 있어 가오루는 법회 때 입었던 예복을 벗고 평상복으로 갈아입은 후 스님들의 대기소가 있는 물놀이터 쪽으로 갔습니다. 그런데 스님들이 모두 돌아가고 없어 연못가에 홀로 앉아 바람을 쐬고 있었습니다. 이 주변에는 사람의 기척도 없고 방금 전에 얘기한 소재상을 비롯한 시녀들이 임시로 휘장을 치고 휴식을 위한 방으로 쓰고 있습니다.

　'옷자락이 스치는 소리가 나는데, 소재상이 여기에 있을까.'

　가오루는 이렇게 생각하며 긴 복도 쪽에 살짝 열려 있는 장지문 틈으로 슬며시 안을 들여다보니, 휘장 사이로 저 깊은 곳까지 훤히 보입니다.

　시녀 셋과 여동이 무슨 뚜껑에 얼음을 올려놓고 깨려고 소란을 피우고 있습니다. 모두들 당의나 한삼도 입지 않은 편한 차림이라 설마 그곳이 첫째 황녀가 있는 곳이라고는 생각지도 못합니다. 얇은 하얀 옷을 입은 황녀가 손에 얼음을 쥐고 미소를 띤 채로 이렇게 야단법석을 떠는 시녀들을 바라보고 있습니다.

　그 얼굴이 뭐라 형용할 수 없이 아름답습니다. 오늘은 날씨가 후텁지근하여 너무 숱이 많다 싶을 정도로 풍성한 머리칼이 성가신지 귀 뒤쪽으로 살짝 넘기고 있는 모습이 무엇에 비유할 수 없을 정도로 아름답습니다.

　가오루는 지금까지 많은 미인을 보아왔으나, 이분과 견줄 수 있는 여인은 없었다고 생각합니다. 곁에 있는 시녀는 마치 흙덩이로 보이는데, 마음을 진정시키고 잘 살펴보니 노란색 명주 속옷에 엷은 보라색 겉치마를 입은 시녀가 부채질을 하고 있는 모습이 얼핏 보이는데 사뭇 정취가 있습니다.

"얼음을 깨기가 힘드니 오히려 무덥게 보입니다. 깨지 말고 그냥 보세요."

이렇게 말하고 웃는 눈가에 애교가 흘러넘칩니다. 그 목소리에 마음에 품고 있는 소재상이라는 것을 압니다.

시녀들은 그래도 포기하지 않고 어렵사리 깬 얼음을 각자 손에 쥐고 있습니다. 그중에는 머리에 올려놓거나 가슴에 대는 등 망측한 행동을 하는 자도 있는 듯합니다. 또 어떤 시녀는 얼음을 종이에 싸서 황녀에게 올리기도 합니다. 황녀는 정말 아름다운 손을 살며시 내밀어 시녀들에게 닦게 합니다.

"얼음은 쥐고 싶지 않아요. 물이 떨어지니까."

이렇게 말하는 목소리가 희미하게 들리니 가오루는 한없이 기뻐합니다.

황녀가 아주 어렸을 적, 자신도 철이 없을 무렵에 보았을 때는 참으로 귀여운 아이라고 생각한 후로는 소문조차 들은 일이 없었는데, 어떤 신불이 고맙게도 이런 기회를 주셨는지, 예의 사랑의 고뇌를 맛보게 하려는 것은 아닐까 하여 기쁜 한편으로 애틋한 마음에 가슴까지 설레며 황녀를 훔쳐보고 있습니다.

그때, 서쪽 별채의 북쪽 방에 거처하며 허드렛일을 하는 시녀가 급한 일로 장지문을 열어놓은 채로 물러났다는 생각이 나니, 누군가 그것을 보고 소동을 피우며 잔소리를 하면 큰일이다 싶어 허둥지둥 다시 돌아오는 참에 가오루의 평상복을 발견하고는 누굴까 하여 깜짝 놀랍니다. 자신의 모습이 보이는 것도 개의치 않고 툇마루를 통하여 곧바로 이쪽으로 옵니다.

'누구든 내 얼굴을 보면 큰일이지, 이런 데에서 어슬렁거리고 있다가 색을 좋아하는 사람이라는 오해를 살 수도 있으니.'

가오루는 얼른 몸을 숨겼습니다.

"이것 큰일났구나. 휘장도 안이 훤히 들여다보이게 쳐져 있는데. 아마도 유기리 우대신의 아들이겠지. 친족이 아닌 분이라면 이렇게 깊숙한 곳까지 들어올 수는 없으니. 이 일이 알려지면 누가 장지문을 열어놓았느냐고 추궁을 당할 터이고 크게 꾸지람을 듣겠지. 홑옷도 겉바지도 명주옷 차림이었으니, 아무도 옷자락이 스치는 소리를 듣지 못한 게야."

시녀는 이렇게 생각하며 어쩔 줄을 모릅니다.

'간신히 도심을 굳히고 출가한 사람의 심경으로 지내왔는데, 큰아씨의 일로 길을 잘못 든 후로는 갖가지로 사랑의 아픔에 고뇌하는 꼴이 되고 말았구나. 옛날에 일찌감치 출가를 하였더라면 지금쯤 깊은 산 속에 살면서 이렇게 마음이 어지러워지는 일은 없었을 터인데.'

이렇게 잇달아 떠오르는 생각에 마음이 진정되지 않습니다.

'왜 몇 해 전부터 이 황녀가 보고 싶어졌을까. 본다고 한들

마음만 괴롭지 어떻게 할 수 있는 것도 아닌데.'

그 다음날 잠자리에 함께 들었던 둘째 황녀의 잠이 깬 얼굴이 정말 아름다우니, 가오루는 이분보다 그 첫째 황녀가 딱히 더 아름다운 것도 아닌데, 하고 생각합니다.

'허나 역시 조금도 닮지 않았구나. 그분은 놀랄 만큼 품위가 있고 따스함이 풍기는 아름다움이라 말로는 뭐라 표현할 수 없는 자태였으니. 혹은 내 기분 탓이었을까, 아니면 때와 장소 때문이었을까.'

이렇게 생각하며 부인에게 말합니다.

"오늘은 무척 덥군요. 지금 입고 있는 것보다 좀 얇은 옷으로 갈아입으세요. 여자도 가끔은 색다른 옷을 입는 것이 때에 따라서는 매력있게 보입니다. 대이에게 얇은 홑옷을 준비하라고 이르거라."

곁에서 시중을 드는 시녀들은 황녀의 자태가 활짝 핀 꽃처럼 한창 아름다운 것을, 가오루가 기뻐하며 좀더 아름답게 꾸미려 한다고 흥미롭게 생각합니다. 점심때쯤 다시 황녀의 처소에 들어보니, 아까 명한 얇은 홑옷이 휘장에 걸쳐져 있었습니다.

"왜 이 옷을 입지 않는 것인지요. 많은 사람들이 볼 때는 이렇듯 살이 비치는 것을 입으면 예법에 어긋난다고 할 터이나, 지금은 상관없지 않습니까."

가오루는 이렇게 말하고 손수 황녀에게 옷을 입혀줍니다. 겉바지도 어제 첫째 황녀가 입고 있었던 것과 똑같은 붉은색입니다. 풍성한 머리칼과 아름답게 퍼져 있는 그 끝자락이 언니에게 뒤지지 않게 보입니다. 허나 역시 사람은 각기 다른 것일까요, 언니를 조금도 닮지 않은 듯합니다.

가오루는 얼음을 가져오라 하여 시녀에게 깨게 합니다. 그 하나를 집어 부인의 손에 쥐어주기도 하면서 마음속으로 재미있어합니다.

사랑하는 사람의 모습을 그림으로 그려 바라보며 마음을 달래는 사람도 있지 않았는가, 하물며 이분은 그 사랑스러운 분의 동생이니 그분 대신이라 여기고 마음을 달래도 이상할 것 없는 분이라고 생각하는 것입니다. 허나 자신도 어제의 그 시녀들처럼 첫째 황녀 곁에서 바라볼 수 있다면 하고 생각하니 한숨이 절로 새어나옵니다.

"첫째 황녀에게 편지는 보내는지요."

부인에게 이렇게 묻습니다.

"궁중에서 지나던 시절에는 아버님의 말씀도 있어 편지를 보냈으나 그 후로는 오래도록 보내지 않았습니다."

"신하인 내게 시집을 왔다 하여 언니께서도 편지를 보내주시지 않는 것은 너무한 일이지요. 당장 중궁께 그대가 원망하고 있다고 말씀드려야겠습니다."

"제가 무슨 원망을 한다고 그러시는 것인지요. 그 말씀이야말로 싫습니다."

"그대의 신분이 낮아져 깔보는 것이라 여기고 이쪽에서도 편지를 보내지 않는 것이라 말씀드리지요."

그날은 종일을 부인 곁에서 지내고 다음날 아침, 가오루는 아카시 중궁을 뵈러 입궁하였습니다.

니오노미야도 같은 자리에 있었습니다. 짙은 남색 평상복에 진한 노란색으로 물들인 얇은 홑옷을 받쳐 입은 모습이 매우 세련된 느낌입니다.

첫째 황녀의 아름다움 못지않게 동생인 니오노미야도 아름다우니, 피부색이 하얗고 고결한 기품에 이전보다 다소 야윈 모습이 오히려 더 아름다워 보입니다. 그 얼굴이 첫째 황녀와 너무도 닮아 황녀에 대한 애틋함이 샘솟습니다. 있을 수 없는 일이라고 스스로 억누르려 하자니 그 또한 지금까지 경험하지 못한 괴로움이었습니다.

니오노미야는 수행원을 시켜 들고 온 수많은 그림을 황녀의 처소로 들고 가라 이르고 그 자신도 그쪽으로 갔습니다.

가오루는 중궁의 앞으로 나아가 지난 법화팔강회의 고마움을 말씀드리고, 앞서 죽은 사람들의 추억을 잠시 얘기하고는 남아 있는 그림 몇 점을 보면서 이렇게 말합니다.

"제게 시집 온 둘째 황녀가 늘 우울하게 계시니 가여워 보고 있을 수가 없습니다. 첫째 황녀에게서도 편지 한 장 없는 것을 신하에게 시집을 간 탓에 업신여기는 것은 아닐까 하여 분하게 여기면서 속상해하는 듯합니다. 때로는 이런 그림들도 좀 보여주세요. 제가 들고 가 보일 수도 있으나, 그리 하면 별 재미가 없을 듯하니."

"무슨 말씀이세요. 첫째가 동생을 업신여기다니요. 궁중에 있을 때에는 처소가 가까워 서로 편지도 쉬이 주고받았으나, 이렇듯 뚝 떨어져 있으니 편지도 뜸해진 게지요. 편지를 보내라고 당장 권하겠습니다. 그보다 그쪽에서도 사양치 말고 편지를 보내 주세요."

"이쪽에서 어찌 그럴 수가 있겠는지요. 애당초 이쪽 황녀에게는 그리 마음을 쓰지 않으셨다 해도, 중궁과 저의 남매간의 인연을 보아 첫째 황녀가 동생을 좀더 귀여워하여주시면 얼마나 기쁘겠습니까. 하물며 이전에는 그리 자주 편지를 주고받았다 하는데 지금은 나몰라라 하신다면 저로서도 유감스러운 일입니다."

가오루가 이렇게 말하는데, 중궁은 설마 가오루에게 다른 속내가 있는 줄은 눈치도 채지 못합니다.

가오루는 중궁전에서 물러나왔습니다.

'소재상이 보고 싶구나. 마음이나 달랠 겸 그 추억의 건널복도라도 가보아야겠다.'

가오루는 이렇게 생각하며 중궁전에서 복도를 따라 서쪽으로 갑니다. 발 안에 있는 시녀들은 가오루가 그저 지나가기만 하는데도 각별히 신경을 곤두세웁니다. 가오루는 말쑥한 풍채와 더없이 세련된 자태로 걸어갑니다. 건널복도 쪽에서 유기리 우대신의 아들들이 무슨 얘기를 나누는 듯하여 가오루는 옆문 앞에 앉았습니다.

"이 부근에는 곧잘 찾아오는데 이곳 분들을 만날 기회는 좀처럼 없으니, 나도 모르게 늙은이 같은 기분이 드는군요. 허나 오늘부터는 나도 분발하리라 싶어 찾아왔습니다. 젊은 분들은 걸맞지 않은 일이라 여기겠지요."

가오루는 조카들 쪽으로 눈길을 돌리며 말합니다.

"지금부터라도 자주 찾아오시면 회춘을 하시겠지요."

이렇게 두서없는 농담을 하는 시녀들의 기척이 요염할 정도로 우아하고 풍정이 있습니다. 이렇다 할 얘기가 있는 것은 아니지만 세상 돌아가는 얘기를 두런두런 나누면서 느긋하게 오래 앉아 있습니다.

첫째 황녀가 중궁전에 들었습니다.

"가오루 대장이 그대가 있는 곳으로 갔는데, 어떠하던가요."

"소재상에게 무슨 할 말씀이 있는 듯합니다."

황녀가 대동한 여관 대납언이 대답하였습니다.

"그 고지식한 사람이 그래도 역시 여자에게 마음을 품고 말을 건네려 하니, 재치 없는 시녀는 상대하기가 곤란하겠습니다. 마음속까지 들여다볼 터이니, 소재상이라면 그 점은 안심이지요."

중궁은 가오루와는 누이동생 사이이지만 아무래도 조심스러워 하니, 시녀들 역시 빈틈없이 대응하여주었으면 하고 생각합니다.

"가오루 대장님이 다른 시녀보다 소재상을 어여삐 여기며 방에도 간혹 들리는 듯합니다. 둘이 도란도란 얘기를 나누다 밤이 깊어서야 돌아가는 일도 있습니다. 허나 세상에 흔히 있는 깊은 관계는 아닌 듯합니다. 소재상은 니오노미야 님을 실로 염치없고 바람기 많은 분이라 여기고 그쪽에는 답장도 보내지 않는다 합니다. 참으로 황망한 일이나."

대납언이 이렇게 말하며 웃자 아카시의 중궁도 웃습니다.

"니오노미야의 방탕한 성품을 꿰뚫어보다니 대단하군요. 무슨 수를 써서든 그 나쁜 버릇을 고쳐드리고 싶은데. 어머니로서 부끄러운 일입니다. 그대들 보기도 민망하고."

"그러고 보니, 몹시 이상한 소문이 들립니다. 가오루 대장이 잃은 사람은 니오노미야 남의 이조원 부인의 동생이라 합니다. 배다른 자매이겠지요. 그런데 히타치의 모모라고 하는 수의 아내가 그 사람의 숙모다 어머니다 하는데, 대체 어느 쪽인지 모르겠습니다. 니오노미야 님이 그 여자에게 실로 은밀하게 드나들었습니다. 그런 소리를 가오루 님도 들었던 게지요. 여자를 급히 도읍으로 데리고 오기로 하고, 야경을 붙이는 등 대대적으로 경비를 하였습니다. 그런 곳에 니오노미야 님이 은밀하게 걸음을 하였는데, 경비가 하도 심해서 산장 안에는 들어가지도 못하고 말을 탄 채 흉물스러운 모습으로 서 있다가 끝내 그 여자를 만나지 못하고 돌아왔다 합니다. 여자도 니오노미야 님을 그리워하였는지, 그 후로 갑자기 모습을 감추었는데, 유모와 그 어미는 우지 강에 몸을 던졌을 것이라고 한답니다."

아카시 중궁은 어처구니없는 얘기라고 생각합니다.

"누가 그런 말을 하던가요. 정말 가엾고 어처구니없는 일이로군요. 그렇게 흔치 않은 일은 금방 소문이 날 법도 한데, 가오루 님은 그런 말씀은 한마디도 없이 인간 세상의 무상함과 허망함이나 우지의 하치노미야 님의 가족이 단명하여 슬프다는 얘기만 하였습니다."

"아랫사람들은 별일 아닌 것도 그럴싸하게 소문을 내지요. 허나 그 우지 산장에서 허드렛일을 하며 시중을 들던 여동이 바로 얼마 전 소재상의 고향으로 내려와 그 얘기를 사실인 것처럼 말하였다고 합니다. 그런데 그처럼 기묘하게 죽었다는 사실이 불길하고 끔찍하다 하여 사람들에게는 알리지 않으려 극구 감춘다고 하는군요. 아마 가오루 대장님께도 자세한 사실은 말씀드리지 않았는지도 모르겠습니다.

"그 여동에게 앞으로는 그런 얘기를 절대 사람들에게 전하지 말라 하세요. 니오노미야는 색을 좋아하는 성품 때문에 몸을 망치고 사람들로부터 경솔하다 손가락질을 받게 되겠지요."

아카시 중궁은 이렇게 몹시 걱정하는 표정입니다.

그 후 첫째 황녀가 가오루의 부인에게 편지를 보냈습니다. 아름답고 훌륭한 필적을 보고 가오루는 실로 기뻐하며 진작부터 이렇듯 편지를 주고받으며 황녀의 편지를 봤다면 좋았을 것을 하고 생각합니다.

아카시 중궁도 갖가지 재미있는 그림을 둘째 황녀에게 한 아름 보냈습니다.

가오루는 정취 가득한 그림을 가득 모아 답례를 하였습니다.

이야기 책인 「세리가와 대장」의 도기미가 가을날 저녁, 황녀에게 연심을 품고 벅찬 심정을 억누르지 못하여 황녀를 찾아가는 장면을 흥미롭게 그린 그림을 보고 가오루는 마치 자신이 일처럼 생각합니다.

'이 이야기처럼 내게 마음을 주는 여인이 있다면 얼마나 좋을까.'

이렇게 생각하니 자신의 불행이 원통하였습니다.

억새풀 위로 불어
이슬을 맺게 하는 가을바람
해거름이면 더욱 시름에 잠기는
내 몸과 마음에도 불어오니

이렇게 그림에 곁들여 쓰고 싶은 심정이나, 그런 마음이 이슬만큼이라도 밖으로 새어나가면 귀찮은 일이 벌어질 부부 사이인지라 조금이라도 그런 내색을 하면 안 된다고 이런저런 궁리를 하고 고민합니다.

'큰아씨가 살아 있다면 다른 여인에게 마음을 나눠줄 리가 있겠는가. 설령 황녀를 주겠다 하여도 절대 받지 아니하였을 것이다. 연심을 품고 있는 사람이 있다 진언을 드리면 황녀가 신하와 결혼하는 일도 없었을 것인데. 생각하여보면 역시 괴로우니, 내 마음이 어지럽게 된 처음 원인은 우지의 하시 히메인 큰아씨였어.'

끝내는 이렇게 생각에 생각을 하다 보니 이조원의 작은아씨가 마음에 걸리고 그립기도 한 한편 원망스럽기도 한데, 도무지 어쩔 수 없는 상황이 자신이 생각하여도 구차할 만큼 후회스러웠습니다.

가오루는 이런 생각으로 고뇌하다가 그다음으로는 뜻밖에도 어처구니없는 모양새로 죽은 우지의 아씨의 너무도 유치하고 무분별하고 더없이 경솔한 행동을 생각합니다.

또 우근이 말하였듯이, 두 남자에게 동시에 사랑을 받아 몹시 괴로워하고 번뇌하던 차에 가오루의 태도가 평소와는 다르다고 생각하고, 스스로 마음의 미혹에 빠져 자책감에 고통스러워하였던 아씨의 모습도 떠올랐습니다.

정부인으로 정중하게 대우하기보다 부담없고 편하고 귀여운 연인으로 삼기에는 더없이 좋은 아리따운 사람이었는데, 하고 생각하다가 이제 더 이상 니오노미야를 원망하지 말자, 그 여자도 미워하지 말자, 모든 것은 내 태도가 우유부단하여 생긴 일이니, 하고 생각하니 마음이 한없이 침울해졌습니다.

늘 평온하고 침착한 가오루에게도 연애사건에 관한 한 몸이 상할 정도로 고통스러운 일이 절로 생기는가 봅니다. 하물며 니오노미야는 우키후네의 죽음에서 헤어날 길이 없고 죽은 사람을 대신하여 세월이 흘러도 가시지 않는 슬픔을 얘기할 상대조차 없는데 서쪽 별채에 사는 작은아씨만큼은 죽은 사람을 가엾다고 말해주었습니다.

허나 두 사람은 자매이면서도 옛날부터 친근한 관계는 아니었고 겨우 최근에 만난 사이이니, 무슨 그리 깊은 동정을 품겠는지요.

니오노미야만 해도 작은아씨에게 마음속에 있는 말을 그대로 그립다, 견딜 수 없이 슬프다 하고 말하기는 꺼려지니, 우지의 산장에 있었던 시종을 다시 불러들였습니다.

시녀들은 모두 뿔뿔이 흩어져 지금은 유모와 시종과 우근만이 우키후네가 살아생전에 각별히 대하여주었던 마음을 잊지 않고 산장에 남아 있습니다.

시종은 원래부터 있던 사람이 아니라 나중에 시녀로 들어왔으나 남아 우근과 유모의 말 상대가 되어주고 있습니다.

우키후네가 살아 있을 당시에는 다른 곳에서는 들을 수 없을 만큼 거친 우지 강의 물소리도 언젠가는 즐겁게 들릴 때가 있을 것이라 기대하며 마음을 위로하였는데, 지금은 그저 소갈머리

없고 무섭게만 들리니, 최근에는 도읍으로 올라와 허름한 집에서 지내고 있었습니다.

니오노미야는 그 시종을 찾아내어 이조원에서 기거하며 시중을 들라 명하였습니다.

'니오노미야 님의 호의는 고마우나 다른 시녀들이 뭐라 여길까. 자매이면서 우키후네와 니오노미야가 그런 관계였다는 것이 알려져 있는 이조원에서는 듣기 싫은 소리도 들을 수 있으니 살기가 편치 않을 터이지.'

시종을 이렇게 생각하고 거절하였습니다.

"가능하다면 아카시 중궁을 모시고 싶습니다."

대신 이렇게 넌지시 부탁을 드립니다.

"그거 묘안이로구나. 당분간은 중궁전에서 지내다가 그다음에 내게로 와 시중을 들도록 하면 되겠구나."

니오노미야는 이렇게 시종의 제안을 받아들였습니다.

시종은 이제 의지할 곳 없어 불안한 마음을 위로할 수 있겠구나 싶어 연줄을 더듬어 중궁전에서 시중을 들게 되었습니다. 아담하고 예쁘장한 하급 궁녀라 하여 다른 궁녀들도 인정을 하니 나쁘게 말하는 사람은 없었습니다.

가오루도 종종 이곳을 찾으니, 시종은 가오루를 볼 때마다 우지에서의 일이 생각나 모든 것이 슬프기만 하였습니다.

"이곳은 신분이 높은 집안의 딸들이 모여 시중을 들고 있지요."

궁녀들이 이렇게 말하여 조심스럽게 살펴보았으나, 역시 우지에서 시중을 들었던 우키후네 아씨만한 미인은 없는 듯하였습니다.

지난봄에 돌아가신 식부경의 부인은 전처의 딸을 유난히 싫어하여 그리 친근하게 보살피지도 않습니다. 계모의 오빠 마두는 인품도 그다지 원만하지 못한 남자인데, 이 딸에게 연심을 품었습니다. 아카시 중궁은 계모가 그 딸을 딱하게 여기지 않고 연을 맺어주려 한다는 소문을 얼핏 들었습니다.

"가엾게도. 아버님이 소중하게 키운 아씨를 그렇듯 푸대접을 하다니."

아씨도 심경이 불안하여 슬퍼만 하고 있는 참이었습니다.

"중궁께서 친절하게 그렇게까지 마음을 써주시니, 중궁전에서 시중을 들면 어떻겠어요."

그 오빠인 시종까지 이렇게 말하여, 중궁은 최근에 아씨를 자신의 처소로 불러들였습니다. 첫째 황녀의 얘기 상대로 더없이 어울리는 사람인데다 다른 궁녀들과 달리 고귀한 분이라 특별한 대우를 받고 있습니다.

그래도 역시 궁에서 시중을 드는 입장이라 미야노기미라 불리며 당의를 입을 수 없는 궁녀로 겉치마를 입고 시중을 들고 있으니 참으로 딱한 일이었습니다.

니오노미야는 죽은 사람을 그리워하면서도 예의 여자를 좋아하고 다정하고 호색적인 버릇을 버리지 못하니, 어서 빨리 미야노기미를 만나고 싶어합니다.

'이 미야노기미 정도면, 그리운 우키후네를 닮은 용모라 할 수 있지 않을까, 아버지인 식부경과 우키후네의 아버지 하치노미야는 형제 사이이니.'

한편 가오루는 이렇게 달리 생각하면서 다른 궁녀보다는 미야노기미에게 호의를 보이고 있습니다.

'그 아씨에게 궁살이를 시키다니, 난감하고 망측한 일이로구나. 바로 얼마 전 식부경이 돌아가시기 전까지만 해도 아씨를 동궁비로 생각하였고, 내게도 청혼을 암시한 적이 있는데. 세상이 무상하여 그렇듯 영락한 꼴을 보이느니, 차라리 그 사람처럼 강물에 몸을 던진다면 이런저런 비난을 받을 일도 없을 터인데.'

중궁이 사가 육조원으로 돌아왔습니다. 모두들 궁중보다 한층 넓고 정취가 있고 지내기 편하다 여기는데다, 간혹 중궁의 기분이나 살피는 궁녀들까지 모두들 이곳에 와서 한가롭고 편안하게 지내고 있습니다.

몇 채나 이어져 있는 별채와, 복도, 건널복도까지 궁녀들로 넘쳐납니다.

유기리 우대신의 권력은 과거 살아 계셨을 때의 겐지의 위세 못지않으니, 아카시 중궁을 만사에 극진하게 모셨습니다.

우대신에게는 자손도 많으니 일족이 번성하여 겐지의 시절보다 현대풍의 화려함을 자랑합니다.

니오노미야는 본성이 다감한 분이라, 중궁이 육조원에서 지내는 몇 달 동안은 연애에 부심하였습니다. 그런데 당분간은 아주 조용하고 얌전히 지내니, 겉으로 보기에는 다소 바람기가 잦아든 듯하였는데 요즘 들어 다시 본성이 나타나, 미야노기미에게 눈독을 들이고 주변을 어슬렁거리고 있습니다.

이제 날씨도 서늘해졌으니 아카시 중궁은 궁중으로 돌아갈 채비를 합니다.

"가을 단풍이 들 무렵까지는 이곳에 계시면서, 단풍 구경을 하셔야지요."

젊은 궁녀들은 이렇게 아쉬워하며 모두들 육조원에 모여 있습니다.

육조원에서는 매일 연못에 배를 띄우고 놀 수도 있고 달도 감상하고, 또 음악놀이가 늘 끊이지 않아 궁중 생활보다 활기차고 시끌시끌합니다.

니오노미야는 이런 놀이를 유달리 좋아하니, 자신도 더불어 흥을 돋우고 있습니다.

아침저녁으로 보아 낯이 익은데도 이 니오노미야는 지금 갓 핀 꽃처럼 싱그럽고 아름답습니다.

가오루는 그런 놀이에 니오노미야만큼은 관여하지 않으니, 궁녀들은 그 점잖음을 답답해하면서 왠지 근접하기 어려운 분이라 하여 모두가 긴장하고 대합니다.

그 두 분이 중궁을 찾았을 때, 시종이 물건 뒤에서 숨어서 살짝 엿보았습니다.

'어쩌면 우키후네 아씨가 이 두 분 가운데 어느 분과든 결혼하여 더없는 행운을 잡은 분으로 살아 있다면 얼마나 좋았을까. 그런데 강물에 몸을 던지다니, 그 무슨 허망하고 속절없고 뜻하지 않은 각오를 하였다는 말인가.'

아무에게도 그 일에 얽힌 사정은 절대 아는 척하지 않으니 그저 혼자 가슴에만 묻고 언제까지나 잊지 못한 채 마음 아파합니다.

니오노미야는 궁중에서 일어난 일들을 중궁에게 소상히 말씀드립니다.

가오루는 그사이에 중궁 앞에서 물러나왔습니다. 시종은 아직 당분간은 가오루에게 모습을 보이고 싶지 않아합니다. 우키후네 아씨의 탈상이 아직 멀었는데 벌써 이곳으로 올라온 것을 두고 천박한 여자라 여겨지고 싶지 않으니 몸을 숨기는 것입니다.

운 좋게 동쪽 건널복도의 문이 열려 있는데, 그 문 앞에 시녀들이 다수 모여 작은 소리로 속닥거리고 있습니다.

"그대들이 친근하게 지내야 할 사람은 안심하고 교류할 수 있는 나 같은 사람이니 여자들 사이에도 흔치 않지요. 나는 그대들이 필요로 하는 것, 도움이 될 만한 것을 가르쳐줄 수 있습니다. 나의 진의를 알아주는 듯하여 매우 고맙기는 하나."

가오루가 이렇게 말합니다. 시녀들은 뭐라 대답하면 좋을지 모르고 주춤거리고 있는데, 이런 일에 능숙한 늙은 시녀 오모토 가 이렇게 응수합니다.

"그 말씀 말인데요, 친근하게 여기지도 않는 자가 유독 부끄러운 줄도 모르고 친근한 척 말씀을 건네고 있지 않습니까. 세상 이란 만사가 그런 식입니다. 하기야 저 같은 사람만 하여도 친근하게 얘기할 만한 연고가 있는지 확인한 후에 이렇게 터놓고 말씀드리는 것이 아닙니다. 저처럼 뻔뻔함이 몸에 밴 자가 응수를 하지 않는 것도 성격에 없는 사양을 하는 듯하여 꺼려지니."

"내게는 부끄러워할 이유가 없다고 그렇듯 굳게 믿고 있으니 유감이로군요."

이렇게 말하면서 보니 오모토는 당의를 벗어던진 편안한 차림으로 심심풀이 삼아 뭔가를 쓰고 있었던 모양입니다. 그 종이를 벼루 뚜껑에 올려놓고 무슨 꽃나무 가지를 꺾어 손으로 만지작거리고 있는 듯합니다.

시녀들은 어떤 자는 휘장 뒤에 살며시 몸을 숨기고 있고, 또 어떤 자는 이쪽을 등지고 있고, 또 열어 놓은 문 뒤에 누군지 모르게 앉아 있습니다. 가오루는 그 도읍들의 머리 모양이 모두 아름다운 것을 보고 벼루를 잡아당겨 노래를 지었습니다.

고운 마타리가 흐드러지게 핀

꽃의 들판 같은 이곳에 와도
고리타분한 나를
누구 하나 바람기 많은 남자라
이슬만큼도 소문을 내지 않겠지요

"그런 나를 어찌 안심할 수 있다 여기지 않는지요."
이렇게 써서 장지문 뒤에 이쪽을 등지고 있는 시녀에 보이니,
시녀는 꼼짝도 하지 않고 침착한 태도로 단박에 이런 노래로 응
수하였습니다.

같은 꽃이라도
이름까지 요염한 마타리
허나 그 꽃은
어떤 이슬의 유혹에도
젖지 않는걸요

필적은 이만저만하나 풍정이 있어 그런대로 봐줄 만하니, 이
시녀가 대체 누굴까 하고 가오루는 궁금해합니다. 중궁에게 가
는 도중 길이 막혀 이곳에 머물고 있는 사람일 것이라고 생각합
니다.
"가오루 님이 마치 늙은이 같은 말씀을 너무도 분명하게 하시
니, 오히려 얄밉습니다."

오모토가 이렇게 말하면서 또 노래를 지었습니다.

하룻밤 나그네가 되어
마타리와 함께 자보는 것은 어떨지요
활짝 핀 꽃 향기에
마음이 움직이는지 어떤지

"그런 연후에 그대의 성품에 바람기가 있는지 없는지를 정하지요."

잠자리를 빌려주겠다면
하룻밤 정도야 나그네가 될 수도 있지요
대부분의 여자에게는
잠자리를 같이한들
마음이 움직이지 않았던 나이니

가오루는 이렇게 응수합니다.
"왜 그리도 창피를 주시는지요. 저는 그저 세상에 흔히 있는 들판에서의 하룻밤을 농담 삼아 말씀드린 것인데."
오모토도 다시 응수합니다. 이렇게 사소한 농담이라도 가오루가 입에 담으면 시녀들은 모두 그다음 말을 듣고 싶어합니다.
"아니 눈치가 없었습니다. 가는 길을 막아. 자, 길을 터드리지요. 아무튼 모두가 저렇게 부끄러운 듯 숨어 있는 것을 보면, 부끄러워할 만한 이유가 있는 분이 오셨다는 뜻이겠지요."

가오루가 이렇게 말하고 그곳에서 물러나니, 시녀들은 모두 오모토처럼 무례한 자들뿐이라고 여겨질 것이 속절없다고 투정을 부리는 자도 있습니다.

가오루는 동쪽 난간에 기대어 기우는 해와 꽃이 흐드러지게 피어 있는 앞뜰을 바라보고 있습니다.

모든 것이 그저 몸을 저미도록 슬프니 '그중에서도 단장의 슬픔 깊은 것은 가을이니'라는 애가 끊는 가을의 서정을 노래한 『백씨문집』의 시를 목소리를 낮추어 읊조립니다.

그러자 아까의 그 시녀가 들으라는 듯이 옷자락 스치는 소리를 내면서 본채의 장지문을 지나 저쪽으로 가는 듯하였습니다. 그쪽에서 마침 니오노미야가 걸어와 묻습니다.

"이쪽에서 저쪽으로 간 것은 누구냐."

"첫째 황녀의 시녀 중장입니다."

이렇게 대답하는 목소리가 들려 가오루는 중장을 딱하게 여기면서 니오노미야에게는 시녀들이 모두 친근하게 구는 것을 질투합니다.

'이 무슨 법도에 어긋나는 이상한 짓이란 말인가. 마음을 품고 있는 남자에게, 저 여자가 누구냐고 묻는다 하여 저렇게 조심성도 없이 금방 이름을 가르쳐주다니.

니오노미야는 적극적이고 강압적으로 여자를 꼬드기니 여자들도 모두 저처럼 당하는 것이리라. 나는 니오노미야 일가족에게는 여자 일로 이렇게 늘 고통을 당하고 있는데. 참으로 분하고 샘도 나는구나. 이곳에도 니오노미야가 예의 버릇대로 애착을 보이면서 어떻게든 손에 넣으려고 안달하는 보기 드문 시녀가 있을 터이지. 이번에는 내가 그 여자를 어떻게든 꼬드겨 우지의 여자 일로 배신을 당한 것에 대한 앙갚음을 하고 싶구나. 분별이 있는 여자라면 내게 꼬리를 쳐야 마땅할 것인데. 허나 그런 여자는 쉬이 없으니.

이조원의 작은아씨가 니오노미야의 행실이 신분에 걸맞지 않다 여기면서도 나와의 교제가 점점 곤란해지는데도 끝내 떨쳐버리기 어려워하는 것은 실로 드문 일이니, 참으로 딱하기도 하다. 세상 보는 눈을 수치스러워하면서도 깊은 정을 보여주니, 그분처럼 정이 깊은 사람이 이 시녀들 중에도 있을 것인가.

아직 시녀들과는 깊은 관계를 갖지 않았기에 잘 모르겠으나, 요즘은 잠도 좀처럼 오지 않고 따분하니, 나도 조금은 그런 짓거리를 흉내내볼까.'

이렇게 생각은 하면서도 역시 가오루는 지금의 자신에게 그런 일은 합당하지 않다 여깁니다.

그러니 가오루가 지난번처럼 일부러 예의 서쪽 건널복도 쪽으로 간 것은 불가사의한 행동입니다. 첫째 황녀는 밤에는 중궁에게 가 있으니, 시녀들은 달 구경을 하려고 이 건널복도에 모여 느긋하게 수다를 떨고 있습니다.

때마침 적적함을 달래려 퉁기는 쟁 소리가 들리니, 손톱 소리가 뭐라 말할 수 없이 정취가 있습니다. 가오루는 갑작스레 그쪽으로 다가가 이렇게 말합니다.

"어찌하여 이렇듯 사람의 마음을 뒤흔드는 소리를 내는 것입니까, '유선굴'의 미녀 십랑 같군요."

시녀들은 모두 놀란 듯하나, 약간 걷어 올렸던 발을 내리지도 않은 채 안에서 한 명이 일어나 대답합니다.

"십랑도 있으나 안에는 역시 '유선굴'의 최계규 같은 오라버니도 있으니."

그 목소리는 중장 오모토라 하는 시녀입니다.

"나야말로 어머니의 숙부인 사람이오. 황녀는 오늘 밤 저쪽에 계시겠지요. 이렇게 사가에서 지낼 때에는 어떤 일로 소일을 하는지요."

이렇게 시시껄렁한 농담을 하고는 종잡을 수 없는 질문을 하였습니다.

"어디에 계시든 이렇다 하게 하시는 일은 없습니다. 그저 이렇게 하루하루를 지내시는 듯합니다."

가오루는 참으로 편한 신세로구나 하고 생각하는데 그만 한숨이 새어나오니 수상히 여기는 사람이 있으면 곤란하여 얼른 얼버무리려 시녀가 내미는 육현금을 조율도 하지 않은 채 퉁깁니다.

율조는 신기하게도 가을에 어울리게 들리는 음색이라 하니,

그대로 퉁겨도 듣기에 거북할 리 없는데, 가오루는 곡을 끝내지 않고 퉁기다가 그만둡니다. 살짝만 들려준 탓에 음악에 소양이 있는 시녀들은 오히려 애간장이 타도록 아쉬워합니다.

'과연 나의 어머님이 첫째 황녀보다 못한 신분이었을까. 황녀는 아카시 중궁의 소생이고 어머님은 여어의 소생이었다는 차이는 있으나, 폐하께서 두 황녀를 어여삐 키웠다는 점에서는 다를 것이 없는데, 이 황녀는 마치 전혀 다른 각별한 운세를 타고난 분처럼 여겨지는 것은 어째서일까, 참으로 기이한 일이다. 이분의 어머니의 고향인 아카시 해변이란 곳이 얼마나 그윽한 곳이기에.

그분의 여동생을 부인으로 맞은 나의 운세도 실로 경하로운 것이구나. 게다가 첫째 황녀까지 얻을 수 있다면 얼마나 행복할까.'

이런저런 생각을 하다가, 생각이 거기까지 미치니 도저히 잠재우기 불가능한 바람이라고 해야겠지요.

미야노기미는 첫째 황녀가 기거하는 서쪽 별채에 따로이 방이 있습니다. 그곳에도 젊은 시녀들이 많이 모여 달구경을 즐기고 있습니다.

'가엾게도, 이 사람 역시 황녀와 같은 혈통인데. 아버지 식부경이 그 옛날에 나를 사위로 삼으려 한 적도 있었지.'

가오루는 옛날 일을 떠올리고는 그 일을 구실 삼아 미야노기미가 있는 곳을 찾았습니다. 귀여운 여동이 두셋, 잠옷 차림으로 뜰을 오가고 있습니다. 가오루의 모습을 알아보고 집 안으로 숨는 모습이 부끄러워하는 듯합니다. 이런 것이 보통 남자들의 행동이겠지 하고 생각합니다.

남쪽을 향한 구석방으로 다가가 헛기침을 하자 나잇살이 지긋한 시녀가 나왔습니다.

"남몰래 미야노기미에게 연심을 품고 있는 자가 있다면 풋내기인 척 꾸미느라 모두가 사용하는 상투적인 표현을 쓴다 하겠지요. 나는 그저 진심으로 미야노기미를 연모하는 마음을 뭐라 표현하면 좋을지, 그 말을 찾고 있습니다."

가오루가 이렇게 말하자 시녀는 미야노기미에게 말을 전하지는 않고 주제넘게 이렇게 말합니다.

"전혀 예기치 못한 신분이 되었으나, 돌아가신 아버지 식부경이 가오루 님을 아씨의 사위로 점찍었던 일이 생각납니다. 직접 뵙는 일은 없으나, 때로 아씨의 말씀을 하신다는 소문을 듣고 기쁘게 생각하고 있습니다."

말을 전하는 시녀의 인사만으로는 대수롭지 않은 대접이라 재치도 없고 별 흥미롭지도 않으니 이렇게 말합니다.

"애당초 아씨와 나는 종형제 사이이니 외면할 수 없는 혈연 관계입니다. 앞으로는 언제든 필요한 때에는 나를 불러주시면 고맙겠습니다. 허나 남을 대하듯 사람을 통하여 대하니, 이제는 찾아 뵙기도 어려울 듯합니다."

정말 그렇다 싶으니 시녀는 허둥지둥 미야노기미에게 대답을
하라 채근하는 듯합니다.

"아는 이도 없고 '소나무도 옛 친구는 될 수 없으니'라는 노
래처럼 친구가 없다고만 생각하고 쓸쓸하게 지내왔는데, 애당
초 혈연이라 말씀하여주시니 참으로 듬직하게 여겨집니다."

시녀를 통하지 않고 직접 얘기하는 미야노기미의 목소리가
아주 풋풋하고 귀엽고 상냥한 느낌입니다. 미야노기미를 궁중
에서 시중을 드는 그저 평범한 시녀라고 생각하면 이런 대응도
흥미로울 터이나, 황가의 피를 이어받은 분이 이렇듯 경솔하게
직접 목소리를 들려주게 되었는가 싶으니 가오루는 왠지 앞날
이 걱정스러웠습니다.

'미야노기미의 용모도 무척이나 아름다울 터이지.'

그 기척에 보고 싶은 마음이 들기도 하나, 이 사람 역시 니오
노미야의 바람기를 자극하는 상대가 될 듯하여 흥미롭기도 한
한편 이 여자다 싶은 여자는 좀처럼 없는 세상이라고 생각하며
앉아 있습니다.

'이분이야말로 아버지 식부경이 눈에 넣어도 아프지 않을 딸
로 애지중이 키웠던 황녀이다. 허나 이 정도의 사람이라면 세상
에 널려 있으리라. 신기한 것은 그 성자 같았던 하치노미야 님
에게서 태어난 자매가 우지의 산골에 살면서도 어디 한 군데 결
점이 없을 정도로 빼어났다는 것이야. 너무도 허망하게 그리고
경솔하게 세상을 떠났다 싶은 그 사람도 이 사람처럼 얼핏 보기

에는 뭐라 말할 수 없는 풍정이 있었지.'

이렇게 가오루는 무슨 일이든 하치노미야의 가족을 떠올립니다.

불가사의할 정도로 늘 속절없이 끝났던 사랑 하나하나를 절절하게 생각하면서 침울해하는 해질 녘, 사뭇 허망하게 날아다니는 하루살이를 바라보며 노래합니다.

거기에 있는 듯한데
손에는 잡히지 않고
분명 봤다고 여겼더니
단박에 행방도 알 수 없이
묘연하게 사라진 하루살이여

'있는지 없는지 모르는 채 사라져버리는 덧없는 세상이니.'
항상 그러하듯 이렇게 혼잣말을 중얼거리고 있습니다.

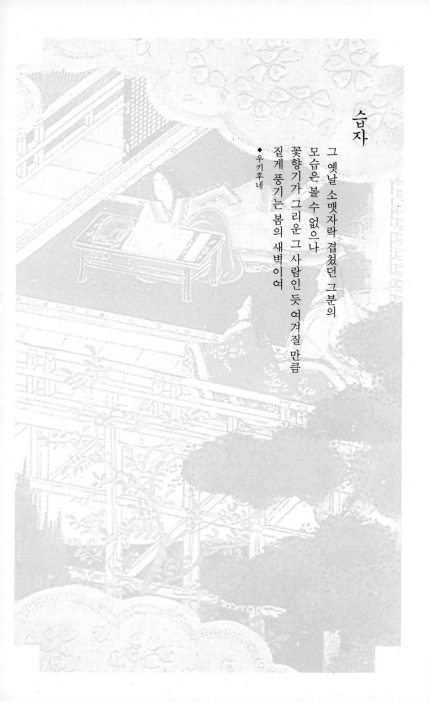

습자

그 옛날 소맷자락 겹쳤던 그분의
모습은 볼 수 없으나
꽃향기가 그리운 그 사람인 듯 여겨질 만큼
짙게 풍기는 봄의 새벽이여

◆ 우키후네

제53첩 습자(手習)

겨우 목숨만 부지하고 오노 산장으로 옮겨진 우키후네가 우수와 고뇌의 정념에 사로잡힌 마음을 습자로 달랜다.

그 무렵, 히에이 산의 요카와에 모모 승도라는 덕이 높은 큰 스님이 살고 있었습니다. 이 큰스님에게는 여든 살 남짓한 노모와 쉰 살 정도 된 여동생이 있었습니다.

노모는 오랜 옛날에 발원한 것이 있었는데, 그 소망이 이루어져 여동생을 데리고 하쓰세 절의 관음보살을 참배하러 갔습니다.

큰스님은 역시 덕이 높은 제자 아사리를 동행케 하였고, 절에서 경과 불상을 공양토록 하였습니다.

그밖에도 갖가지 공양을 하고 돌아오는 길에 나라 고개라는 산마루를 넘을 즈음부터 노모가 기력이 딸리기 시작하였습니다. 모두들 이 상태로는 집으로 돌아가는 먼 여행을 계속할 수 없을 것이라고 걱정하여 우지 인근에 있는 아는 사람의 집에서 하룻밤 잠을 청하기로 하였습니다. 그런데도 병세는 심해질 따름이리 아무튼 그 사정을 요가와의 큰스님에게 사자를 보내어 알렸습니다.

큰스님은 산사에서 근행하려는 염원이 굳어 올해는 산에서 내려오지 않으려 하였는데, 노모의 목숨이 위태롭다는 급보에 혹여 여행길에서 돌아가시기라도 하면 하고 놀라 서둘러 산에서 내려와 우지로 달려갔습니다. 연로하였으니 아쉬워할 것이 없는 노인이나, 큰스님 자신도 기도를 올렸고 제자 가운데에서도 영험한 자를 골아 가지기도를 올리게 하는 등 부산스러우니 그 집의 주인이 말하였습니다.

"우리는 지금 미타케 참배를 위하여 정진결재를 하고 있는 중입니다. 이러한 때 그리 나이가 많은 사람이 중병에 걸렸으니, 어떻게 하면 좋을까 싶습니다."

노모가 이곳에서 숨을 거두면 애써 진행하고 있는 정진결재가 부정을 탈까봐 불안해하는 것입니다.

지당한 걱정이라 큰스님은 딱하게 여기는 한편 그 집이 너무 좁아 답답하기도 하니 노모를 집으로 데리고 가려 하였으나, 공교롭게도 그쪽은 음양도의 방향이 막혀 있어 피하지 않을 수 없었습니다.

돌아가신 스자쿠 선황의 영지에 우지원이라는 곳이 아마 이 근처인 듯하다 싶은데 다행히 큰스님이 원의 관리인을 알고 있는 터라, 하루 이틀 묵게 해달라고 사자를 보냈습니다.

"관리인은 어제 하쓰세에 참배를 하러 떠나 안 계십니다."

사자는 실로 볼품없는 집지기 노인을 데리고 왔습니다.

"오시려거든 빨리 오십시오. 어차피 늘 비어 있는 침전이라,

참배하러 가는 사람들이 종종 묵어갑니다."

"그거 마침 잘됐구나. 조정의 소유이기는 하나 아무도 없다면 달리 신경 쓸 일도 없을 터이니."

큰스님은 상황을 살피고 오라고 다시 사자를 보냈습니다. 이 노인은 늘 이렇게 묵어가는 사람들의 뒤치다꺼리에 익숙하여 간단하게 방 정리 등을 하자, 사자는 스님 일행을 모시러 갔습니다.

우선 큰스님이 먼저 가보았습니다. 우지원은 끔찍하도록 황폐한 모습이었습니다.

큰스님은 다른 스님들에게 독경을 하도록 명하였습니다.

무슨 일이 생겼는지, 하쓰세 참배길에 동행하였던 아사리와 비슷한 차림의 스님 한 명이 안내 역에는 적격인 하급 스님에게 횃불을 들리고 평소에는 사람들이 발을 들여놓지 않는 건물 뒤쪽으로 갔습니다.

소름이 끼치도록 불길한 장소라 생각하면서 숲이라 여겨질 만큼 잎이 무성한 나무 아래를 빤히 쳐다보니, 하얀 것이 넓게 퍼져 있는 것이 보입니다.

"저건 대체 뭐지."

멈춰 서서 횃불을 더 밝히니, 뭔가가 웅크리고 있는 모습이었습니다.

"여우가 둔갑을 한 모양이로구나. 괘씸한 것. 정체를 밝혀주겠다."

한 스님이 하얀 것 쪽으로 걸어갔습니다.

"그만 하십시오. 어차피 악마의 화신일 듯합니다."

한 스님은 손가락으로 마물을 쫓듯 부동인을 만들고 주문을 외우면서 살금살금 다가가 쳐다봅니다. 스님의 머리에 머리카락이 있었다면 공포에 쭈뼛하게 섰을 정도로 소름 끼치는 정황인데, 횃불을 든 스님은 무섭지도 않은지 거리낌없이 성큼성큼 그 하얀 것에 다가가 살펴보았습니다. 아무래도 그것은 여자인듯하니, 길고 윤기 있는 머리를 늘어뜨리고 커다란 울퉁불퉁한 나무 둥치에 기대어 앉아 통곡을 하고 있었습니다.

"해괴한 일이로군요. 큰스님에게 보여야겠습니다."

"정말 기괴한 일입니다."

두 스님은 큰스님에게 가서 이런 일이 있었다고 보고하였습니다.

"옛날부터 여우가 둔갑을 한다는 소리는 많이 들었으나, 나는 아직 본 일이 없구나."

큰스님은 이렇게 말하고 몸소 침전에서 나왔습니다.

여승 일행이 이곳으로 온다 하여 우지원에서 허드렛일을 하는 사내들 가운데 도움이 될 만한 사람은 조리소에서 필요한 준비를 하고 있습니다. 특히 이렇게 갑작스럽게 손님이 오는 경우에는 일을 서둘러야 하니 그 일에만 매달려 있습니다. 그래서 이쪽은 사람이 적은 탓에 죽은 듯이 조용하였습니다.

큰스님은 제자 네댓 명을 데리고 그 해괴한 것을 보러 가니, 방금 전과 아무 변함이 없었습니다. 참으로 기묘한 일이라 시간이 가는 것도 잊은 채 보고 있습니다.

"어서 날이 밝아야겠구나. 그래야 이것이 사람인지 무엇인지 정체를 알 수 있을 터이니."

큰스님은 효험이 있는 진언 주문을 중얼거리면서 수인을 맺고 마물을 물리치려고 시도하다가, 확실하게 알아본 것이겠지요.

"이는 사람이다. 절대 해괴한 마물이 아니야. 가까이 다가가서 물어봐야겠다. 죽은 사람은 아닌 듯하니. 혹시 누군가가 죽은 사람을 갖다 버렸는데 다시 살아난 것인지도 모르겠구나."

"죽은 사람을 왜 이 우지원 내에 버리겠는지요. 설사 사람이라고 하여도 여우나 나무의 정령에 홀려 이리로 온 것이겠지요. 실로 황당한 일입니다. 병자가 이런 마물 때문에 부정을 탈 수도 있습니다."

제자인 스님은 이렇게 말하고 집 지키는 사람을 불렀습니다. 그 목소리에 메아리가 대답하니 뭐라 말할 수 없이 스산한 느낌입니다.

집을 지키는 사람은 이마까지 눌러쓴 모자를 밀어 올리면서 나왔습니다.

"이 부근에 젊은 여자가 살고 있었는가. 보다시피 이상한 일이 생겼는데."

큰스님의 말에 하얀 것을 본 집 지키는 사람은 별일 아니라는 듯 태연하게 말하였습니다.

"이것은 여우의 소행입니다. 여우가 이 나무 둥치에다 간혹 묘한 짓을 해놓습니다. 재작년 가을에도 이곳에 사는 자의 두 살 난 아이를 여우가 데리고 간 적이 있습니다. 종종 있는 일이라 딱히 놀라지도 않았습니다. 여우는 그렇게 사람을 놀라게 하나 대수로운 놈은 아니니."

이 사내는 이 늦은 밤에 불쑥 찾아온 손님에게 대접할 식사 때문에 골치가 아픈 게지요.

"그렇다면 여우의 소행인지 아닌지, 잘 살펴보는 것이 좋겠구나."

큰스님은 두려움을 모르는 법사를 시켜 가까이 다가가 살펴보도록 하였습니다.

"네놈이 여우냐 신이냐 귀신이냐 나무의 정령이냐. 천하에 이름을 날리는 영험한 스님들이 이렇게 있는데, 정체를 밝히지 않을 수는 없을 것이다. 자, 대체 무엇인지 밝히거라, 밝히거라."

옷을 잡고 잡아당기자 여자는 얼굴을 옷에 묻고 한층 소리 높여 웁니다.

"이 몹쓸 나무의 정령아. 어찌하여 정체를 숨기려 하느냐."

법사는 얼굴을 들여다보려 하다가, 만약 그 옛날에 있었다는 눈도 코도 없는 여자 귀신이면 어찌하랴 싶어 등골이 오싹합니다. 법사는 자신의 듬직한 담력을 자랑하려고 억지로 옷을 벗기려고 하는데, 상대는 고개를 숙인 채 그저 소리 높여 울 뿐입니다.

"세상에 이렇듯 기이한 일은 없을 듯하구나."

이렇게 말하며 기어코 정체를 밝히려고 합니다.

"비가 쏟아질 듯하구나. 이대로 여기에 내버려두면 죽을 수
도 있는 일이니, 울타리 곁까지 아무튼 옮겨야겠다."

큰스님이 말합니다.

"이것은 명실상부한 사람의 모습을 하고 있다. 목숨이 끊어
지지 않은 것을 알면서도 모르는 척 내버려두는 것은 죄를 짓는
일이니. 연못에서 헤엄치는 물고기나 산에서 우는 사슴도 사람
에게 잡혀 죽음을 당할 것 같은데 보고도 도와주지 않으면 가엾
고 슬플 것이다. 사람의 목숨은 그리 길지 않으나, 살아 있는 동
안에는 하루 이틀이라도 소중히 여겨야 하는 것이다. 끔찍한 귀
신이나 신이 씌었든 집에서 쫓겨났든 속아서 버림을 받았든, 아
무튼 이 여자는 스스로 목숨을 버릴 운명이었던 것 같구나. 허
나 부처님은 이런 자들조차 버리지 않고 반드시 구하여주시느
니라. 그러니 당분간 탕약을 달여 먹이는 등 살려낼 수 있는 방
도를 취하여보자. 그래도 죽는다면 어쩔 수 없는 일이나."

스님에게 명하여 여자를 집 안으로 안아 들이게 하였습니다.
그것을 본 제자 스님은 이렇게 비난하기도 합니다.

"당치도 않은 일입니다. 집 안에 중환자가 들어오는데 정체
도 알 수 없는 깃을 데리고 들어가다니요. 부정을 타 반드시 불
길한 일이 생길 것입니다."

"아무리 요괴라 하여도 눈앞에서 죽어가는 자를 내리는 빗속에 내버려두는 것이야말로 살생이 아닌가."

이렇게 모두들 한마디씩 제멋대로 지껄여대니, 아랫것들이란 무슨 일이든 말조심을 하지 않고 과장되게 떠들어대는 법이라, 큰스님은 이 여자를 가능한 한 사람들이 오가지 않는 조용한 장소에 눕도록 합니다.

여승 일행이 도착하여 수레에서 내릴 때에도 몹시 힘들어하니 일대 소동이 벌어졌습니다. 그 소동이 다소 진정된 후에 큰스님이 물었습니다.

"아까 그 여자는 어찌 되었는가."

"아무 말도 하지 않고 축 늘어져 숨도 쉬지 않는 듯합니다. 허나 별일은 없겠지요. 귀신이 씌어 정신을 잃은 듯합니다."

법사가 대답하자 동생 여승이 되물었습니다.

"무슨 일인지요."

"실은 이러저러한 일이 있었는데, 예순이 넘도록 이렇게 해괴한 일은 처음입니다."

"제가 하쓰세의 절에서 불공을 드릴 때, 꿈을 꾸었습니다. 그 꿈과 관계가 있지 않나 싶습니다. 어떤 사람인지요. 아무튼 그 사람을 빨리 보고 싶습니다."

이렇게 동생 여승이 울면서 말하니, 큰스님이 말합니다.

"바로 이 동쪽 여닫이 문 쪽에 있으니, 어서 보세요."

서둘러 가보니, 곁을 지키는 사람은 아무도 없고 홀로 누워 있습니다. 젊고 귀여운 여자는 하얀 능직의 홑옷을 입고 붉은 바지를 입고 있습니다. 옷에 배어 있는 향내가 뭐라 말할 수 없이 그윽하게 풍기고 한없는 기품이 느껴집니다.

"아아, 늘 그리워하는 죽은 딸이 돌아온 듯하군요."

여승은 울면서 시녀들을 불러 그 젊은 여자를 안아 자신의 방으로 옮기게 하였습니다.

여자는 축 늘어져 마치 죽은 목숨 같은데, 그래도 힘없이 눈을 떴습니다.

"무슨 말이라도 하여보세요. 그대가 누구인지. 어쩌다가 이런 일을 당하였는지."

여승이 물으나, 여자는 아직 의식이 없는 듯합니다. 여승은 자기 손으로 탕약을 달여 마시게 하려 하나, 몸이 쇠약해져 당장이라도 숨이 끊어질 듯합니다.

'돌봐주려다 오히려 큰일을 당하겠구나.'

여승은 이렇게 생각하고 영험한 아사리에게 부탁하였습니다.

"이 사람이 죽겠습니다. 어서 가지기도를 올리세요."

"그것 보십시오. 그러니 말하지 않았습니까. 공연한 일을 하지 말라고 말입니다."

아사리는 말은 그렇게 하면서도 가지기도를 올리기에 앞서 땅의 신을 위하여 독경을 하고 기도를 합니다.

"어떠한가. 어떤 귀신이 그런 꼴로 만들었는지, 굴복시켜 캐물어보거라."

큰스님이 그 광경을 보면서 이렇게 말합니다. 여자는 진이 다 빠져 금방이라도 숨이 꺼져들 듯합니다.

"도저히 살아날 듯싶지 않습니다. 죽으면 공연한 사람의 죽음 때문에 부정을 타 이곳에서 나가지도 못하고 틀어박혀 있어야 하니, 이만저만한 폐가 아닙니다."

아사리가 말합니다.

"허나 상당히 고귀한 분인 듯 싶습니다. 설사 완전히 목숨이 끊어졌다 하여도 이렇듯 고귀한 분을 아무것도 하지 않고 그대로 내버려둘 수는 없지 않습니까. 성가신 일에 연루되었습니다."

"시끄럽습니다. 조용히들 하세요. 이 일에 대해서는 남들에게 발설하지 않도록 하세요. 나중에 무슨 일이 생기면 난감하니."

여승은 이렇게 입막음을 하면서 병을 앓고 있는 어머니보다 이 사람의 목숨을 안타까워하며 어떻게든 살려내려 곁에 붙어 간병을 합니다. 아무도 그 여자를 알지 못하는데 얼핏 보아도 더없이 아름다우니, 본 사람들은 모두 죽게 하여서는 안 된다고 소란을 피우여 보살핍니다. 여자는 탈진하여 기력은 없으나 가끔 눈을 뜨고는 한없이 눈물을 흘립니다.

"아, 안타깝습니다. 부처님이 지금도 생각하면 사랑스러워 견딜 수가 없는 죽은 나의 딸을 대신하여 보내주신 것이라고 생각하고 있는데, 이렇게 간병하는 보람도 없이 그대가 죽으면 만나자마자 이별이라 오히려 더 괴롭겠지요. 전생에 인연이 있어 이렇게 그대를 보살피게 된 것이라 생각하니, 한마디라도 말을 좀 하여보세요."

여승이 이렇게 간절하게 말하자, 여자는 끊어질 듯한 숨을 몰아쉬며 이렇게 말합니다.

"저는 살아난다 하여도 이 세상에서는 이미 아무 쓸모도 없는 사람입니다. 누구에게도 보이지 말고, 어두운 밤에 저 강에 던져주세요."

"어쩌다 말을 하는가 하여 반가워하였는데 그런 말을 하다니, 대체 무슨 사연으로 그런 말을 하는 것입니까. 그리고 왜 그런 곳에 있었는지요."

여자는 더 이상 아무 말도 하지 않습니다. 어디 몸을 다친 것은 아닌가 하여 여자의 몸을 이리저리 살펴보지만, 긁힌 생채기 하나 없고 뜻밖에도 눈이 부실 정도로 아름다우니 놀랍고 어처구니가 없어, 정말 사람의 마음을 어지럽히려 나타난 요괴는 아닐까 하고 의심합니다.

일행은 이틀을 그곳에서 묵었습니다. 스님들이 어머니 여승과 이 여자를 위해 올리는 가지기도 소리가 끊임없이 들리는데 사람들은 이 불미한 사건에 놀라 이런저런 억측을 하며 수군덕거립니다.

이전에 큰스님 밑에서 시중을 들던 이 동네에 사는 하인들이 큰스님이 이곳에 머물고 있다는 소식을 듣고 인사차 찾아옵니다. 그자들에게 이런 소리를 들었습니다.

"돌아가신 하치노미야 님의 딸로, 가오루 대장과 정을 통한 분이 이렇다 할 병을 앓은 것도 아닌데 갑자기 죽어, 산장에서 한바탕 소동이 벌어졌습니다. 그 장례식의 잡일을 거드느라 어제는 찾아 뵙지 못하였습니다."

큰스님은, 그렇다면 귀신이 그분의 혼을 빼앗아 이리로 가져온 것은 아닐까 하며 여자를 꼼꼼히 들여다보니, 살아 있는 사람 같지가 않고 당장이라도 꺼져버릴 것처럼 위태롭고 끔찍하게 느껴집니다.

"어젯밤 강 건너에서 보인 불빛이 장례의 불처럼 훨훨 타오르는 듯 보이지는 않았는데."

시녀들 역시 이렇게 쑥덕거립니다.

"단출하게 치러, 그다지 엄숙한 의식은 아니었습니다."

동네 사람이 그렇게 말합니다. 그 사람이 시신을 만졌다 하니, 집 안에는 들어갈 수 없어 뜰에 선 채로 얘기하고는 돌아갔습니다.

"가오루 대장이 하치노미야 님의 딸의 처소를 드나든 것은 꽤 오래전 일이고 그 딸이 죽은 것도 벌써 몇 년 전 일인데, 대체 누구를 말하는 것일까요. 황녀를 부인으로 맞았는데, 설마 그분을 제쳐놓고 다른 여자의 처소를 드나들며 바람을 피울 리는 없을 듯한데."

사람들은 이렇게 수군수군거립니다.

　어머니 여승의 병세가 좋아졌습니다. 막혔던 방향도 뚫리니 이렇듯 불길하고 음산한 곳에 오래 머무는 것은 좋지 않아 돌아가기로 하였습니다.

　"이 사람은 아직 쇠약한 상태인데, 돌아가는 길에 괜찮을까요."

　"어떻게 하면 좋지요. 정말 걱정입니다."

　시녀들은 이렇게 말합니다.

　수레를 두 대 준비하고, 노모가 탄 수레에는 시중을 드는 여승이 둘 동승하였습니다. 다른 수레에는 이 여자를 누이고 동생 여승과 시녀가 한 명 같이 탔습니다.

　길을 서두르지 않고 천천히 가면서 도중에 탕약을 먹이기도 합니다.

　여승 일행은 히에이의 니시자카모토의 오노라는 곳에 살고 있습니다. 그곳까지는 상당히 먼 길입니다.

　"도중에 쉬어 갈 집을 마련하여두면 좋았을 것을."

　밤이 깊어서야 오노에 도착하였습니다.

　큰스님은 노모를 부축하고, 동생 여승은 이 근본도 모르는 여자를 껴안고 수레에서 내렸습니다.

　노모의 병은 언제부터 시작되었는지도 모를 노쇠함에서 오는 것인데다 먼 여행의 피로가 남아 힌동안 자리에 누워 있었으나 점차 회복의 기미를 보여 큰스님은 요카와로 돌아갔습니다.

스님들은 이렇게 젊은 여자를 데려오는 것은 법사들 사이에 서는 삼가야 할 일이라 현장을 보지 못한 사람에게는 아무 말도 하지 않았습니다.

동생 여승도 모두에게 입단속을 하였습니다. 허나 혹시 이 사람을 찾아다니다가 이곳을 찾는 사람이 있지는 않을까 노심초사하고 있습니다.

'촌사람들이 사는 우지 같은 곳에 왜 이렇듯 기품 있는 사람이 버려져 있었던 것일까. 하쓰세 절에 참배를 다녀오는 길에 병이 들어 몸이 불편한 것을, 계모 같은 사람이 속임수를 써서 버리게 한 것일까.'

여승은 이런저런 생각을 합니다.

우지원에서 강에 던져달라고 한 후 아직 한 마디도 하지 않으니 근본도 사정도 알 수 없어 답답하고 안타까우나 어떻게든 건강을 되찾게 하고 싶은데, 여자는 체력도 기력도 다 쇠진한 듯 축 늘어져 몸을 일으키지도 못하는 불안한 상태가 계속되고 있습니다. 결국은 살아나지 못할 사람인지도 모른다고 생각하면서도 여승은 너무도 가여워 그냥 내버려두지도 못합니다.

하쓰세의 관음보살이 죽은 딸을 대신할 사람을 보내주는 꿈을 꾸었다는 것까지 털어놓고 가지기도를 부탁하였던 아사리에게, 이번에는 겨자를 태우는 호마의식까지 은밀하게 부탁하였습니다.

그 후로도 극진하게 간병을 하다 보니 사월이 지나고 오월이 지났습니다.

여자의 병세에는 큰 변화가 없으니 간호의 보람이 없어 허망한 여승은 큰스님에게 애틋한 심정을 토로한 편지를 보냈습니다.

"다시 한 번 산에서 내려와 이 사람을 살려주세요. 의식은 없는데도 오늘까지 살아 있는 것을 보면 수명이 아직 다하지 않은 것입니다. 그런데 병세가 조금도 좋아지지 않는 것을 보면 그 사람에게 들러붙어 떨어지지 않는 귀신이라도 있는 듯합니다. 오라버니, 나의 부처님, 도읍으로 가는 것이라면 산에서 근행을 하기로 한 굳은 맹세를 깨뜨리는 것이 되겠으나, 니시자카모토 정도야 별 지장이 없지 않을까요."

'정말 알 수 없는 일이로구나. 지금까지 부지한 목숨이나, 만약 우지원에 그대로 내버려두었다면 죽었을 터이지. 허나 전생의 인연이 있기에 내가 발견한 것일 터이니, 마지막까지 가지기도를 올리며 힘을 써보아야겠구나. 그런데도 살아나지 않는다면, 그 여자의 수명은 거기까지가 끝이라 여기자.'

큰스님은 이렇게 생각하고 산에서 내려왔습니다.

여동생 스님은 기뻐 큰스님을 맞고는, 지난 몇 달 동안의 상태를 눈물로 얘기하였습니다.

"이렇듯 오래 병을 앓은 사람은 보기가 흉물스럽게 마련인데, 이 사람의 아름다움은 소금도 변치 않으니, 실로 아름답고 보기 흉한 곳도 없습니다. 이제 마지막인가 싶으면서도 지금까지 버티고 있습니다."

"처음 발견하였을 때부터 참으로 드문 모습을 하고 있었는데,
어디 좀 봅시다."

큰스님이 여자를 들여다봅니다.

"과연 용모가 뛰어나군요. 전생에 쌓은 선행의 보답으로 이
렇듯 아름다운 얼굴을 타고 난 것이겠지요. 헌데 어떤 잘못으로
이렇게까지 몸이 망가졌는지. 혹시 이렇다 싶은 소문은 들리지
않든가요."

"그런 소문은 전혀 듣지 못하였습니다. 소문이 있을 리가 없
지요. 나는 하쓰세의 관음보살이 주신 분이라 믿고 있습니다."

"그야, 인연이 있기에 주신 것이겠지요. 아무런 인연도 없는
데, 이렇게 만날 수는 없지요."

큰스님은 이 인연을 묘하다 생각하면서 가지기도를 올리기
시작합니다.

여승은 큰스님이 조정의 부름조차 사양하고 꼼짝 않고 틀어
박혀 있던 산에서 내려와, 아무 관계도 없고 근본도 모르는 정
체 모를 여자를 위하여 기도를 하는 등 야단을 피운다는 소문이
나면 곤란할 것이라 생각하였습니다. 제자들 역시 그렇게 말하
는 터라, 이 건에 대해서는 사람들이 알지 못하도록 철저하게
숨기고 있습니다.

"너희들은 가타부타 아무 말도 하지 말거라. 나는 파계한 무
참한 법사로 지키지 못한 계율도 많으나, 여범의 계에 관해서만

은 세상의 비난을 받을 일이 없다. 실제로 그런 과오를 저지른 일도 없고. 그런데 나이 육십을 넘어 새삼스럽게 세상 사람들로부터 여색을 탐한다 하여 비난을 받는다면, 그것도 전생의 인연이라 해야겠지."

"사정을 모르는 자들이 이 수법에 대하여 함부로 떠들어대면, 불법에 흠집이 될 수도 있습니다."

제자들은 큰스님이 수법을 행하는 것을 달가워하지 않습니다.

"만약 이 기도 중에 효험이 나타난다면, 나는 두 번 다시 가지기도를 올리지 않을 것이다."

이렇게 예사롭지 않은 맹세를 수도 없이 하면서 밤을 새워 가지기도를 올립니다. 그 새벽녘, 드디어 귀신을 굴복시키고 병자의 몸에서 몰아내 다른 사람에게 옮겨 붙게 하였습니다.

큰스님은 무엇이 이렇듯 이 사람을 괴롭혔는지, 그 사연이라도 알고 싶어 제자인 아사리와 함께 귀신이 옮겨 붙은 자를 둘러싸고 가지기도를 올립니다.

그러자 몇 달 동안 나타나지 않았던 귀신이 기도에 쫓겨 마침내 나타났습니다.

"나는 이런 곳에서 너희들에게 굴복당할 자가 아니다. 옛날에는 한결같이 불도 수행에 임했던 법사였는데 죽은 후 이 세상에 다소 미련이 남아 성불하지 못하고 중유를 떠돌고 있다가, 아름다운 여자가 무수히 살고 있는 곳에 눌러 살게 되었다. 그곳에서 한 여자를 죽였는데, 이 여자는 이 세상을 원망하며 밤낮으로 어떻게든 죽고 싶다는 말을 하여, 그에 편승하여 어느 깊은 밤, 홀로 있는 참에 그 몸에 들어가게 되었다. 그런데 하쓰세의 관음이 이 사람을 지키고 있으니, 나는 큰스님의 법력에 무릎을 꿇고 말았다. 지금 당장 떠나도록 하겠다."

이렇게 큰소리로 고함을 질렀습니다.

"그렇게 말하는 너는 대체 누구냐."

큰스님이 묻자, 귀신이 옮겨 붙은 자가 기력이 다하였는지 분명하게 이름을 대지 못하였습니다.

여자는 귀신이 물러나 기분이 상쾌해졌는지 의식이 약간 돌아와 주위를 돌아보았습니다.

그곳에 아는 이의 얼굴은 없고, 늙은 법사에 허리가 꼬부라진 노쇠한 이들밖에 없으니 마치 낯선 나라에 온 듯한 기분이 들면서 몹시 슬퍼졌습니다. 과거를 떠올리려고 하나, 어디에 살던 누구인지, 이름조차 분명하게 기억하고 있지 않습니다.

'나는 이제 마지막이라 결심하고 강에 몸을 던졌을 터인데, 지금 대체 어디에 와 있는 것일까.'

여자는 애써 기억을 되살리려고 합니다.

'그렇지, 나는 이렇듯 괴로운 일은 없을 것이라 한탄하고 슬퍼하던 나머지, 사람들이 모두 잠든 후에 옆문을 열고 밖으로 나갔어. 바람이 몹시 세차게 불어 우지 강의 물소리가 한층 요란스럽게 울리는데, 혼자 듣고 있자니 겁이 나서 앞뒤를 가늠하지 못하고, 툇마루 끝에 앉은 채 어디로 가면 좋을지 마음은 어지럽고, 그렇다 하여 방으로 되돌아갈 수는 없어서 어중간한 심정으로 망연하게 있었지.

역시 마음을 굳게 먹고 스스로 목숨을 끊자고 결심은 하였지만 자칫 죽지 못하여 험한 꼴을 보이느니 차라리 '귀신이든 무엇이든 좋으니 나를 잡아먹어라' 하고 혼자 중얼거리면서 이런저런 생각을 하고 있었어. 그때 정말 아름다운 남자가 나타나더니 내 곁으로 다가와 '자 이리 오세요, 내게로' 하면서 안아준 듯하였는데, 나는 니오노미야라 불렀던 분이 안아주시는 것이라 생각했지.

그때부터 의식을 잃은 것 같은데. 그 남자는 나를 낯선 곳에다 데려다놓고 어느 틈엔가 사라져버렸어. 그래서 끝내 몸을 던지지도 못하여 울고 있다고 생각하였는데, 기억이 없어지면서 그다음 일은 무엇 하나 기억이 나지 않는구나.

지금 이 사람들의 말을 들으니, 그로부터 많은 날이 지난 모양이야. 그동안 의식을 잃고 나서 얼마나 흉측한 꼴을 이 낯선 사람들에게 보였을까, 그리고 또 얼마나 큰 폐를 끼쳤을까.'

이런 기억이 떠오르니 한없이 부끄럽고, 기어이 살아남고 말았는가 싶으니 분하고 견딜 수 없이 슬펐습니다. 무거운 병을 앓고 있을 때에는 의식이 몽롱하나마 음식을 조금은 입에 대기도 히었는데, 징신이 돌아온 시금은 오히려 탕약조차 한 방울도 입에 대려 하지 않습니다.

"어째서 이렇듯 넋을 놓고 있는 것인지요. 오래 계속되었던 열도 내려서 기분이 상쾌해진 것처럼 보여 반갑게 여겼는데."

여승은 눈물을 흘리면서, 한시도 방심할 수 없다 여기니 병자 곁을 떠나지 않고 간병을 합니다.

곁을 지키는 시녀들도 목숨을 잃기에는 너무나 아까운 여자의 아름다운 모습을 보고는 있는 정성을 다하여 간병하면서 그 목숨을 구하려 합니다.

여자는 마음속으로는 아직도 무슨 수를 써서든 죽으려고 합니다. 허나 사경을 헤매는 그 지경에서도 죽지 않았을 정도로 생명력이 강하니 심지가 무척이나 강하여 마침내 머리를 들고 음식도 먹을 수 있게 되었습니다. 그러자 오히려 초췌해진 얼굴이 두드러졌습니다. 그래도 여승은 기뻐하며 머지않아 완쾌될 것이라고 믿어마지 않습니다.

그런데 여자는 이렇게 간청합니다.

"아무쪼록 제 머리를 깎아주세요. 그렇게 하지 않고는 달리 살아갈 방도가 없습니다."

"이렇듯 애처로운 그대를 어찌 여승으로 만들 수 있다는 말입니까."

여승은 큰스님에게 부탁하여 정수리의 머리를 살짝 깎아 집에 있으면서 불도에 정진하는 오계만을 받도록 하였습니다. 우키후네는 그것만으로는 부족하나, 원래가 온순한 성품이라 무리하게 출가를 시켜달라고는 하지 않습니다.

"출가에 대해서는 지금은 이 정도로 해두고 아무튼 몸을 추스릴 수 있도록 도와주세요."

큰스님은 이렇게 말하고 요카와로 돌아갔습니다.

여승은 하쓰세에서 꾸었던 꿈에서 계시를 받은 사람을 돌보게 되었다고 기뻐하며 이 사람을 억지로 일으켜 손수 머리를 빗겨줍니다.

병을 앓는 중에 아무렇게나 묶어 방치하였는데도 머리는 그리 엉켜 있지 않고, 빗질을 끝내고 보니 반짝거릴 정도로 윤기가 나고 아름답습니다. '백 살에서 한 살이 모자라는 백발의 노녀'라는 노래처럼 백발의 늙은 여자들만 많은 곳에 이 여자의 아름다움은 마치 하늘에서 아름다운 선녀가 내려온 것처럼 여겨지니, 곧바로 다시 하늘로 올라가는 아닐까 걱정스럽습니다.

"어찌하여 그대는 늘 울적한지요. 내가 이렇듯 그대를 소중히 여기며 걱정을 하고 있는데, 언제까지 답답하게 굴 것인가요. 대체 그대는 어디 사는 누구이며, 어쩌다 그런 곳에 있게 되었습니까."

여승이 간곡하게 묻자 여자는 몹시 부끄러워하며 이렇게 둘러대고는 눈물을 흘립니다.

"묘한 일을 당하여 의식을 잃은 동안 모든 것을 잊어버린 듯합니다. 옛날에 제가 어떠하였는지, 아무것도 기억나지 않습니다. 다민 희미하게나마 기억나는 것이 있다면, 죽고만 싶다 생각하면서 매일 저녁때가 되면 툇마루에 나와 앉아 멍하니 시름에 잠겨 있었는데, 앞뜰에 있는 커다란 나무 밑에서 사람이 나타나 저를 데리고 가는 듯하였습니다. 그밖에는 제가 누구였는지조차 생각나지 않습니다. 이 세상에 아직도 살아 있다는 것을 아무에게도 알리고 싶지 않습니다. 만약 알아차리는 사람이 있다면 그야말로 난감한 일이 벌어지겠지요."

너무 캐어물으면 괴로워하는 듯하니 여승은 더 이상 묻지 않습니다. 가구야 히메를 발견하였다는 다케토리 영감보다도 진기하다는 기분이 드나, 알게 모르게 사라져버릴지도 모른다는 생각에 여승은 안심하지 못합니다.

이 암자의 주인도 본디 신분이 높은 사람이었습니다. 딸인 여승도 상달부의 정부인이었습니다. 남편이 죽은 후 외동딸을 소중히 키우며 훌륭한 귀족 집안의 자제를 사위로 맞아 정성껏 뒤를 보살폈습니다. 그런데 그 딸이 덧없이 죽고 만 것입니다.

"아아, 괴롭구나. 슬퍼서 견딜 수가 없구나."

결국 시름에 찬 세상을 허망하게 여기고 머리를 깎고 여승이 되어 오노의 산골에 살게 된 것입니다.

그 후로도 앉으나 서나 잊지 못하는 그리운 딸을 대신할 사람이라도 찾고 싶은 심정으로 늘 홀로 외로이 수심에 잠겨 있거나 한탄을 하며 지냈습니다. 그러한 때에 이렇게 뜻하지 않게 용모도 자태며 죽은 딸보다 한결 빼어난 사람을 얻었으니, 이것이 현실인지 꿈만 같아 신기해하고 기뻐하였던 것입니다.

이 여승은 비록 나이는 들었으나 사뭇 청초하고, 얼핏 보기에도 유서가 깊을 듯하고 인품에서도 기품이 느껴집니다.

이곳은 골짜기라 옛날에 살았던 우지의 산골보다 골짜기를 흐르는 물소리가 온화하게 들립니다. 이 암자는 집의 모양새며 나무들의 모양에도 아취가 있고 앞뜰도 더없는 풍정을 자랑합니다.

가을이 되면서 맑은 하늘이 절절하게 마음을 울리는 듯합니다. 문 근처에 있는 논의 벼를 수확한다 하여 젊은 여자들이 촌 동네에 어울리게 시골 촌부의 흉내를 내어 벼베기 노래를 하며 흥을 돋우고 있습니다.

새를 쫓는 딸랑이가 울리는 소리도 흥겨우니, 우키후네는 그 소리를 들으면서 어린 시절에 보았던 아즈마의 일을 떠올립니다.

이곳은 그 옛날, 유기리 대신의 부인인 온나니노미야의 어머니 미야즈도코로가 살았던 오노 산장보다는 다소 산 속 깊은 곳입니다.

산에 기대어 서 있는 집이라 사방에는 소나무가 많으니 바람소리가 서글프게 들립니다.

우키후네는 달리 할 일이 없는 탓에 근행에만 정진하면서 늘 차분하게 지내고 있습니다. 여승은 달이 밝은 밤에는 칠현금을 연주합니다. 소장이라 불리는 여승은 칠현금의 소리에 맞추어 비파를 힙주합니다.

"그대도 따분할 터인데 함께 음악놀이를 하세요."

여승의 말에 우키후네는 이렇게 생각합니다.

'나는 보통 사람들과 달리 불운한 처지였기에 한가로운 마음으로 악기를 배울 여유가 전혀 없었으니, 이렇듯 풍류스러운 취미도 소양도 무엇 하나 갖추지 못하였구나.'

때로 나이 든 사람들이 각자 악기를 연주하며 마음을 위로하는 것을 보면서 우키후네는 자신의 불행을 떠올립니다.

'아무리 그래도 그렇지, 이 얼마나 슬프고 허망한 신세인가.'

스스로 생각하여도 한심하여 습자 연습을 하듯 노래를 짓습니다.

　너무도 슬픈 나머지
　눈물의 강 같은 우지 강의
　빠른 물결에 몸을 던졌던 나인데
　그 누가 강에 울타리를 쳐놓아
　살려내고 말았는가

본의 아니게 살아난 것이 괴롭고, 앞날도 허망하고 불안하니 자신의 신세가 그저 원망스러울 뿐입니다.

여승들은 달이 밝은 밤마다 풍류에 넘치는 노래를 부르며 젊은 시절을 회상하는 등, 갖가지 추억담에 젖습니다. 우키후네는 그런 얘기에 끼어들 수가 없으니, 홀로 상념에 젖어 노래를 짓습니다.

아직 죽지 못하여
나는 이런 꼴로
괴롭고 수심 많은 세상을 떠돌고 있는데
달 밝은 도읍의 그 누가
이런 내 처지를 알리

이제는 끝이라 여기고 자살을 결심하였을 때에는 그리운 사람도 많았건만, 지금은 그런 사람들도 떠올리지 않고 그저 이런 생각을 할 뿐입니다.

'어머니가 얼마나 놀라고 슬퍼하실까. 유모는 나를 어떻게든 남들처럼 행복하게 만들어주려고 전전긍긍하였는데, 일이 이렇게 되어 얼마나 실망이 클까. 지금은 어디에 있을까. 내가 아직도 이 세상에 살아 있다는 것은 알 리가 없을 터이지. 마음이 맞는 사람이 없어, 만사를 털어놓고 사이좋게 지냈던 우근은 또 어찌하고 있을까.'

젊은 여자가 세상을 버리고 이렇듯 외로운 산골에 은둔하는 것은 쉬운 일이 아니라, 이곳에는 늘 나이 든 여승들 일고여덟 명만 살고 있습니다. 그리고 궁에서 지내는 이 늙은 여승들의 딸이나 손자, 또는 연줄이 있는 자들이 가끔씩 도읍에서 찾아오곤 합니다.

우키후네는 이렇게 생각하면서 그런 사람들에게는 절대 얼굴을 보이지 않습니다.

'이런 사람들이 혹시 내가 옛날에 만났던 사람들의 댁을 드나들며 내가 아직 살아 있다는 것을 넌지시 알리기라도 하면 얼마나 수치스러울까. 그 사람들은 내가 얼마나 영락하여 떠돌고 있을까, 세상에 보기 드문 처참한 신세라고 상상들을 하겠지.'

여승은 지금까지 자신이 부리던 시종이라는 시녀와 고모키라는 여동 둘에게만 우키후네의 시중을 들라고 특별히 명하였습니다. 허나 이 두 사람은 과거 우키후네를 모셨던 사람들과는 전혀 격이 다르니, 만사에 우키후네는 이 세상과는 다른 별세계란 이런 것일까 하고 체념합니다.

이렇듯 사람의 눈을 피해 숨어만 있으니, 여승도 참으로 곤란한 사정이 있는 사람인 모양이라고 상상하며, 자세한 것은 아무에게도 말하지 않습니다.

여승의 사위는 지금 중장입니다. 이 사람의 동생인 선사는 큰스님의 제자로 큰스님과 함께 히에이 산의 요카와에서 불도를 닦고 있습니다. 그 동생을 문안하기 위하여 형제들이 종종 산으로 올라갑니다.

이 오노라는 곳은 요카와로 가는 도중에 있는 터라, 어느 날 중장은 이 암자에 들렀습니다.

수행원들이 앞을 열어놓자 기품 있는 남자가 들어오는데, 우키후네가 암자 안에서 그 모습을 내다보니, 그 옛날 우지를 은밀히 다녔던 가오루의 모습과 풍정이 눈앞에 떠오르는 듯합니다.

이곳도 우지와 마찬가지로 한적한 곳이라 하루하루가 따분한데, 눌러 사는 여승들은 소박하면서도 아름답고 우아하게 지내고 있습니다. 울타리에 핀 패랭이꽃도 가련하고 마타리와 도라지꽃도 피기 시작합니다. 그런 곳에 갖가지 색상의 평상복을 차려입은 남자들을 대거 거느리고 같은 평상복 차림의 중장이 온 것입니다. 남쪽 방으로 안내하니, 중장은 사방을 바라봅니다. 나이는 스물일고여덟 살쯤으로 보이고, 완숙한 느낌에 사려 깊은 성품을 갖추고 있는 듯합니다.

여승은 장지문에 휘장을 치고 중장을 만납니다.

"세월이 흐르면서, 지나간 날들이 아주 먼 옛날일처럼 느껴집니다. 허나 이 쓸쓸한 산골의 빛으로 지금도 역시 그대를 잊지 않고 기다리고 있으니, 언제까지나 변함없는 것이 생각해보면 신기한 일입니다."

여승은 눈물을 흘리면서 이렇게 말합니다.

"마음속으로는 지나간 날들을 늘 그리운 심정으로 떠올리고 있습니다. 허나 속세를 떠나 사시는 터라 삼가 조심하여 소식도 제대로 전하지 못하고 지냅니다. 동생인 선사가 산에서 지내는 것도 부러우니, 늘 산에는 올라가고 있는데 동행하자는 사람이 많아 도중에 찾아오기도 쉽지 않습니다. 오늘은 동행을 모두 떨쳐버리고 온 것입니다."

중장이 대답합니다.

"산에서 지내는 것이 부럽다니요, 요즘 사람들의 입에 달린 말을 흉내낸 듯 들립니다. 잊지 않고 이렇게 찾아주는 마음이야 말로 경박한 세상의 풍조에 물들지 않은 것이라고, 늘 그대를 고맙게 여기고 있습니다."

여승은 수행원들에게 물밥을 대접하고 중장에게는 연꽃 열매를 대접합니다. 중장은 그 옛날 사위로 익숙하였던 곳이니 편안한 기분으로 있는데, 마침 소나기가 내리자 발이 묶여 여승과 두런두런 얘기를 나눕니다.

'새삼 말해봐야 돌아오지 않을 딸보다, 이 중장의 더할 나위 없는 마음씨가 마음에 들었는데 지금은 애써 남으로 여겨야 하니 참으로 슬프구나. 어째서 자식 하나 남겨놓지 않았다는 말인가.'

딸을 지금도 그리워하는 여승은 이렇게 가끔이나마 찾아주는 중장이 반가운 나머지 묻지도 않는데 그 신기하고 서글픈 얘기를 내뱉을 뻔합니다.

우키후네는 나름대로 이런저런 떠오르는 일이 많으니, 상념에 잠겨 바깥을 내다보고 있는 모습이 정말 아리땁습니다. 아무런 정취도 없는 하얀 홑옷에, 이곳 사람들이 모두 입고 있는 광택도 없는 검붉은색 바지를 입고 있습니다.

'이런 옷가지들까지, 옛날과는 다르니 참으로 많이 변했구나.'

허나 촉감이 뻣뻣한 옷을 입고 있는데도 오히려 그 모습은 풍정이 있어 보입니다.

"아직은 정체를 알 수 없는 분이나, 죽은 아씨가 살아 돌아온 듯한 기분이 드는데 중장님에게 보여드리면 얼마나 감개무량해 하겠습니까. 이왕이면 옛날처럼 이곳을 드나들면 좋겠습니다."

"그렇게 되면 정말 어울리는 부부가 되겠지요."

시녀들이 이렇게 말하는 것을 듣고 우키후네는 이렇게 생각합니다.

'정말 싫구나. 이 세상에 살아남아 있다 하여도 나는 절대 결혼을 하고 싶지 않으니. 결혼을 하면 또 괴로웠던 옛날일이 떠오를 터. 남녀 관계는 단호하게 잊을 것이야.'

여승이 안에 들어가 있는 동안, 손님인 중장은 내리는 비의 모습을 바라보다가 난감하여 목소리를 기억하고 있는 소장 여승을 불러들였습니다.

"옛날에 내 시중을 들었던 시녀들이 지금도 이곳에 있을 것이라 생각하면서도 찾아오기가 점차 어려워지니, 모두들 나를 박정한 사람이라 여기고 있을 터이지요."

중장이 이렇게 말합니다. 소장 여승은 죽은 아씨의 시중을 들어 친숙한 시녀였던 탓에 옛날을 그리워하며 이런저런 추억을 떠올립니다. 그러다 문득 이렇게 말합니다.

"아까 복도를 들어오면서, 바람이 몰아쳐 발이 흔들리면서 그 틈새로 머리를 길게 늘어뜨린 예사롭지 않은 여인의 모습이 보였는데, 여승밖에 없는 이런 초암에 대체 어떤 분일까 하고 깜짝 놀랐습니다."

'아씨가 방에서 나오는 뒷모습을 본 게로구나. 그런데 아씨를 좀더 자세히 보면 틀림없이 마음이 끌릴 터이지. 돌아가신 분은 이 아씨보다 기량이 못하였는데도 지금까지 잊지 못하고 있으니.'

소장은 이렇게 제멋대로 생각하고는 답하였습니다.

"여스님은 죽은 아씨를 잊지 못하여 늘 슬픔을 달래지 못하고 있었는데, 뜻하지 않은 사람을 얻어 아침저녁으로 보면서 마음을 위로하고 있습니다. 마음을 놓고 편안히 있는 모습이 어떻게 그대의 눈에 띄었을까요."

중장은 이런 곳에 그런 일도 있는가 싶어 흥미로우니, 어떤 사람일가, 정말 미인이었는데 하고 그저 얼핏 보았을 뿐인데도 잊혀지지 않으니, 그 사람에 관하여 자세하고 물어보지만 소장은 사건의 전모를 소상히 말하지는 않습니다.

"언젠가는 자연히 알게 되겠지요."

드러내놓고 묻는 것도 민망한 일이라, 중장은 수행원이 재촉하는 소리에 자리에서 일어났습니다.

"비가 그쳤습니다. 멀지 않아 해가 질 터이니 어서 돌아가셔야 합니다."

중장은 앞뜰의 구석에 핀 마타리를 꺾어 '이런 곳에 어찌 아름다운 마타리가 피어 있는 것일까'라고 노래의 한 구절을 홀로 읊조리고는 출발합니다.

"역시 사람들이 입방아에 신경을 쓰는 것이로군요."

늙은 여승들은 노래의 아래 구절인 '세상 소문도 시끄러운데'라 답하며 칭찬합니다.

"정말 아름답고 날이 갈수록 더할 나위 없는 훌륭한 모습입니다. 이왕이면 옛날처럼 이곳의 사위로 맞고 싶군요."

여승 역시 이렇게 말합니다.

"중장은 지금도 중납언 댁을 줄곧 드나들고 있으나, 그곳의 아씨에게는 별 마음이 없어 아버지 댁에만 있는 듯합니다."

"그대가 내게 마음을 열어주지 않으니 참으로 안타깝고 슬프군요. 이제는 이곳에 이렇게 있는 것이 전생의 인연 때문이라 여기고 몸도 마음도 편안하게 밝게 지내세요. 지난 5, 6년 세월을 나는 죽은 딸을 한시도 잊지 않았으나, 지금 이렇게 그대를 만난 후로는 그리움이 싹 가시고 말았습니다. 그대에게도 역시 그대를 사랑하고 걱정하는 분들이 있을 터이나, 지금은 이 세상에 있지 않을 것이라 생각하겠지요. 이 세상에서는 기쁨도 슬픔도 그 당시처럼 계속되지는 않는 법입니다."

우키후네는 여승의 말에 눈물을 머금고 이렇게 말합니다.

"저는 딱히 무엇을 숨기고 있는 것이 아닙니다. 불가사의한 운명이라 되살아났을 때는 모든 과거가 꿈처럼 애매모호하여, 이 세상이 아닌 다른 세상에 태어난 사람이 이런 기분일까 하고 생각하였습니다. 저를 알 만한 사람이 지금까지 이 세상에 있는지도 모르겠습니다. 다만 저는 스님을 친근하게 여기며 진심으로 의지하고 있을 따름입니다."

무심하게 말하는 그 모습이 귀여워 여승은 미소를 지으면서 그 얼굴을 물끄러미 바라봅니다.

중장은 히에이 산의 요카와에 도착하였습니다. 큰스님도 중장을 매우 오랜만에 보는 터라 반가워하며 이런저런 세상 이야기를 나눕니다.

그 밤에는 요카와에 머물면서 목소리가 낭랑한 법사들에게 독경을 의뢰하고 밤새도록 관현놀이를 합니다.

제자인 선사와 허심탄회하게 얘기를 나누다가 중장은 급기야 이런 말을 꺼냈습니다.

"오노에 잠시 들렀다 왔는데, 역시 감개무량하더군요. 장모님은 출가는 하셨으나 참으로 마음씀씀이가 깊으니, 그런 분은 흔히 없을 듯합니다.

바람이 불어와 발이 흔들리면서 그 틈새로 머리칼이 긴 매력적인 여인을 보았습니다. 여인은 밖에서 누가 보고 있다고 생각했는지, 일어서서 안으로 들어가고 말았죠. 그 뒷모습이 예사롭지 않았습니다. 여승들밖에 없는 암자에 그렇게 아리따운 여자가 살게 하다니 곤란하지요. 밤낮으로 보는 것이 여승들뿐이니, 그러다가 여승에 익숙해져 여성스러운 멋을 잃어버리겠지요."

"그 여자는 여승들이 지난 봄 하쓰세에 참배를 하러 갔다가 묘한 인연으로 데리고 온 사람이라 들었습니다."

선사는 그 여자를 보지는 못하였으니 자세한 말은 하지 못합니다.

"그것 참 딱한 얘기로군요. 대체 어떤 여자일까요. 남녀 사이에 관한 일로 몹쓸 일을 당하고 그런 곳에 몸을 숨기고 있는 것일까요. 마치 옛이야기를 듣는 기분입니다."

그 다음날, 돌아가는 길에 중장은 오노를 그냥 지나칠 수 없다 하며 암자에 들렀습니다. 암자에서도 당연히 들려줄 것이라 기다리고 있었습니다. 죽은 딸이 살아 있을 때가 새삼 그리워지는 대접입니다. 식사 시중을 드는 소장 여승은 소맷자락이 옛날처럼 화사한 색이 아닌 재색으로 변하였으나, 그 또한 나름대로 정취가 있습니다.

여승은 옛날이 떠오르니 더욱 눈물이 글썽거립니다.

"사람의 눈을 피하여 이곳에 있는 그 사람은 대체 누구입니까?"

중장이 무슨 얘기를 하다가 물었습니다. 여승은 일이 난감하여졌다고 생각하나, 중장이 얼핏이나마 보았다면 숨기는 것도 이상한 일이라 생각하고 대답합니다.

"죽은 딸을 잊지 못하고 언제까지고 그리워하는 것도 집착의 죄업을 짓는 일이라 여겨져, 위안이나 삼을까 하고 몇 달 전부터 보살피고 있는 사람입니다. 그 사람은 무슨 사연인지 번뇌가 많아, 자신이 살아 있다는 것이 사람들에게 알려질까 몹시 조바심을 내고 있습니다. 나는 이렇듯 깊은 골짜기에 누가 찾아오랴 싶은데, 그대는 어쩌다 그 사람 얘기를 들었는지요."

"그 사람이 궁금하여 왔다 하여도, 깊은 산길을 힘들게 찾아온 불평쯤은 말씀드릴 수 있겠지요. 하물며 그 사람을 죽은 아내 대신이라 여긴다면, 더욱이 저와 무관하지 않은 일인데 그렇듯 감추다니 뜻밖입니다. 그 사람은 어떤 사정으로 세상을 원망하는 것일까요. 위로하여주고 싶군요."

중장은 만나고 싶은 듯 말하면서 돌아가는 길에 종이에 몇 자 적어 소장을 시켜 우키후네에게 전하도록 하였습니다.

　덧없는 세상의 바람 같은
　바람기 많은 남자에게
　마음이 흔들리지 않도록
　멀고 먼 길을 오가며
　마타리 같은 그대에게
　금줄이라도 치고 싶으니

"답장을 쓰세요. 중장은 품위 있는 분이니, 답장을 하여도 걱정할 일은 없을 것입니다."

여승은 이 노래를 보고 이렇게 권합니다.

"글씨가 서투른데 어떻게 답장을 쓰겠습니까."

우키후네는 이렇게 대답하며 답장을 쓰려 하지 않습니다.

"답장을 쓰지 않는 것은 실례되는 일이지요."

여승은 이렇게 말하고는, 대신 이렇게 썼습니다.

"말씀드린 대로 이 여인은 남녀 사이의 정분에는 둔감하니, 다른 여인들 같지 않습니다."

　　마타리처럼 가련한 그 사람을
　　속세를 버린 여승들의 초암에
　　거둬들이기는 하였으나
　　도무지 마음을 열지 않으니
　　마음고생이 늘 뿐입니다

　중장은 첫 편지라 그럴 수밖에 없을 것이라 생각하며, 대필한 답장에 화도 내지 않고 돌아갔습니다.

　도읍에 돌아가서도 굳이 편지를 보내자니 풋내기인 듯하여 내키지 않는 한편 그 사람의 모습이 잊혀지지 않으니, 무슨 사연으로 번뇌하는지도 모르면서 가여운 마음이 듭니다.
　팔월 십일이 지나 새 사냥을 나간 길에 중장은 다시 오노의 암자를 찾아갔습니다.
　"그대를 한 번 본 후로, 연심에 마음이 어지러우니 아무것도 손에 잡히지 않습니다."
　예의 소장이 우키후네에게 말을 전하였습니다. 그에 뭐라 대답할 리 없으니 여승이 발 안에서 대답하였습니다.
　"'누구를 기다리나 마쓰치 산에 핀 마타리', 달리 마음에 품고 있는 사람이 있는 듯합니다."

"무슨 번뇌가 있는 듯하다고 들은 그 사람이 마음에 걸리니, 숨김없이 다 얘기하여주셨으면 합니다. 저 역시 세상 일이 무엇하나 제 마음 같지 않으니, 출가하여 산으로 들어가고 싶은 마음 간절한데, 부모님이 도저히 허락하여주시지 않을 것이라 그 뜻을 이루지 못하고 세월만 보내고 있습니다. 저의 이런 성품 탓인가, 세상을 걱정거리 하나 없이 유쾌하게 사는 행복한 사람과는 마음이 맞지 않습니다. 무슨 사연이 있어 번뇌하고 있는 그 사람에게 내 마음을 하소연하고 싶습니다."

중장은 우키후네에게 몹시 마음을 빼앗긴 듯 말합니다.

"마음에 그늘이 있는 사람을 원한다면, 얘기 상대로는 과연 적합할 것입니다. 허나 남들처럼 결혼을 하는 것은 생각지도 않고 있으니, 고집스러우리만큼 세상을 원망하고 있습니다. 나처럼 남은 목숨이 오래지 않은 늙은이조차, 막상 출가를 하려면 불안한 법인데, 앞날이 구만 리 같은 그 사람은 중이 된다 하여도 장차 어찌 될 것인지 걱정스럽습니다."

여승은 마치 부모처럼 말하고는 안으로 들어가 우키후네에게 말합니다.

"너무도 쌀쌀맞고 정리를 모르는군요. 한마디라도 좋으니 대답을 하세요. 이렇듯 적막한 곳에 살고 있으니, 사소한 일 하나에도 정감을 느끼는 것이 당연하지요."

이렇게 비위를 맞추듯 말하나, 우키후네는 매정하게 옆으로 돌아앉아 있습니다.

"무슨 말을 하여야 좋을지 모르겠습니다. 저는 아무것도 할 줄 모르는 쓸모없는 사람입니다."

"대답은 어찌 되었는지요. 참으로 매정하군요. 가을이 되면 이라 하였던 약속에 내가 속았던 것이로군요."

중장은 이렇게 원망하며 노래를 읊습니다.

  기다리겠노라 하여
  방울벌레 울어대는 가을 들판을 찾아왔는데
  그대의 매정함은 변함없으니
  나는 괴로워 눈물 흘리며 그저 어찌할 바 모를 뿐

"참으로 딱한 노릇입니다. 한마디라도."

여승은 우키후네를 채근하나, 남녀 사이의 정분에 대하여 아는 듯이 답가를 읊기도 싫고, 또 한번 답가를 보냈다가 남자가 찾아올 때마다 상대를 하라 권하면 그것도 성가신 일이라 대답조차 하지 않으니, 여승들은 맥이 다 풀립니다. 여승은 출가 전에는 현대풍의 화사한 사람이었던 흔적이 남아 있는 게 지요.

  가을 들판의 이슬을 밟고 오느라
  젖은 그대의 옷자락

헌데 넝쿨풀 우거진

이 암자의 이슬 탓이라

말씀하지 마세요

"아씨가 이렇게 말하며 불편해합니다."

여승이 이렇게 말하는 것을 방 안에서 들으며, 우키후네는 이
세상에 살아 있다는 것이 본의 아니게 사람들에게 알려지기 시
작한 것을 괴로워합니다. 다른 여승들은 모두 이 중장을, 죽은
아씨의 사위로 지금도 여전히 따르고 그리워하니, 이렇게 떼를
부리듯 말합니다.

"이렇듯 사소한 기회에 얘기 상대로 삼아도, 아씨의 마음을
거스르거나 걱정을 끼칠 분은 아닙니다. 세상에 흔하디흔한 남
녀 사이라 여기지 말고, 그저 냉담하게 여겨지지 않을 정도로
대답이나 하여주세요."

우키후네는 여승이라는 사람들이 고풍스러운 기질에 어울리
지 않게 현대풍의 발랄한 노래를 서툰 솜씨로 노래하는 것이 왠
지 몹시 불안하였습니다.

'더없이 한심한 신세라 스스로 체념하고 버린 목숨이었는데,
어이없게도 이렇게 살아남았으니 앞으로 얼마나 비참한 꼴을
보일까. 이 세상에는 이미 없는 사람으로 모습을 보이지 않고
목소리도 들려주지 않으면서 그냥 사라져버렸으면 좋겠구나.'

우키후네는 이렇게 고심하면서 누워 있습니다.

중장은 그밖에도 이런저런 생각할 일이 많은지, 깊은 한숨을 쉬고는 슬며시 젓대를 꺼내 불었습니다.

'사슴 우는 소리에 눈을 뜨고'

홀로 읊조리는 기척이 과연 둔감한 사람은 아닌 듯합니다.

"이곳에 오면 죽은 아내가 생각나 슬픔이 더욱 깊어지는데, 지금 나를 동정하여줄 만한 사람은 냉담하기 짝이 없으니, 세상의 번거로움이 없는 산중이라는 생각이 들지 않는군요."

중장은 원망스럽다는 듯 중얼거리며 돌아가려 합니다.

그것을 본 여승은 무릎걸음으로 나와 말합니다.

"모처럼 달이 이처럼 밝은 밤인데 아침까지 보지 않고, 왜 돌아가려 하는지요."

"그 사람의 냉담한 마음을 이제 다 알았으니."

중장은 포기한 듯 이렇게 말합니다. 색을 좋아하는 것처럼 처신하는 것도 좋지 않은 일이고, 따분한 마음을 달래려 그저 얼핏 보았을 뿐인 여자를 찾아왔는데 방 안 깊숙이 들어앉아 상대도 하여주지 않는 쌀쌀맞은 여자의 태도가 이런 산골에 어울리지 않아 흥이 가시니 그만 돌아가려는 것입니다. 여승은 중장의 젓대 소리마저 아쉽고 그리운 심정에 다소 매끄럽지 못한 노래를 읊조립니다.

밤 깊은 하늘의
아름다운 달빛을

느낄 줄 모르는 사람인가요

산 끝자락 이 암자에

묵으려 하지 않음은

"아씨가 이렇게 말하는군요."

여승은 거짓말을 둘러댑니다. 중장은 기대감에 가슴이 두근
거려 답가를 읊습니다.

산 끝자락으로 기울도록

바라보지요

너와 지붕 틈새로

달빛이 새어들 듯

혹 만날 수는 없을까 하여

어머니인 큰여승이 아까 중장이 불었던 젓대 소리를 듣고는,
출가한 늙은 몸으로 감동하여 모습을 나타내었습니다.

얘기를 하는 도중에 헛기침을 하니 듣기에도 거북한 떨리는
목소리이나 노인치고는 옛 추억담을 장황하게 늘어놓지는 않습
니다. 중장을 누구인지 알아보지 못하는 듯합니다.

"자, 그 칠현금을 퉁겨보세요. 젓대는 달빛이 잘 어울리니 정
취가 있지요. 왜 가만히 있습니까. 그대들은 칠현금을 가져오
세요."

큰여승이 딸에게 말합니다. 중장은 그 목소리에 큰여승인 듯하다고 짐작은 하나, 이런 노파가 어찌하여 이런 곳에 아직도 숨어 살고 있을까 싶으니, 죽음은 나이와 무관하다는 이 세상의 이치가 새삼 서글프게 느껴집니다. 중장은 반섭조의 구슬픈 소리를 내며 젓대를 붑니다.

"자, 어서요."

큰여승은 칠현금을 연주하라 이릅니다. 딸 역시 상당히 취미가 고상한 사람이라 이렇게 말하면서 칠현금을 연주합니다.

"그대의 젓대 소리가 옛날보다 한층 훌륭하게 들리니, 이런 곳에서 산바람 소리에만 익은 내 귀 탓일까요. 과연 어쩔지요, 내 칠현금 소리는 옛날 같지 않을 터인데."

칠현금은 요즘의 일반 사람들은 즐겨 연주하지 않는 악기라서 오히려 그 정취가 그윽하게 들립니다.

은은하게 울리는 솔바람 소리가 칠현금의 소리를 돋보이게 합니다. 중장의 젓대 소리에 달빛마저 마음을 합하여 투명하게 비치는 듯하니, 큰여승은 더더욱 감동하여 평소와 달리 초저녁 잠도 자지 않습니다.

"이 늙은이도 옛날에는 육현금을 무리없이 연주하였는데, 요즘은 연주법도 바뀌었나 봅니다. 요카와에 있는 아들에게서 염불을 제외한 모든 듣기 거북한 쓸데없는 짓은 하지 말라는 꾸중을 들었는지라, 그런 소리를 듣고 연주를 할까 보냐 싶어 그만두고 말았습니다. 그건 그렇고 참으로 고운 소리를 내는 육현금이 있지요."

큰여승이 이렇게 말하며 연주를 하고 싶어하는 투라, 중장은
슬며시 웃으면서 공치사를 합니다.

"그런 일로 그만두다니요. 극락이라는 곳에서는 보살도 모두
이런 악기를 연주하고, 천인들도 춤을 추며 노닐기에 존귀한 것
이 아니겠습니까.

그 때문에 불도 수행을 게을리하여 죄를 짓는 일은 없겠지요.
이 밤에는 꼭 듣고 싶습니다."

"그렇다면 육현금을 들이라 하세요."

큰여승은 기뻐하며 이렇게 말하는데, 그사이에도 기침이 끊
이질 않습니다.

다른 여승들은 흉측스러운 일이라 생각하는데, 큰스님까지
들먹이며 원망하듯 중장에게 불평을 늘어놓으니, 가엾은 마음
에 하고 싶은 대로 하게 합니다.

큰여승은 육현금을 잡아당기더니, 지금까지 중장이 불었던
젓대 소리에는 개의치 않고 기분 내키는 대로 상쾌한 손톱 소리
를 내며 육현금을 연주합니다. 다른 악기들은 연주를 멈추니,
큰여승은 자신의 육현금 소리에 감동한 것이라 착각하고 사이
바라의 「길의 초입」이라는 곡을 현을 바꿔가며 빠르고 경쾌하
게 연주합니다.

"다케후, 지치리 지치리 다리탄나."

가사는 매우 고리타분합니다.

"대단하군요. 요즘은 좀처럼 듣기 어려운 곡입니다."

중장이 칭찬하자, 큰여승은 귀가 어두워 옆에 있는 사람에게 되묻습니다.

"요즘 젊은 여자들은 육현금을 좋아하지 않는 모양이로군요. 몇 달 전부터 이 암자에 기거하고 있는 아씨는 용모는 매우 빼어나나, 이런 자질구레한 놀이는 전혀 하지 않고 틀어박혀 꼼짝 않는 듯하더군요."

이렇게 자기 혼자서 조롱하듯 큰 소리로 말하니, 딸은 조마조마하고 난감할 따름입니다.

큰여승의 말에 모두들 흥이 가셨는데, 중장이 돌아가는 길에 부는 젓대 소리가 산에서 불어오는 바람을 타고 아름답게 들려오니, 여승들은 한숨도 자지 않고 밤을 밝혔습니다.

다음날 아침 중장으로부터 편지가 왔습니다.

"어젯밤에는 도무지 마음이 어지러워, 일찌감치 물러나왔습니다.

지금 이내 마음을 조금이나마 헤아릴 수 있도록 아씨에게 전해주십시오. 견딜 수 있는 정도라면, 어찌 이런 호색적인 일까지 부탁하겠는지요."

　　그 옛날의 아내는
　　잊혀지지 않는데
　　어젯밤 아씨의 냉정한 태도와

금과 젓대의 서글픈 음색에도

소리내어 울었으니

여승은 더더욱 슬퍼 눈물을 가누지 못하니, 이렇게 답장을 씁
니다.

그대의 젓대 소리에

죽은 딸이 생각나

더없이 서글프니

그대가 돌아갈 때에도

소맷자락이 젖었습니다

"아씨는 사람 사이의 정리를 모르는 사람이니, 그때 노모가
제멋대로 한 말을 들어 충분히 짐작할 수 있겠지요."

늘 똑같은 내용이라 시시껄렁하니, 중장은 편지를 읽고는 그
대로 내버렸겠지요.

억샛잎을 뒤흔드는 가을바람 못지않게 종종 편지를 보내는
중장에 대해 우키후네는 이렇게 생각합니다.

'정말 성가신 일이로구나. 남자들은 무턱대고 이렇게 고집을
부리니.'

"역시 그 중장이 남녀 사이의 정분을 포기할 수 있도록 나를

당장이라도 출가시켜주세요."

우키후네는 경을 배워 소리내어 읽는 한편 마음속으로도 부처님에게 빌고 또 빕니다.

여승은 아씨가 이렇듯 남녀 사이에는 전혀 관심을 보이지 않는데다 젊은 나이에 화려하지도 않으니, 태생이 소심하고 음산한 성품인 모양이라고 생각합니다.

허나 보기만 하여도 마음의 위로가 될 만큼 그 얼굴이며 자태가 고우니, 다른 모든 결점은 너그로이 보아 넘기며 밤낮으로 바라보며 위안을 삼고 있습니다. 간혹 아씨가 웃기라도 하면, 드문 일이라고 진심으로 기뻐합니다.

구월이 되어 여승은 또 하쓰세 참배길에 올랐습니다. 오랜 세월을 적적하게 살아온 처지에 죽은 딸을 잊지 못하고 늘 그리워하였는데, 이렇듯 다른 사람 같지 않은 사람을 얻어 슬픔을 달랠 수 있게 되었으니, 이 또한 관음보살의 베푸심이라 고맙기 한량없어 답례를 하는 심정으로 참배길에 오른 것입니다.

"같이 가세요. 아무도 모를 것입니다. 같은 부처님이라 하여도 그렇듯 존엄한 절에서 근행을 하여야 관음보살의 영험이 있으니, 그런 경하로운 예가 아주 많았습니다."

여승이 이렇게 권하자 우키후네는 자신의 신세를 한심하게 생각하면서, 모르는 사람들과 함께 그렇게 먼 길을 여행하자니 무슨 일이 벌어질까 두려움이 앞섭니다.

'옛날에 어머니와 유모가 이처럼 나를 구슬려 몇 번이나 참배를 시켰으나, 무슨 효험이 있었다는 말인가. 죽는 것조차 내 마음이 같지 않아 이렇게 비참한 꼴을 하고 있는데.'

"몸이 불편하여 그렇게 먼 여행길를 가다가 무슨 일이 생기지는 않을까 걱정스러워 내키지가 않습니다."

우키후네는 강경하게 거부하는 말투는 삼가고 이렇게 말합니다.

'이 사람은 귀신에 홀린 경험이 있으니, 정말 두려워하는 게지.'

여승은 이렇게 생각하며 억지로 동행을 강요하지는 않았습니다.

　덧없이 살아 있는
　한심한 내 처지에
　두 줄기 한 뿌리인 삼나무가 있는
　하쓰세 강가를
　찾고 싶지 않으니

여승이 이렇게 씌어 있는 종이를 습자를 하고 버린 종이 더미에서 찾았습니다.

"두 줄기 한 뿌리라 함은 '다시 만나자 두 줄기 한 뿌리인 삼나무여'라는 노래도 있듯이, 다시금 만나고픈 사람이 있다는 뜻이겠지요."

여승이 농담을 던지자 우키후네는 정곡을 찔린 듯하여 가슴이 철렁하니, 발그스름해진 얼굴에 애교가 넘치고 정말 귀엽습니다.

하쓰세 강가의 삼나무의 내력을 모르듯
그대의 태생이 어떠한지
전혀 알 수 없으나
그대가 죽은 딸만 같으니
나는 그저 사랑스러워

여승은 각별할 것 없는 평범한 노래로 금방 답합니다.

여승은 조촐하게 여행을 다녀올 작정이었으나 여승들이 모두 동행을 원하는 터라, 암자에 남는 우키후네를 걱정하여 눈치가 빠른 소장 여승과 좌위문이라 불리는 나이 든 시녀와 여동을 남겨 암자를 지키게 하고 길을 떠났습니다.

우키후네는 상념에 젖어 일행이 떠나는 것을 지켜보고는 자신의 신세를 더없이 서글프다 여기나 지금은 어쩔 수 없는 노릇, 의지하는 유일한 사람이 여승이 없어 불안하고 따분해하던 참에 중장에게서 편지가 왔습니다.

"펼쳐보세요."

우키후네는 소장 여승의 말을 들은 척도 하지 않습니다. 평소보다 사람이 적어 한가로우니, 지나간 일과 앞으로의 일을 생각하며 침울해하고 있습니다.

"곁에서 보기가 안타까울 정도로 침울해하는군요. 바둑이라도 두세요."

소장 여승이 이렇게 말합니다.

"바둑에는 재주가 없습니다."

말은 이렇게 하나 두어보고 싶은 생각이 있는 듯하여 소장 여승은 사람을 보내 바둑판을 가져오라 하고, 자신이 더 잘 두리라 여겨 아씨에게 먼저 돌을 놓으라 하나 솜씨가 여간하지 않아, 이번에는 순서를 바꿔 둡니다.

"여스님이 얼른 돌아오셨으면 좋겠습니다. 바둑에 이렇듯 재주가 있는 것을 보여드리고 싶군요. 여스님은 바둑을 무척 잘 둡니다. 요카와의 큰스님은 예로부터 바둑을 좋아하여 자신의 솜씨가 대단하다 여겼는지 바둑의 명인이었던 기성 다이토쿠라도 된 기분으로 '소승은 자청하여 바둑을 두지는 않으나, 그대의 솜씨에 뒤지지는 않지요'라며 여스님에게 도전하였다가 두 번이나 지고 말았습니다. 그런데 아씨도 기성 못지않게 세군요. 실로 대단합니다."

여승들은 이렇게 흥미로워하였습니다. 이마가 벗겨져 흉물스러운 나이 든 여승이 바둑을 두며 즐거워하는 모습을 보자, 아씨는 공연한 일에 손을 대었다고 생각하며 몸이 불편하다 하고는 누워버렸습니다.

"때로는 마음을 열고 발랄하게 하세요. 그 아까운 나이에 늘 침울해하니 안타깝습니다. 마치 아름다운 구슬에 티가 있는 것처럼요."

소장 여승은 이렇게 말합니다.

저녁나절 바람소리마저 구슬프게 들리니 우키후네는 이런저런 생각이 떠오릅니다.

내 마음은
가을 저녁의 서글픔을
굳이 알려하지 않는데
시름에 잠긴 이 소맷자락에는
어느새 눈물의 이슬이 떨어지누나

달이 둥실 떠올라 아름다운 밤, 낮에 편지를 보냈던 중장이 찾아왔습니다.

'아니 이런. 이렇게 불쑥 찾아오다니, 무슨 일일까.'

우키후네는 불쾌하여 방 안 깊숙이 들어가버리고 맙니다.

"너무한 처사입니다. 이렇게 밤늦은 시간에 찾아온 것을 보면 중장의 뜻이 어디에 있는지 족히 짐작이 갑니다. 이런 때에는 조금이나마 중장의 말을 들어주세요. 목소리를 들려준다 하여 깊은 사이가 되는 것은 아니니."

소장 여승이 이렇게 말하자, 우키후네는 행여 안내역을 맡는 것은 아닐까 불안합니다. 아씨는 없다고 말을 전하였으나, 낮에 편지를 들고 온 사자에게 아씨 혼자 암자를 지키고 있다는 말을 들은 게지요. 중장은 오래도록 넋두리를 늘어놓고 있습니다.

"목소리는 들려주지 않아도 됩니다. 다만 가까운 곳에서 내가 드리는 말씀을 듣고, 거북하다든 어떠하다든 판단을 하여주십시오."

이런저런 말로 설득을 하나 무슨 소리를 하여도 상대를 하여주지 않으니 난감하여, 아씨를 깊은 정이 없는 사람이라 비난합니다.

"참으로 매정합니다. 이렇듯 적막한 산골에 사는 까닭에 더욱이 사랑의 정취를 깊게 느낄 터인데. 해도 너무합니다."

산골의 깊어가는 가을밤의
애틋한 정취도
마음속에 고뇌를
간직한 사람이라면
한결 잘 알 터인데

"그대의 마음에 절로 내 뜻이 통하였을 터인데."

소장은 이런 편지를 보고 우키후네를 채근합니다.

"여스님이 출타 중이라, 뭐라 답가를 드릴 사람도 없습니다. 이대로 있으면 정리도 모르는 철없는 여자라 여길 터이지요."

자신의 한심한 신세조차

자각하지 못하고 .

그저 망연하게 세월을 보내는 나를

그대는 무슨 생각이라도 있는 사람이라

여기는지요

딱히 대답을 하는 것은 아니고 그냥 혼자 중얼거리는 것을 듣고 중장에게 전하니, 중장은 매우 감동하여, 조금이라도 이쪽으로 나와달라고, 그렇게 꼭 권해달라고 졸라대며 말을 전하는 사람이 난처할 정도로 투덜거립니다.

"이해할 수 없을 정도로 정에는 냉정한 분입니다."

소장이 중장에게 이렇게 말하고 안으로 들어가 보니, 아씨는 평소에는 들여다보지도 않는 큰여승의 방에 들어가 숨어 있었습니다. 소장 여승은 어처구니가 없어 본 것을 그대로 중장에게 전합니다.

"이렇듯 적막한 산골에서 시름에 잠겨 지내는 그 마음이 가엾고, 언뜻 보기에 딱히 정리를 모르는 사람 같지는 않은데, 사랑의 정취를 전혀 모르는 사람보다 더욱 매정한 태도로 나를 대하니, 참으로 너무합니다. 남자에게 호되게 당한 일이라도 있는지요. 역시 무슨 사연이 있어 그렇듯 세상을 원망하면서 숨어 지내는 것인지요."

이렇게 물으며 사정을 자세히 알고 싶어하는 눈치이나, 자세한 사정을 어찌 말할 수 있겠습니까.

"본디 보살펴드려야 할 인연이 있는 분이었는데, 오랜 세월을 소원하게 지내다가, 하쓰세 참배 길에 우연히 만나 데리고 온 분입니다."

소장은 이렇게만 전합니다.

우키후네는 늘 얘기만 듣고 불길하게 여겼던 큰여승 옆에 엎드린 채 잠을 자지도 못합니다. 초저녁부터 졸려 하던 큰여승은 끔찍하도록 코를 고는데, 그 앞에도 큰여승과 나이가 얼추 비슷한 여승들이 둘 누워, 질세라 코를 골고 있습니다.

우키후네는 이 늙은 여승들이 마치 귀신처럼 무섭고 끔찍하여 오늘 밤 자신을 먹어버리는 것은 아닐까 하고 생각합니다. 죽는다 하여 아까운 목숨은 아니나, 태생이 마음이 약한 탓에 외나무다리가 무서워 건너지 못하고 돌아왔다는 사람의 비유담처럼 그저 불안에 떨고 있습니다.

여동 고모키를 데리고 이 방으로 숨어들었는데, 고모키는 벌써 남자에게 관심을 갖게 된 탓에 중장이 요염하게 앉아 있는 쪽으로 돌아갔습니다. 고모키가 돌아오지는 않을까 이제나 저제나 하고 기다리고 있으나, 고모키는 전혀 돌아올 기미가 없습니다. 도무지 믿지 못할 사람이로군요.

중장은 기다리다 못하여 지친 나머지 돌아갔습니다.

"참으로 뭐라 말할 수 없이 박정하고 소심한 사람이로구나. 그렇듯 아까운 미모를 지니고 있는데."

소장은 이렇게 투덜거리면서 모두가 자는 곳에서 잠이 들었습니다.

밤이 깊어 큰여승이 컥컥 기침을 하면서 잠에서 깨어났습니다. 등불 아래에서, 하얀 앞머리 위에 검은 것을 뒤집어 쓴 큰여승, 아씨가 그곳에 자고 있는 것을 이상히 여기며 마치 족제비처럼 이마에 손을 대고는 저쪽에서 이쪽을 살펴봅니다.

"이거 참 이상하구나. 대체 누구인고."

의심하는 그 목소리와 모습이 당장이라도 잡아먹을 듯한 기분이 듭니다.

'귀신이 나를 데리고 갔을 때에는 의식이 없어 도리어 불안하지 않았는데, 지금의 이 끔찍스러움은 어찌하면 좋다는 말인가.'

우키후네는 생각하면 할수록 불안하기 짝이 없으니 이런 상상을 하지 않을 수 없습니다.

'그러하다 하나, 비천한 모습으로 되살아나 남들처럼 건강을 회복하여 다시금 갖가지로 고통스러웠던 옛날 일을 생각하며 어찌하면 좋을까, 두렵고 무섭다 하며 어지러운 마음으로 속을 썩이고 있구나. 만약 그때 죽었더라면 지옥에 떨어져 이보다 더 끔찍한 귀신들 사이에서 괴로워하였을 터이지.'

잠을 청하지 못하고, 이런저런 옛날 일을 두루 떠올리다 보니 가슴이 턱 막히는 듯하였습니다.

'친아버지는 얼굴도 모르고 저 먼 아즈마 지방을 오가며 세월을 보내다, 우연히 찾아가 반갑게 만나 기쁘기도 하고 믿음직스럽기도 하였던 언니와의 사이도 뜻하지 않게 니오노미야 님이 끼어들어 소원하게 되고 말았고, 나를 나름대로 보살피려 하였던 가오루 님과의 인연에 매달려 불행한 신세의 시름을 잊어볼까 하던 차에, 어처구니없는 일을 저질러 모든 것을 물거품으로 만들어버린 이내 몸을, 니오노미야 님에게 다소나마 애정을 느꼈던 이내 마음을 생각하면 참으로 생각이 짧았다 여겨지는구나. 니오노미야 님과의 인연 때문에 이렇듯 비참하게 헤매는 신세로 영락하고 말았어.'

우지 강을 건너는 나룻배에서, 다치바나 섬의 상록수의 색에 걸고 약속하였던 변치 않는 사랑에 왜 그토록 기뻐하고 감격하였던지, 당시의 들떴던 마음이 싹 가시는 듯합니다.

그때 일을 생각하면, 애당초부터 그처럼 정열적이지는 않았으나 두고두고 담담하게 사랑하여줄 듯하였던 가오루가 그저 고맙고 그리울 따름입니다.

이런 곳에 이렇게 살아 있다는 것을 가오루가 알게 되는 날에는 그 수치스러움이 다른 사람에게 알려지는 것보다 더할 터이지만, 그래도 이 세상에서 옛날 그대로인 가오루의 모습을 언젠가 얼핏 엿보기라도 할 수 있을까 하고 문득 생각합니다. 허나 이런 생각을 하는 것은 역시 나쁜 일이라고, 다시는 이런 생각을 말자고 마음속으로 생각하다가는 지우고 또 생각하다가는 지우기를 몇 번이나 거듭합니다.

간신히 새벽닭이 울어대니, 우키후네는 안도의 한숨을 쉽니다. 어머니의 목소리나마 들을 수 있다면 얼마나 좋을까 생각하며 뜬 눈으로 밤을 지낸 탓에 몸도 영 좋지 않았습니다. 함께 저쪽 방으로 가야 할 고모키가 좀처럼 나타나지 않아 마냥 누워 있자니, 코를 골며 자던 늙은 여승들은 벌써 일어나 보기만 하여도 속이 울렁거리는 죽을 맛있다는 듯 그 맛을 칭찬하며 우키후네에게도 권합니다.

"그대도 얼른 드세요."

식사 시중을 드는 늙은 여승이 영 마음에 들지 않으니, 이런 사람이 식사 시중을 드는 것은 본 적이 없어 거추장스럽다 여깁니다.

"속이 좋지 않아서."

슬며시 거절하는데, 여승들은 그래도 권하여대니 정말 예의를 모르는 자들입니다.

그 후 미천해 보이는 법사들이 대거 찾아와 소식을 전하였습니다.

"큰스님이 오늘 산에서 내려올 예정입니다."

"무슨 일인지요, 갑자기."

"첫째 황녀가 귀신이 씌어 괴로워하고 있는데, 히에이 산의 주지승이 기도를 드리고 있으나 역시 요카와의 큰스님이 없으니 효험이 없다 하여 어제 다시금 부름이 있었습니다. 유기리 우대신의 아들 사위 소장이 어제 밤이 깊어 요카와를 찾아와 아카시 중궁이 청하는 편지를 전한 터라, 오늘 하산하여 입궁을 한다 합니다."

법사는 의기양양하게 대답합니다.

우키후네는 그 소리를 듣고 부끄러우나 잔소리가 심한 여승이 없는 이 틈에 큰스님을 만나 중으로 만들어달라고 부탁을 하여야겠다고 생각하면서 일어나 큰여승에게 그 뜻을 전합니다.

"요즘은 늘 몸이 불편하고 마음도 언짢아 견딜 수가 없으니, 큰스님이 하산을 하는 이 기회에 계를 받고 싶습니다. 아무쪼록 큰스님에게 제 뜻을 전하여주세요."

큰여승은 얼이 빠진 모습으로 그저 고개만 끄덕입니다.

평소 사용하는 방으로 돌아가, 늘 여승들이 머리를 빗겨주기는 하나 남이 만지는 것은 싫어도 제 손으로 빗기는 어려워, 조금만 빗어내립니다. 어머니에게 다시 한 번 이 모습을 보이고 싶으나 그럴 수 없는 것이 슬퍼 견딜 수가 없습니다. 무거운 병을 앓았던 탓인지, 머리카락이 다소 빠져 숱이 적어진 듯한 느낌도 드나, 그렇다고 많이 빠진 것은 아니어서 아직은 풍성한데, 육척이나 되는 머리카락의 끝자락은 너무도 아름답습니다. 머릿결도 보드랍고 사랑스럽습니다.

우키후네는 '어머니는 머리를 깎으라고'라는, 자신의 지금의 심경과 똑같은 옛 노래를 읊조리고는, 어머님이 출가를 하라고 내 머리를 쓰다듬었던가, 아니지, 그렇지는 않지, 하고 생각하면서 앉아 있습니다.

해가 기울 무렵, 큰스님이 암자에 당도하였습니다. 남쪽 방을
깨끗하게 치우고 정돈하니 머리가 동그란 스님들이 이리저리
오가며 소란스러운 것이 평소와는 달라, 왠지 두려운 느낌이 듭
니다.

큰스님이 어머니의 방을 찾았습니다.

"요즘은 어떻게 지내시는지요. 동생은 참배길에 올랐다 들었
습니다. 이곳에 있던 그분은 아직도 있습니까."

"아직 이곳에 있지요. 늘 기분이 언짢다면서 계를 받고 싶다
고 하더군요."

큰스님이 자리에서 일어나 이쪽으로 옵니다.

"이 방에 있는지요."

큰스님이 휘장 옆에 무릎을 꿇고 앉으니, 우키후네는 부끄러
워 몸 둘 바를 모르나 앞으로 나아가 대답하였습니다.

"뜻하지 않은 일로 이렇게 만나게 된 것 또한 전생의 인연이
라 여기고, 그대를 위하여 정성껏 기도를 드리고 있으나, 중이
란 신분은 이렇다 할 일 없이 편지를 주고받을 수 없으니, 본
의 아니게 소식조차 전하지 못하였습니다. 세상을 버리고 여승
이 된 이 흉물스러운 사람들 사이에서 그대는 어찌 지내고 있는
지요."

"이 세상에 더 이상은 살아 있고 싶지 않다 각오도 하였는데

어찌 된 일인지 지금까지 이렇게 살아 있는 것을 한심하게 여기면서도 여스님께서 갖가지로 보살펴주시는 그 마음씀씀이를 불미한 몸이나 고맙게 여기고 있습니다. 허나 역시 세상살이에 익숙해지지 않습니다. 결국은 오래 살지 못할 듯하니, 저를 중으로 만들어주세요. 이 세상에 있어도 남들처럼 평범하게 살아갈 수 없는 처지입니다."

"앞날이 창창한 나이인데 어찌하여 그리도 한결같이 출가를 원하는 것인지요. 출가를 한다 하여도 끝까지 지켜내지 못하면 도리어 죄를 짓는 일입니다. 결심을 하고 출가를 원하는 당장은 마음이 굳으나, 세월이 흐르면 여자란 몸은 실로 죄업이 깊은 성가신 것이라."

"어렸을 때부터 근심이 끊이질 않는 신세, 어머니도 한때는 중으로 만들까 한 적이 있을 정도입니다. 하물며 다소나마 철이 든 후로는 남들처럼 평범한 생활은 포기한 채 후세에서나마 안락하기를 바라는 마음이 깊어졌습니다. 목숨이 다할 날이 점차 가까워오는 탓인지, 마음도 도무지 약해질 뿐입니다. 그러하니 아무쪼록 출가를."

우키후네는 눈물을 흘리며 탄원합니다.

'납득이 가질 않는구나. 이렇듯 아름다운 용모와 자태를 갖고 있는데 어찌하여 자신의 몸을 그리도 꺼려하는지. 그러고 보니 그 귀신도 그렇게 말을 하였지. 이래저래 끼워맞추어 보면 그만한 사정이 있는 게야. 그러니 사실은 지금까지 살아 있어야 할 사람이 아니었던 게지. 귀신이 눈독을 들이고 들러붙었으니, 이대로 있으면 실로 끔찍하고 위험한 일이 생길지도 모르겠구나.'

큰스님은 이렇게 생각하고 말합니다.

"아무튼 출가를 결심하고 그것을 이루려 하니, 부처님께서도 칭찬할 일입니다. 법사로서 반대할 일은 아니지요. 수계는 실로 간단하게 해드릴 수 있으나, 소승은 급한 용건으로 산을 내려온 몸이니, 이 밤 안에 부름을 받은 곳으로 가야 합니다. 내일부터 수법이 시작되겠지요. 그 이레가 지나고 돌아오는 길에 수계를 하도록 하겠습니다."

우키후네는 여승이 하쓰세 참배에서 돌아오면 반드시 반대할 것이 틀림없으니, 일이 그렇게 되면 안타까울 것이라 더욱 눈물을 흘리며 말합니다.

"이곳에 왔을 때 병이 깊었던 것처럼 지금도 고통스러워 견딜 수가 없습니다. 병이 무거워진 후에는 수계도 아무 소용이 없을 것이니, 오늘이 가장 좋은 기회라 생각합니다."

큰스님은 깨우침을 얻은 성승의 마음에 우키후네가 심히 가엾어 보입니다.

"밤도 몹시 깊었군요. 옛날에는 산에서 내려오는 따위 아무렇지도 않은 일이었으나 나이가 들면서 몸이 피로하여 괴로우니, 이곳에서 오늘 밤은 쉬어 갈까 합니다. 그리 시두른다면, 지금 수계를 하지요."

우키후네는 뛸 듯이 기뻐합니다. 아씨가 손수 가위를 들고 와, 빗 상자의 뚜껑과 함께 큰스님에게 내밀었습니다.

"대덕들은 이쪽으로 오시게나."

큰스님은 아사리를 불렀습니다. 아씨가 나무둥치에 쓰러져 있는 것을 처음 발견한 제자 두 명도 함께 동행한지라 그들을 불러들여, 아씨의 머리를 빗기라 합니다.

'그때에도 기이한 모습을 하고 있었으니, 역시 이 세상에서는 살아가기가 고통스러운 게야.'

아사리도 우키후네의 발심을 당연한 일이라 여깁니다. 허나 아씨가 휘장의 틈새로 손에 들어 내민 머리카락이 너무도 매끄럽고 아름다워 아까울 정도이니, 가위를 쥔 채로 자신도 모르게 넋을 잃고는 가위질을 주저하고 있습니다.

그때 소장 여승은 오빠인 아사리를 만나느라 자신의 방에 물러나 있었습니다. 좌위문 역시 개인적인 지인에게 인사를 한다 하여 그 자리에 없었습니다.

사람들이 좀처럼 찾아오지 않는 이곳에 각자 애틋한 사람이 모처럼 발길을 하였으니, 접대에 분주한 것입니다.

고모키가 곁에 있다가 소장 여승에게 이러저러하다고 알리니, 소장이 당황하여 달려왔습니다. 이미 큰스님이 수계의 징표로 자신의 옷과 가사를 형식적으로나마 아씨에게 입히고 있습니다. 갑작스런 출가라 아무 준비도 없기 때문입니다.

"부모님이 계시는 쪽을 향하고 배례를 하세요."

아씨는 어느 쪽에 어머니가 계시는지 알지 못하여 터져나오는 울음을 참지 못하니, 그 모습을 본 소장은 이렇게 말합니다.

"이 무슨 변이란 말입니까. 왜 이렇듯 무분별한 짓을 하였는지요. 여스님이 돌아오면 뭐라 하실지요."

큰스님이 의식이 여기까지 진행되었으니 그것을 막으려 소란을 피우면 오히려 당사자의 기분을 어지럽힐 뿐이라 생각하고 소장 여승을 제지하자, 소장 여승은 더 이상 의식을 방해하지 못합니다.

"유전삼계중, 은애불능단."

큰스님을 따라 출가시의 게를 외우는 때에도 아씨는 자신은 이미 은애의 정 따위는 끊었는데 하면서 강물에 몸을 던질 결심을 하였던 당시를 떠올리니, 역시 뭐라 말할 수 없이 슬펐습니다.

아사리 역시 머리를 끝까지 다 잘라내지 못하고 이렇게 말합니다.

"훗날, 여스님께 천천히 깎아달라 하십시오."

앞머리는 큰스님이 손수 깎았습니다.

"이렇듯 용모가 아름다운데, 머리를 자른 것을 후회하게 되겠지요."

아사리는 이렇게 말하며 존귀한 불법을 들려줍니다.

아씨는 당장은 도저히 이룰 수 없을 것이라 여겼고, 모두들 만류하였던 출가의 바람을 드디어 지금 이루었다 기뻐합니다.

이 일만은 부처님의 베푸심이 있어 이루어졌다 여기니, 살아 있었던 보람이 있다고 다행스럽게 생각합니다.

큰스님 일행이 암자를 떠나고 나자 사위가 고요해졌습니다.

소장 여승은 밤바람 소리를 들으면서 이렇게 말합니다.

"우리는 불안한 생활도 잠시뿐이라고, 아씨는 조금만 더 기다리면 행복해질 것이라고 믿고 기대하였는데. 그 소중한 몸을 이런 꼴로 만들다니, 앞으로 긴긴 세월을 어찌할 작정입니까. 노쇠한 몸조차 출가를 할 때에는 지금까지의 모든 것을 체념하고 온갖 생각을 버리기가 쉽지 않고 슬픈 일이거늘."

허나 당사자는 드디어 출가의 염원을 이룬 기쁨에 아무런 걱정이 없습니다. 속세에서 살지 않을 수 있다는 것이 무엇보다 고마우니 가슴속까지 후련합니다.

다음날 아침, 아씨는 염원을 이루기는 하였으나 여승의 허락 없이 출가를 한 터라 머리 자른 모습을 보일 일이 매우 수치스러웠습니다.

머리카락 끝이 어깨쯤에서 이리저리 고르지 못하게 퍼져 있습니다. 들쭉날쭉한 머리를 뭐라뭐라 투정하지 않고 가지런히 잘라 줄 사람이 있으면 좋을 터인데 하고 생각하면서 모든 것이 마음에 꺼려지니, 방에 불도 밝히지 않고 있습니다.

가슴에 간직하고 있는 말을 구구절절 얘기하지 못하는 성품인데, 이곳에는 마음을 열어놓고 친밀하게 얘기할 상대조차 없습니다. 생각다 못할 때에는 심심풀이 삼아 먹을 갈아 생각을 노래로 쓰는 것이 아씨가 할 수 있는 전부였습니다.

이 세상에는 내 몸도 마음도
없는 것이라 체념하고
한번 버렸던 세상을
출가하여 다시금
버리고 말았구나

"이제 모든 것이 끝나고 말았구나."
이렇게 써놓고도 마음을 저미는 애틋함에 감개가 깊으니, 물끄러미 바라봅니다.

과거 어느 때
이것이 끝이라고
버렸던 세상을
지금 거듭
버리게 될 줄이야

같은 심정을 이런저런 표현으로 노래히고 있는 참에, 중장에게서 편지가 왔습니다. 우키후네의 갑작스러운 출가에 여승들 모두가 놀랍고 어처구니없는 심정으로 소란을 피우고 있던 때라, 아씨의 출가 소식을 그만 중장의 사자에게 말하고 말았습니다.

'그토록 출가의 뜻이 굳었던 사람이기에 애당초 한 마디 대답조차 하지 않겠노라 결심하고 내게 근접하지 않았던 것이로구나. 그렇다 하여도 참으로 황망한 일이로다. 뭐라 말할 수 없이 아름다웠던 그 검은 머리를 다시 한 번 보고 싶다고, 지난밤에도 소장 여승을 졸랐더니, 좋은 때를 보아, 라는 답장이 있었는데.'

중장은 몹시 아쉬우니 낙담한 심정으로 이렇게 답장을 보냈습니다.

"무슨 말을 하면 좋을지 모르겠습니다. 그대의 출가에 대하여서는."

피안을 향하여
저 멀리 노 저어 사라지는
그대의 나룻배에
나 역시 늦지 않으리라
출가를 서두니

아씨는 전에 없이 편지를 손에 들고 읽어봅니다. 출가 직후라 무슨 일이든 절절하고 서럽게 느껴지는 때이니, 지금은 모든 남녀 관계가 끝났다고 생각하면 감회가 새로우나, 무슨 생각을 하였는지 종이 끝에 심심풀이 삼아 쓴 것을 그대로 봉투에 넣어 소장을 통하여 중장에게 보냈습니다.

　　마음은 시름 많은 세상을 떠나
　　노를 젓기 시작하였으나
　　어디로 가야 할지 모르는
　　부목처럼 불안한
　　여승의 몸이니

"그대가 깨끗하게 옮겨 써서 보내세요."
　아씨는 이렇게 말하나 소장은 섣불리 옮겨 썼다가 틀릴 수도 있다며 아씨가 쓴 것을 그대로 보냈습니다.
　중장은 아씨의 친필을 반갑게 여기면서도 이 편지가 출가 전에 보낸 것이라면, 하고 더없이 아쉬워합니다.

　하쓰세 참배를 떠났던 여승 일행이 돌아와, 일이 그렇게 된 것을 알고는 한없이 한탄하였습니다.
　"여승인 몸으로 출가를 권하는 것이 당연한 일이라 애써 생각하기는 하나, 앞으로 긴긴 세월을 어찌 보내렵니까. 나는 이 세상에 살아 있어도 오늘내일을 알 수 없는 몸, 내가 죽은 후에도 어떻게든 생활에 걱정이 없도록 하여주고 싶어, 부처님께도 그렇게 기도를 올리고 왔거늘."

이렇게 엎드려 몸부림치며 슬퍼하는 모습을 보자 우키후네는 자신이 모습을 감춘 채 시신조차 없는 것을 비탄하고 있을 어머니의 모습이 상상이 되니, 그것이 무엇보다 슬펐습니다.

"이 무슨 속절없는 마음이란 말입니까."

여승은 눈물을 흘리며 법의를 준비하였습니다.

여승이 입는 쥐색 옷은 만들기에 익숙하니, 소례복과 가사 등을 바느질하였습니다. 다른 여승들도 쥐색 옷을 바느질하여 아씨에게 입히면서 애석한 마음에 출가를 허락한 큰스님을 원망하고 험담을 늘어놓습니다.

"뜻하지 않게 이 산골에 비친 밝은 빛 같은 분이라 여기며 밤낮으로 그 모습을 바라보았거늘. 참으로 안타까운 일입니다."

첫째 황녀의 병은 그 제자가 말한 대로, 큰스님의 가지기도의 영험함에 힘입어 갖가지 효험이 나타나니 말끔하게 쾌유되었습니다. 사람들은 그 일로 큰스님을 더더욱 영험하고 덕이 높은 분이라 칭찬하였습니다.

후유증을 안심할 수 없다 하여 수법의 기간을 연장하니, 큰스님은 서둘러 산으로 돌아갈 수 없어 그대로 자리를 지키고 있습니다. 비가 내려 사방이 고요한 밤, 아카시 중궁이 큰스님을 불러 밤을 지키는 기도를 올리라 합니다.

이 무렵 첫째 황녀의 오랜 간병에 지친 시녀들은 모두 잠들어버렸으니, 중궁전에는 사람이 많지 않고 곁을 지키는 시녀들 역시 깨어 있는 자는 거의 없었습니다.

중궁은 첫째 황녀가 같은 침소에 있으면서 큰스님에게 이렇게 말하였습니다.

"옛날부터 큰스님을 많이 의지하였는데, 특히 이번 기도의 힘으로 내세까지 구제를 얻으리라는 믿음이 한결 강해졌습니다."

"부처님께서 이 세상에 남은 목숨이 오래지 않을 것이라 갖가지로 가르쳐주시니, 올해나 내년을 넘기기 힘들 것이기에 산속에 묻혀 근행에 정진하고나 은신하였는데, 이렇듯 부름을 받잡고 찾아 뵈었습니다."

첫째 황녀의 몸에 들러붙었던 귀신의 집착이 강하였다는 것, 무수한 이름을 대는 귀신의 모습이 참으로 끔찍하였다는 얘기 등을 한 후에 큰스님은 하쓰세에서 발견한 여자에 대해 이런저런 얘기를 하였습니다.

"참으로 기이하고 좀처럼 없는 희귀한 일을 경험하였습니다. 지난 삼월의 일이었지요. 나이 든 소승의 어미가 발원이 있어 하쓰세에 참배를 하였습니다. 돌아오는 길에 우지원이라는 곳에 들러 묵게 되었는바, 오랜 세월 사람이 살지 않은 그런 저택에는 성질이 나쁜 악령이 반드시 드나드는지라, 병세가 무거운 사람에게 불길한 일이 일어나지는 않을까 걱정하였습니다. 헌데 아니나 다를까."

중궁은 소름이 끼쳐 가까이에서 자고 있는 시녀들을 모두 깨웠습니다.

가오루 대장의 정인인 소재상이 홀로 잠에서 깨어나 우연히 이 얘기를 듣고 있었습니다. 본의 아니게 잠에서 깬 시녀들은 무슨 일인지 얘기를 들어도 잘 알지 못합니다.

큰스님은 무서워하는 중궁의 모습에 공연한 얘기를 하였다고 생각하면서 더 이상 당시의 얘기는 하지 않았습니다.

"그런데 소승이 지난번에 산에서 내려와 오노에 사는 어머니와 여동생이 살고 있는 암자에 들러보니 그 여인이 그곳에 머물고 있었습니다. 출가의 뜻이 깊어 소승에게 눈물로 호소하는지라, 급기야 머리를 내리게 하였습니다. 죽은 위문독의 아내였던 여동생이 죽은 자신의 딸을 대신하는 사람이라 몹시 기뻐하며 아끼고 정을 쏟았지요. 그런 사람의 머리를 깎아주었으니, 소승에 대한 여동생의 원망이 이만저만이 아닙니다. 그 여인은 용모가 단정하고 수려한데다 품위 있는 미인입니다. 여승으로 근행에 몸을 망가뜨리는 것이 가여울 정도였습니다. 대체 그 여인은 근본이 어떤 사람이었을까요."

얘기를 좋아하는 큰스님은 꼬리에 꼬리를 물듯이 얘기를 이어갑니다.

"어찌하여 그런 곳에 하필이며 그렇듯 아름다운 사람을 데리고 갔을까요. 지금은 물론 그 사람의 근본을 아시겠지요."

소재상이 이렇게 묻습니다.

"아직 아무것도 모릅니다. 동생 여승에게는 말하였을지도 모르나. 만약 고귀한 분이라면 끝까지 숨어 있을 수는 없겠지요. 촌사람의 딸 중에도 그렇듯 기량이 뛰어난 여자는 있을 터이니, 용 중에서 부처가 나오지 않는다면 모르겠으나 용녀가 성불하는 경우도 있으니. 평범한 신분의 여인이라면 전생의 죄업이 가벼워 보이는 아름다운 사람이었습니다."

중궁은 문득, 이 얘기와 비슷한 때에 우지 언저리에서 갑자기 모습을 감추었다는 여자를 떠올립니다. 곁에 있던 소재상도 언니로부터 불가사의하게 모습을 감추었다는 여인의 얘기를 들은 적이 있는지라, 큰스님이 하는 얘기 속의 여인이 어쩌면 그 여자가 아닐까 하고 생각하였으나 확실한 증거는 없었습니다.

"그 여인은 이 세상에 살아 있다는 것을 알리고 싶지 않은 원수라도 있는 것처럼 몸을 숨기고 있었으나, 아무래도 눈치가 이상하여 말씀드린 것입니다."

큰스님은 더 이상은 얘기하지 않으려 은근히 감추니, 소재상은 다른 사람에게는 얘기하지 않았습니다.

"그 사람인지도 모르겠구나. 가오루 대장에게 말을 전해야 하는 것인지."

중궁은 소재상에게 이렇게 말하나, 그 여인도 큰스님도 숨기는 일을 확실히 알지도 못한 채 친근하게 지내는 가오루에게 털어놓는 것이 조심스러우니, 말하지 않고 그냥 지냈습니다.

첫째 황녀가 말끔히 완쾌되어 큰스님은 산으로 돌아갔습니다. 가는 길에 오노에 들르니 여승이 매우 원망하며 이렇게 말합니다.

"젊은 몸으로 이런 꼴이 되었으니, 만의 하나 도중에 미몽에 헤매기라도 하면 도리어 죄업을 쌓는 일이 될 터인데, 어쩌자고 내게는 의논 한마디 하지 않았습니까. 참으로 너무합니다."

허나 이제 와서 어쩔 수 없는 일입니다.

"지금은 그저 근행에 정진하세요. 노인이나 젊은이나 누가 먼저 죽을 지는 알 수 없는 세상입니다. 그대가 이 세상을 허망한 것이라 여긴 것도 도리를 아는 사람이기에 그러하였던 것 아닙니까."

큰스님의 말에 우키후네는 그저 부끄러워만 합니다.

큰스님은 법의를 새로 지으라 하며 능직물, 얇은 옷감, 비단 등을 드렸습니다.

"소승이 살아 있는 한 보살펴드릴 터이니 아무 걱정할 것 없습니다. 이 무상한 세상에 태어나 속세의 영화를 바라고 그 번뇌에 집착하는 한은 마음이 그것에 사로잡혀 자유로울 수 없으니 이 세상을 버리기 어렵다고 모두들 생각합니다. 그러나 이런 산중에서 근행에 정진하는 사람은 원망할 것도 부끄러워할 것도 없습니다. 사람의 목숨이란 초목의 잎처럼 얇고 허망한 것입니다."

큰스님은 이렇게 자상하게 설법을 하고는, 법사치고는 실로 풍류스러운 분위기로 '달이 새벽까지 송문에 배회하고'라 읊조리니 듣고 있는 자가 주눅이 들 정도입니다. 우키후네에는 큰스님의 말씀 하나하나가 자신이 기대한 대로 깨우침을 주니 너무도 고맙게 듣고 있습니다.

오늘은 종일을 불어대는 바람소리가 무척이나 쓸쓸하게 들립니다.

"이렇게 쓸쓸한 바람이 부는 날에는 산 속에 은거하는 중들도 소리내어 울지 않을 수 없다 합니다."

손님인 큰스님의 이 말에 우키후네는 '나도 중이 되었나 보구나. 이렇듯 눈물이 멈추지 않는 것을 보면'이라 생각하며 툇마루 끝으로 나와 바깥을 내다보니, 처마 너머 저 멀리에 갖가지 색 평상복을 입은 사람들이 모여 있는 것이 보입니다. 히에이 산에 오르는 사람들도 이 오노를 거치는 일은 거의 없고, 구로타니 쪽에서 오는 법사들이 간혹 오가는 정도인데 이렇듯 속인의 모습을 보는 것은 흔치 않은 일이라고 생각합니다. 그것은 아씨의 매정함을 원망하고 한탄하는 예의 중장 일행이었습니다.

중장은 새삼 말하여봐야 아무 소용없는 불평이나마 몇 마디 하려 찾아왔으나, 다른 산보다 빨강이 선명하게 물든 이 산의 단풍이 너무도 아름다우니, 이곳에 들자마자 깊은 감회에 젖습니다.

이렇게 조용한 곳에서 아무런 근심이 없는 쾌활한 여자를 만난다면 오히려 이상할 것이라 생각하며 밖을 바라보고 있습니다.

"요즘은 한가로움을 어찌하지 못하여 매일을 따분하게 지내고 있는 터라, 초록이 어떻게 단풍이 들었을까 하여. 역시 옛날로 돌아가 이곳에서 하룻밤 묵어가고 싶을 만큼 아름다운 단풍 그늘입니다."

여승 역시 눈물을 가누지 못하며 이렇게 말합니다.

마른 바람 스산하게 불던
이 산기슭에
이미 모습을 감출 만한 나무의
그늘조차 없어졌으니
그 사람도 출가를 하고 말았습니다.

지금은 기다려주는 이도
없으리라 여기는
이 산골의 아름답게 단풍 든
나뭇가지를 보면서
그냥 지나칠 수 없어

중장은 이렇게 답가를 읊었습니다.

새삼 뭐라 말하여보아도 아무 소용없는 아씨의 일을 중장은 아직도 단념하지 못하니 소장 여승에게 이렇게 말합니다.

"여승이 된 모습이나마 조금이라도 보여주십시오.

최소한 그렇게만이라도 언젠가 약속한 것을 지켜주는 것이 어떨지요."

중장의 채근에 안으로 들어가 보니 아씨는 어떻게든 사람들에게 보이고 싶을 만큼 아름다운 모습으로 앉아 있습니다.

엷은 감색 능직 옷에 아래에는 원추리색의 수수한 옷을 입고 있습니다. 아담한 몸집에 고운 자태, 화사한 얼굴에 머리카락은 오겹 부채를 펼쳐놓은 듯하니, 많다 싶을 정도로 숱이 풍성합니다. 눈매와 콧날이 섬세하고 귀여운 얼굴이 마치 꼼꼼하게 화장을 한 것처럼 매끄럽고 발그스레합니다.

근행을 하는 것도 아직은 부끄러운지 염주를 가까이에 있는 휘장에 걸쳐놓고 일심으로 경을 읽고 있는 모습이 그림으로 그리고 싶을 정도입니다.

소장 여승은 그런 모습을 볼 때마다 눈물을 가눌 수 없는 심정입니다. 하물며 마음에 품었던 남자라면 어떤 심정으로 이 모습을 보랴 싶으니, 마침 좋은 기회라 여겼는지 장지문의 손잡이 부근에 뚫려 있는 구멍을 중장에게 가르쳐주고는 거추장스러운 휘장을 걷어버렸습니다.

중장은 우키후네를 엿보고는, 설마 이렇게 아름다울 줄이야 하면서 참으로 이상적인 사람인데 출가를 하고 만 것이 마치 자신의 과오라도 되는 듯 분해하고 아쉬워하니, 감정을 절제하지 못하고 그만 미친 듯이 흥분합니다. 그러고는 그 기척이 아씨에게 알려질까 얼른 그 자리를 떠납니다.

'이토록 아름다운 사람을 잃고 찾지 않을 자가 어디 있을까. 그저 누구의 딸이 행방이 묘연해졌다든지, 또는 남자를 원망하여 출가를 한 정도라면 절로 소문이 퍼져 알려질 법한데.'

이렇게 거듭 수상히 여깁니다.

'설사 중이 되었다 하여도 이처럼 아름다운 사람이라면 경원하고 싶은 마음도 들지 않을 것이니.

오히려 여승의 모습이 아름다워 연심이 더욱 혼란스러워질 터이지. 역시 사람들이 알지 못하도록 은밀하게 말을 건네, 어떻게든 저 여자를 내 것으로 만들고 싶구나.'

중장은 이런 마음을 여승과 의논합니다.

"세속의 사람이었을 때에는 삼가야 할 사정도 있었겠으나, 지금은 여승이 되었으니 오히려 안심하고 얘기를 나눌 수 있게 되었습니다. 그런 식으로 깨우쳐주세요. 죽은 아내를 잊지 못하여 이렇게 찾아왔는데, 앞으로는 그 여인에 대한 마음이 더해질 듯하니."

"장차 앞날이 걱정스러운 처지인데 그대가 마음을 품고 잊지 않고 성실하게 찾아와준다면 얼마나 좋겠습니까. 내가 죽은 후에는 과연 어떻게 될지 그저 가여울 따름입니다."

여승은 이렇게 말하며 눈물을 흘립니다.

'이 여승과도 인연이 있는 듯한데, 대체 어떤 사람일까.'

중장은 이렇게 생각하나 도무지 짐작이 가지 않습니다.

"먼 훗날까지 보살펴줄 수 있을지, 목숨이 언제까지 붙어 있을지 알 수 없는 몸이나 이렇게 마음을 열어보인 이상 절대 변하지 않을 것입니다. 그분을 찾는 사람이 정말 없는 것인지요. 딱히 꺼리는 것은 아니나 그 점이 분명치 않아 왠지 좀 답답합니다."

"사람들의 눈에 띄는 환경에서 살고 있다면 찾으러 오는 사람도 있을 수 있겠지요. 허나 아무튼 지금은 여승의 모습으로 은둔할 결심인 듯합니다. 당사자의 의향이 그러하여 보입니다."

중장은 우키후네의 처소에서 인사차 들렀습니다.

시름 많은 세속을 버리고
출가한 그대이나
실은 출가를 빌미로
나를 피한 것이라 여겨지니
내 신세가 괴롭고 원망스러워

마음을 담아 구구절절 속내를 털어놓는 중장의 말을 여승이 아씨에게 자세하게 전합니다.

"부디 나를 형제라 여겨주세요. 허망하고 시름 많은 세상 얘기나 하면서 서로를 위로합시다."

중장이 말을 잇습니다.

"저는 그렇듯 어려운 얘기는 알아듣지 못하니 유감입니다."

우키후네는 이렇게 말하고, 나를 피하였다고 중장이 원망하는 말에는 뭐라 대답조차 하지 않습니다.

뜻하지 않은 천박한 사연까지 있었던 몸이라 당시의 일이 싫어 견딜 수 없으니, 자신은 썩은 고목처럼 모든 사람들에게 버림을 받은 채 생을 마감하고 싶다는 식으로 애써 처신하고 있습니다. 그 때문에 지난 몇 달 동안 침울하게 시름에만 잠겨 있었는데 간절하게 바랐던 출가를 이룬 후로는 다소 마음이 개운하여, 여승들과 가벼운 농담을 주고받고 바둑을 두면서 지내고 있습니다.

근행에도 열심이라 법화경을 물론이요 다른 경전도 많이 읽고 있습니다.

눈이 내려 높이 쌓이고 사람들의 발길이 끊어진 무렵에는 정말 마음의 혼란도 사라졌습니다.

해가 바뀌었습니다. 봄의 조짐은 보이지 않고 강물은 온통 얼어붙어 흐르는 물소리조차 끊겨 허전한데, '그대에게만은 마음이 길을 잃으니'라 하였던 니오노미야를 경원하던 마음은 깨끗이 사라졌으나, 그 시절의 추억은 아직도 잊지 못하고 있습니다.

　　아침부터 하늘을 어둡게 가리며
　　내리는 이 산골의 눈을 바라보니

이런저런 옛일이 그립게 떠올라
오늘은 절절하고 애틋한 마음

이렇게 근행을 하는 틈틈이 기분 전환 삼아 습자를 합니다.

'내가 세상에서 모습을 감춘 후로 해가 바뀌었는데, 아직도 나를 생각해주는 사람이 있을까.'

우키후네는 옛일을 생각하는 일도 적지 않았습니다.

그런 어느 날, 한 사람이 햇나물을 바구니에 담아온 것을 보고 여승은 이렇게 노래하며 아씨에게 드렸습니다.

산골짜기 깊은 눈 속에서
따온 햇나물을 칭찬하자니
역시 그대의 앞날이
기대됩니다

앞으로는 눈 쌓인 들판의 햇나물도
그대의 장수를 빌며 따게 되겠지요
그 덕분에 저 역시 나이를 먹으며
오래 살게 되겠지요

아씨는 이렇게 답가를 읊었습니다. 아씨의 마음이 정말 그런 듯하여 여승은 깊은 감동을 받았습니다. 허나 아씨가 여승의 모습이 아니라 장래가 기대되고 보살피는 보람도 있는 모습이라면 하고 바라니, 마음속은 슬퍼 눈물이 앞을 가립니다.

침전의 처마 끝 가까이에 핀 홍매가 색이며 그 향이 옛날과 다름이 없으니 '봄은 봄이되 옛 봄은 아니니'라며 다른 꽃보다 특히 이 꽃에 마음이 끌리는 것은 조금도 싫증나지 않았던 니오노미야의 소맷자락에서 풍기는 향내를 아직도 잊지 못하는 탓일까요.

우키후네는 후야의 근행 때 부처님에게 알가를 올립니다. 허드렛일을 하는 다소 나이가 젊은 여승을 불러 매화를 꺾게 하자, 꽃은 원망이라도 하듯 떨어지며 짙은 향기를 풍기니 이렇게 읊조립니다.

그 옛날 소맷자락 겹쳤던 그분의
모습은 볼 수 없으나
그리운 그 사람인 듯 여겨질 만큼
꽃향기 짙게 풍기는 봄의 새벽이여

그무렵, 큰여승의 손자이며 기의 수인 사람이 상경하였다가 오노에 들렀습니다. 나이는 서른 정도에 용모는 수려하고 태도는 당당합니다.

"별다른 일이 없었는지요, 재작년과 작년에."

이렇게 물으나 큰여승은 노망이 든 듯하니, 여승의 방으로 찾아와 이렇게 말합니다.

"할머님이 노망이 든 듯하니 가여운 일이로군요. 목숨이 오래지 않을 듯한데, 보살펴드리지도 못하고 먼 지방에서 세월만 보냈습니다. 부모님이 돌아가신 후로는 할머님을 부모님 대신으로 여기고 지냈습니다. 한데 히타치 수의 부인이 이곳으로 편지를 보냈는지요."

히타치 수의 부인이라 함은 여동생을 뜻하는 듯합니다.

"세월이 흐르면서 따분함은 그대로인데 슬픈 일만 많아지는 듯합니다. 히타치 수에게서는 오래도록 소식조차 없습니다. 돌아올 때까지 어머님이 기다릴 수 있을지 의심스럽습니다."

여승의 이런 말을 들으니 우키후네는 남의 일이나 자신의 부모와 같은 히타치란 이름을 귀에 담고 있는데, 기의 수는 이어 이렇게 말합니다.

"상경한 지 꽤 오래인데, 공무에 쫓기고 어려운 일들이 많아서 그만. 어제도 찾아 뵐 작정이었는데 가오루 대장님의 우지 행차에 동행하느라 오늘에야 왔습니다.

대장님은 돌아가신 하치노미야의 산장에서 종일을 보내셨습니다. 대장님은 하치노미야의 따님의 처소에 드나드셨으나, 그 아씨를 몇 년 전에 잃었습니다. 또 다른 한 아씨를 은밀히 그곳에 숨겨두셨는데, 작년 봄에 이분마저 잃으니 그 일주기 법회를 지브기 위하여 산사의 율사에게 법회를 주관하도록 명하셨습니다. 그 때문에 저도 여인의 옷가지 한 벌을 준비해야 합니다. 이곳에서 지어갈 수 있는지요. 필요한 감은 서둘러 짜라 하겠습니다."

그 말을 들은 우키후네의 가슴이 어찌 찢어지지 않는지요. 동요하는 자신을 보고 사람들이 이상히 여길까 싶으니 안쪽으로 고개를 돌리고 앉아 있습니다.

"성인이라 불렸던 하치노미야 님의 따님이 두 분이라 들었는데, 니오노미야의 부인이 된 것은 어느 쪽인지요."

"대장님이 숨겼던 여인은 첩의 배에서 낳은 분이겠지요. 그래서 대장은 그분을 그리 소중히 여기지 않았는데, 죽은 후로는 몹시 슬퍼하고 계십니다. 허나 큰아씨가 죽었을 때는 참으로 대단하였습니다. 이미 지나간 일인데 대장님은 출가까지 하실 듯하였으니."

이 사내는 가오루와 친근한 가인이다 싶으니 우키후네는 자신의 일이 알려지는 것은 아닐까 노심초사합니다.

"참으로 이상한 일이죠. 하필이며 우지란 곳에서 두 분을 잃었으니. 어제도 가오루 대장님의 모습이 실로 딱하였습니다. 강가에서 강물을 바라보며, 소리내어 눈물을 흘리셨지요. 방으로 들어와 기둥에 써놓은 노래는 이러하였습니다.

　　과거 사랑하였던 사람의
　　흔적조차 찾아볼 수 없는
　　이 강물에 떨어져

물과 함께 흐르는 눈물을
더는 억누를 길 없어라

　말씀은 그리 많지 않으나, 보기에도 몹시 한탄하시는 듯하였
습니다. 대장님은 여자라면 누구나 흠모하지 않을 수 없겠지요.
나 역시 젊었을 때부터 훌륭한 분이라 여기고, 천하를 주름잡는
권세가를 아랑곳하지 않고 오직 대장님만을 의지하며 지내왔으
니까요."

　우키후네는 사려가 깊어 보이지 않는 이런 사람조차 가오루
의 훌륭한 인품을 족히 알고 있었다는 생각이 듭니다.

　"빛나는 님이라 불렸던 돌아가신 겐지 님의 모습에는 도저히
비할 바가 못 될 것이라 알고 있는데, 요즘 세상에서는 그분 일
족만이 영화를 누리고 있는 듯합니다. 유기리 우대신과 비교하
면 과연 어떨는지요."

　"유기리 우대신은 용모가 아름답고 훌륭한데다 관록도 대단
하고 신분도 각별하지요. 게다가 니오노미야 님 또한 매우 아름
답고 빼어난 분입니다. 여자가 되어 곁에서 시중을 들고 싶을
정도이지요."

　마치 누가 우키후네를 들으라 가르쳐준 것처럼 얘기합니다.
그런 얘기를 슬픈 심정으로 흥미롭게 듣다 보니, 지금까지 자신
의 기구한 운명이 현실 같지 않게 느껴집니다.

　기의 수는 거침없이 얘기를 늘어놓고는 돌아갔습니다.

'가오루 님은 아직도 나를 잊지 않고 있구나.'

우키후네는 슬프고 괴로운 심정이 드니, 이제야 어머니의 슬픔을 헤아립니다. 새삼스럽게 이제 와서 머리를 깎고 중이 된 모습을 보이거나 소식을 전하자니 역시 내키지 않습니다.

기의 수가 부탁하고 간 옷가지를 짓기 위하여 여승들이 서둘러 염색 준비를 하는 모습을 보면서도, 자신의 일주기 법회를 위하여 보시할 옷을 자신이 있는 곳에서 짓다니, 있을 수 없는 기이한 일이라고 생각합니다. 허나 그렇다고 입밖에 그런 말을 내지는 않습니다.

여승들이 감을 재단하고 바느질을 하는데 여승이 거들라며 소례복의 홑옷을 아씨에게 건넵니다.

"그대는 섶을 바느질하는 솜씨가 뛰어나니."

이것이 자신의 일주기 법회를 위하여 보시할 옷이라 생각하면 견딜 수 없는 심정이라, 기분이 좋지 않다고 거절하고는 손도 대지 않은 채 돌아누워버렸습니다.

여승은 일이 급한데도 내던지고는 걱정하며 묻습니다.

"기분이 어떠하길래요."

"아씨에게 이런 옷을 입혀드리고 싶었는데, 상서롭지 못하게 먹물 들인 옷이라니."

붉은 홑옷에 분홍색 감으로 지은 겹옷을 겹쳐 보며 이렇게 말하는 사람이 있습니다.

여승으로 변한 내 신세
　　속세의 그 시절을 기리는 유품이라 여기고
　　화사한 이 옷의 소맷자락을
　　이내 몸에 걸치고
　　그 옛날을 추억해볼까나

　'아아, 괴롭구나. 어차피 끝까지 모든 것을 숨길 수 있는 세상은 아니니, 내가 죽은 후에 갖가지 소문을 끼워맞추어, 용케도 몸을 숨기고 있었다고 원망스러워하는 것은 아닐까.'

　생각은 어지럽게 그리 하면서도 우키후네는 과감하게 이렇게 말합니다.

　"지나간 일은 모두 잊었으나, 이렇게 옷가지를 준비하는 모습을 보고 있자니 왠지 조금은 서러워지는군요."

　"떠오르는 일이 많을 터인데, 끝까지 숨기면서 남을 대하듯 하니 참으로 몰인정하군요. 나는 속세의 사람들이 입는 이런 옷의 색상을 잊어버린 지 오래니 제대로 지을 수가 없어, 죽은 딸이 살아 있었더라면 하고 생각합니다. 내가 그러하듯 그대를 보살펴준 부모님이 어딘가에는 있겠지요. 나처럼 딸의 죽음을 두 눈으로 확인한 사람조차 아직 어디에 살아 있지는 않을까, 있는 곳이라도 알고 싶다 생각하는데, 그대의 행방을 몰라 걱정하는 사람들이 당연히 있겠지요."

　"함께 살았던 어머니가 있으나, 지난 몇 달 사이에 돌아가셨을지도 모르는 일입니다.

기억을 떠올리자니 괴로워 견딜 수가 없으니 뭐라 말할 수가 없으나, 숨기는 일은 없습니다."

우키후네는 흐르는 눈물을 감추며 이렇게 둘러대었습니다.

가오루 대장은 아씨의 일주기 법회를 치르며, 이 얼마나 허망하게 끝난 인연인가 하고 애처롭게 생각합니다.

히타치 수의 자식들은 성인이 된 자는 장인의 직위를 주었고, 자신의 부서에 장감을 시키는 등 지극하게 보살피고 있습니다.

아직 성인이 되지 않았으나 형제 가운데 용모가 가장 뛰어난 소년은 가까이에 두고 부리자 생각하고 있습니다.

비까지 내려 적막한 어느 밤, 대장은 아카시 중궁을 찾아 뵈었습니다.

중궁전도 고요한 때라 대장은 말씀을 드리는 참에 이런 얘기를 꺼냈습니다.

"지난 몇 년 동안 불편한 산골을 드나들며 뒤를 돌보았던 여인의 일로 사람들에게서 이런저런 비난을 받기도 하였으나, 그 또한 전생의 인연이 그러하였던 게지요. 모두가 매력을 느끼는 여인에게는 이렇게 되고 마는 것인가 하고 애써 생각하면서 때로 만나곤 하였는데, 그 땅이 불길한 탓에 여자를 잃고 말았는가 싶어 염증이 난 후로는 그 길이 멀게만 느껴져 오래도록 찾아가지 않았습니다. 그런데 얼마 전에 볼일이 있어 잠시 들러

보니, 세상의 허망함이 새삼스레 느껴졌습니다. 그 산장이 일부러 사람들에게 불심을 불러일으키도록 지은 하치노미야의 거처였다는 것 또한 새삼 느끼지 않을 수 없었습니다."

중궁은 큰스님에게서 들은 얘기가 생각나니, 참으로 딱한 일이라 여깁니다.

"그곳에 끔찍한 귀신이라도 살고 있는 것일까요. 그 사람은 어떤 식으로 죽었는지요."

중궁의 물음에 가오루 대장은 자매 둘이 잇달아 죽은 것을, 애써 이렇게 돌려 말하는 것인가 하고 생각합니다.

"그럴지도 모르겠군요. 그렇듯 사람의 발길이 드문 한적한 곳에는 사악한 악령이 반드시 눌러 사는 법인데, 그 여인이 모습을 감추었을 때의 상황도 실로 기괴하였습니다."

허나 더 이상 자세하게 말하지는 않습니다. 중궁은 역시 이렇게 숨기는 일을 이미 다 듣고 말았으니, 대장이 알게 될까 심히 딱하게 여깁니다. 게다가 니오노미야는 당시 시름에 잠겨 병을 얻었을 정도이니, 더불어 생각하여보면 니오노미야도 딱하니 어느 쪽에나 뭐라 말할 수 없는 기구한 운명의 여인이라고 생각하고, 그 여인에 대한 얘기는 삼갑니다.

중궁은 소재상에게 이렇게 넌지시 이릅니다.

"가오루 대장이 그 여인을 몹시 가여워하며 애틋한 심정으로 얘기하니, 딱한 마음에 큰스님에게서 들은 얘기를 털어놓을 뻔하였으나 만약 그 사람이 아니라면 싶은 의구심도 있어 얘기를 접고 말았습니다. 허나 그대는 모든 것을 들었으니, 불편한 얘기는 덮어두고, 이런 일이 있었던 듯하다고 그저 세상 얘기를 하듯 큰스님에게서 들은 얘기를 하여주세요."

"중궁께서 삼간 말씀을 하물며 제가 어찌."

"때와 장소에 따라 다르지요. 더구나 내 입으로 말하기는 딱한 사정도 있으니."

소재상은 그 사정을 헤아리고, 중궁의 마음씀씀이에 감읍합니다.

그러던 어느 날, 처소에 들른 가오루와 이런저런 얘기를 나누던 끝에 소재상은 예의 얘기를 꺼냈습니다. 가오루가 신기하고 불가사의한 일이라 어찌 놀라지 않을 수 있겠는지요.

'중궁께서 내 여자에 대하여 물었던 것도, 이런 얘기를 다소는 알고 있었기 때문이었어. 허나 그렇다면 어째서 속 시원히 말씀하시지 않았을까.

나 역시 모든 것을 시작부터 끝까지 얘기하지 않았으니, 지금 소재상에게서 얘기를 들었다 하여 새삼 중궁께 말씀을 드리는 것도 어리석은 일이다 싶구나. 나는 이 일을 사람들에게 함구하고 있는데, 오히려 세상에서는 풍문이 떠돌고 있는 것이야. 살아 있는 사람이야 아무리 몸을 숨기려 하여도 끝까지 숨길 수 있는 것이 아닌데.'

이렇게 골몰히 생각하나, 소재상에게도 실은 이러저러하였다고 털어놓기는 역시 어려우니 이렇게만 말합니다.

"그 사람의 처지가, 묘하게 모습을 감춘 여자와 참으로 비슷하구나. 그런데 그 사람은 아직도 살아 있는지."

"큰스님이 산에서 내려온 날 머리를 깎아주었다 합니다. 병으로 몸이 몹시 쇠약하였을 때에도 사람들이 아까워 출가를 시키지 않았는데, 출가를 원하는 본인의 뜻이 강경하여 그렇게 되었다 들었습니다."

장소도 같은 우지인데다 그 무렵의 상황에 비추어보면 모든 것이 딱 맞아떨어집니다.

'만약 캐어물어 이 얘기 속의 여인이 그 사람이라는 것이 확인된다면 내 기분이 얼마나 비참할 것인가. 어떻게 하면 분명한 것을 알아낼 수 있을까. 내 발로 찾아다니면 어리석은 짓이라 남들이 험담을 할 것이고. 게다가 니오노미야의 귀에 이 얘기가 들어가는 날에는 분명 옛날을 떠올릴 것이니, 굳은 마음으로 발을 들여놓은 출가의 길에 방해가 될 터이지.

실은 니오노미야에게 그럴 마음이 있어 중궁에게도 입밖에 내지 말라고 다짐을 한 터라, 그런 기막힌 얘기를 들었으면서도 내게는 분명하게 얘기하여주지 않은 것이 아닐까. 니오노미야도 이 일과 관련이 있다면, 나는 그 사람이 몹시 그립고 애틋하기는 하나, 이미 죽은 사람이라 여기고 체념하자. 이 세상에 살아 있다는 것을 알았으니, 언젠가 먼 훗날, 황천으로 가는 길목에서든 절로 만나 얘기나눌 기회가 있을 터이지. 내 것으로 삼

기 위하여 다시금 취하려는 생각은 두 번 다시 하지 말자.'

이렇게 생각이 혼란스러우니, 역시 더 이상 물어봐야 중궁은 얘기해주지 않을 것이라는 생각도 드는 한편, 중궁의 진정이 궁금하기도 하여 적당한 기회를 잡아 말씀을 드립니다.

"어이가 없을 정도로 안타깝게 죽었다 여긴 여인이 딱한 신세로 아직도 살아 있다는 것을 누가 가르쳐주었습니다. 어찌 그런 일이 있을 수 있는지, 설마하였습니다. 그 여인의 성품으로 보아 스스로 몸을 던지면서까지 내게서 멀어지려 하리라고는 생각지도 못한 터라. 허나 사람의 얘기를 듣자 하니, 그럴 수도 있겠다 싶은 생각이 드니, 그 여인과 턱없이 어긋나는 얘기는 아니라는 생각이 듭니다."

가오루는 좀더 자세하게 당시의 일을 얘기합니다.

니오노미야에 대하여는 삼가 조심스러운 태도를 취하며 원망하는 투가 되지 않도록 주의하여 얘기합니다.

"니오노미야가 이 일을 알게 되면, 저를 집착이 강한 호색적인 사람이라 여기겠지요. 그러하여 저는 그 여인이 살아 있다는 것을 전혀 모르는 셈 치고 지낼 작정입니다."

"큰스님의 말을 듣기는 하였으나, 뭐라 말할 수 없이 불길한 밤이었기에 나는 귀담아듣지 않았는데, 니오노미야가 어떻게 들을 수 있겠는지요. 듣자 하니 니오노미야는 그 건으로 말도 안 되는 소행을 저질렀다 하니, 지금 이 일이 그 귀에 들어가면 다시금 난감한 일이 벌어지겠지요. 그런 남녀 사이의 일에는 신분도 아랑곳하지 않고 경솔하게 처신하는 속수무책인 사람이라 사람들이 여기고 있으니, 참으로 한심한 노릇입니다."

가오루는, 중궁은 성품이 상당히 신중한 사람이니, 아무리 사소한 일이라도 사람이 은밀히 전한 것을 흘리지는 않을 것이라고 생각합니다.

'그 사람이 살고 있다는 산골은 과연 어디일까. 어떻게 하면 체면을 잃지 않고 찾아가 볼 수 있을까. 큰스님을 만나 정확한 사정을 들어보고, 아무튼 찾아가 볼 일이로구나.'

가오루는 앉으나 서나 이 생각만 하고 있습니다.

가오루는 매달 팔일에는 반드시 제를 올리는지라, 약사여래에게 공양할 물품을 마련하기 위하여 간혹 히에이 산의 근본중당으로 출타합니다. 그 가는 길에 잠시 요카와에 들러보자 싶으니, 아씨의 동생인 나이 어린 동생을 데리고 길을 나섰습니다. 가족들에게는 아씨가 살아 있다는 것을 서둘러 알릴 필요는 없을 것이니 상황을 알아본 연후에 알리자고 생각하는데, 그래도 갑작스럽게 재회하면 꿈같은 기분이 들 터이니, 감회를 더하기 위하여 일부러 동생을 데리고 간 것일까요.

그러하다 하나, 역시 그 사람이라는 것을 확인하였다 한들 흉물스러운 여승들과 함께 생활하는데다 다른 남자가 드나들고 있다는 꺼림칙한 얘기라도 들으면 얼마나 비참할까 하고 기는 길 내내 이런저런 생각으로 마음이 어지럽고 술렁거립니다.

헛된 꿈의 배다리

남녀 사이란 꿈속

나루터의 배다리처럼 헛된 것인가

그 사람을 만나고부터는

수심에 잠기지 않는 날 없으니

◆ 「실구름」 첩, 옛 노래·출전 미상

✿ 제54첩 헛된 꿈의 배다리(夢浮橋)

본문 중에는 '헛된 꿈의 배다리'란 말이 등장하지 않지만, 꿈이란 말은 몇 번 사용된다. 「실구름」 첩에서 인용된 출전을 알 수 없는 옛 노래와 관련이 있지 않을까 짐작된다. 우키후네는 출가를 함으로써 니오노미야는 물론 가오루와의 관계도 끊고, 있어도 없는 사람처럼 조용히 세월을 보낸다.

가오루 대장은 히에이 산을 찾아, 늘 그렇게 하듯 경전과 불상을 공양하였습니다.

그 다음날 요카와를 찾아가니, 큰스님은 놀라 몸 둘 바를 모릅니다. 오랜 세월 기도 등의 일로 큰스님과 몇 번 의논을 하기는 하였으나, 딱히 친근하게 지내는 사이는 아니었기 때문이지요.

그런데 지난번 첫째 황녀의 병이 큰스님의 기도의 영험한 힘으로 쾌유한 것을 두 눈으로 직접 보고는 큰스님을 더없이 존경하며 지금까지와는 달리 다소 깊은 불연을 맺게 되었습니다.

큰스님은 높은 지위에 있는 가오루 대장이 이렇듯 일부러 찾아 주었다 하여 일대 소동을 피우며 후하게 대접을 합니다.

이런저런 세상 이야기를 성의껏 얘기하고, 죽 등을 대접합니다.

수행원들의 소란스러움이 다소 잦아들자 가오루 대장이 물었습니다.

"오노 인근에 집이 있는지요."

"네, 말씀대로입니다. 실로 조촐한 집인데 소승의 어미인 늙은 여승이 살고 있습니다. 경에는 이렇다 할 거처가 없는데다 소승이 산에 은둔하는 동안 급한 일이 생기면 밤이든 이른 아침이든 서둘러 문안을 갈 수 있도록 그런 곳에 집을 마련한 것입니다."

"얼마 전까지만 하여도 그 부근에 많은 사람이 살고 있었다던데, 지금은 부쩍 줄어 한적해진 듯하더군요."

이렇게 말하며 가오루는 큰스님쪽으로 약간 자리를 옮기고 목소리를 낮추어 말합니다.

"실은 호기심 때문이라 생각하실 것 같고, 여러 가지로 캐어물으면 무슨 사연이 있어 그러한지 이상히 여기실 듯하여 조심스러운데, 그 오노 산골에 옛날에 내가 보살펴주었어야 했던 사람이 몸을 숨기고 있다는 얘기를 들었습니다. 그 얘기가 틀림이 없다는 것이 분명해지면, 어떤 사정으로 그리되었는지 얘기를 들어볼까 생각하는 동안에, 그 사람이 큰스님의 불자가 되어 수계를 하였다는 소리를 들었습니다. 그것이 사실인지요. 아직 나이도 젊고 부모도 살아 있는 사람인 터라, 내가 그 사람을 죽게 하였다고 생트집을 잡는 사람도 있으니."

'역시 그러하였군. 아무리 보아도 예사롭지 않은 사람이라 여겨지고 무슨 사연이 있을 듯 보였는데. 대장이 이렇게까지 말하는 것을 보면 가벼이 여긴 여자는 아니었을 터이지.'

큰스님은 승려라고 하는 사람이 깊이 생각도 하지 않고 곧바로 머리를 깎아준 것이 후회스러워 가슴이 무너지는 듯하니 뭐라 대답하면 좋을지 궁리하고 있습니다.

'대장은 사건의 경위를 소상이 들었을 터이지. 그 정도로 전후 사정을 알고 있는 터에 상황을 보다 정확하게 파헤치려 한다면 더 이상은 숨길 수 없는 일일 터. 억지로 부정하고 항변하며 숨기는 것은 오히려 해가 될 것이야.'

큰스님은 결국 이렇게 말을 꺼냈습니다.

"글쎄요, 누구를 두고 하는 말씀이신지. 지난 몇 달 동안 남몰래 수상히 여긴 분이 있었는데, 그분을 말씀하는 것인지요.

그곳에 있는 여승들이 하쓰세 관음께 발원을 위하여 참배를 하고 돌아오는 길에 우지원이라는 곳에 묵었다고 합니다. 그때 노모가 여행길에 지쳐 몹시 힘들어한다는 소식을 사자가 알려 왔습니다. 나몰라라 할 수가 없어 급히 산을 내려가 우지를 찾았는데, 도착하자마자 기괴한 일이 있었습니다."

큰스님은 목소리를 더욱 낮추어 말을 잇습니다.

"빈사의 어머님을 제쳐놓고 동생이 그분을 간병하며 걱정하고 있었지요. 그분은 마치 죽은 듯하였는데 그래도 숨은 끊어지지 않아 영안실에 안치한 시신이 되살아났다는 옛이야기가 떠오르니, 그런 일인가 싶어 신기해하면서 제자들 가운데 영험한 자들을 불러 모아 교대로 가지기도를 올리게 하였습니다. 그때 소승은 어머님의 목숨이 죽어 아까운 나이는 아니나 여행길에 걸린 중병에서 살려내어 일심으로 염불을 외게 하고 싶은 마음에 부처님에 기원하는 있는 중이었던 터라, 그 여인의 모습을 자세하게는 보지 못하였습니다. 전후 사정을 헤아려 덴구나 나무귀신 같은 것이 씌어 그곳으로 데리고 오지 않았나 하는 소리를 들었습니다.

목숨을 살려내어 도읍으로 데리고 간 후에도 석 달 정도는 죽은 사람이나 다름없었습니다. 소승의 여동생은 죽은 위문독의 부인으로 외동딸을 잃은 후 여승이 되어 오랜 세월을 홀로 지내며 그 슬픔을 떨쳐버리지 못하고 늘 한탄하고 있던 차에, 죽은 딸과 나이도 비슷하고 용모도 단정하고 아름다운 분을 발견하여, 이야말로 관음보살의 은혜라고 기뻐하면서 어떻게든 살려내야 한다고 울며불며 소승에게 가지기도를 해달라고 간곡하게 매달렸습니다. 그 후 소승이 직접 니시자카모토로 하산하여 호신을 위한 가지기도를 올렸더니, 점차 기운을 차리고 정신도 되찾아 건강한 몸으로 회복되었습니다. 그런데도 '역시 몸이 들러붙은 것이 떨어지지 않은 듯한 기분이다. 이 악령의 방해에서 벗어나 내세의 안락을 기원하고 싶다'면서 눈물을 흘리며 이런저런 말을 하니, 승려의 몸으로 출가를 권하는 것이 합당하지 않을까 하여 소승이 출가를 허락하였습니다. 아무런 근거도 없이 어찌 가오루 님 같은 분이 돌보고 있는 사람이라는 것을 알수 있었겠는지요.

그런 일은 절대 없으리라 여겨지는 상황이었기에 사람들의 입방아에 오르내리게 하여도 무방하였으나, 그리되면 성가신

288

일이 생길지도 모른다고 늙은 여승들이 시끄럽게 구는지라 몇 달 동안이나 비밀을 지켜왔던 것입니다.”

가오루 대장은 소재상에게 이런 일이 있었던 듯하다는 말을 얼핏 들었는지라 이렇게까지 캐물을 수 있었던 것입니다.

헌데 죽은 줄로만 알고 단념하였던 사람이 정말 살아 있는가 싶으니 너무도 뜻밖의 일이 마치 꿈만 같고 그저 어이가 없고 망연하여 눈물이 앞을 가리는데, 허나 이쪽이 부끄러워질 정도로 근엄한 큰스님 앞에서 이렇듯 이성을 잃은 모습을 보여서는 안 된다고 마음을 단단히 고쳐먹고 아무 일도 아닌 척 처신합니다.

헌데 큰스님은 대장이 소중하게 여기는 분을 이 세상에 없는 사람이나 다름없도록 출가하게 한 것을 자신의 잘못인 것처럼 죄스러워합니다.

“악귀가 씌인 것일 터이나, 전생의 인연이 그렇게 될 운명이 었습니다. 아마도 높은 집안의 태생이겠지요. 무슨 사연이 있어, 그렇게까지 영락하였을까요.”

“일단은 황족의 피를 이어받은 사람이라 해야겠지요. 허나 나 역시 정식 부인으로 맞을 생각은 아니었습니다. 어쩌다 우연히 인연을 맺고 보살피게 되었죠. 허나 이렇듯 영락하여 유랑하는 처지가 될 줄은 꿈에도 몰랐습니다. 더구나 옛이야기에서도 들은 적이 없을 만큼 홀연히 종적을 감추었기에 강물에 몸을 던졌다 여겼으나 여러 가지로 의심스러운 점이 많았는데 확실한 것은 지금까지 전혀 듣지 못하였습니다. 출가하여 죄업을 덜었다 하니 나로서는 실로 안도할 일이나, 그 사람의 어미가 몹시 그리워하며 비탄에 젖어 있는 터라, 이런 얘기를 들었노라 전하고 싶어지는군요. 지금까지 몇 달 동안이나 비밀을 지켜온 그대의 뜻을 거역한다면 일이 소란스러워질까요. 부모자식 간의 애정을 끊지 못하고 슬픔을 이겨내지 못하여 간혹 찾아갈 터이니.

참으로 불편한 안내역이라 여길 터이나, 부디 니시자카모토까지 내려가주십시오. 이렇게까지 소상하게 들었으니 그냥 이대로 내버려둘 수 있는 여인이 아니니, 꿈만 같은 당시의 일에 대해 여승이 된 지금이나마 얘기를 나누고 싶습니다."

'머리를 자르고 여승이 되어 속세를 버렸다 하나, 머리와 수염을 깎은 법사들조차 괴이쩍은 번뇌를 끝내 버리지 못하는 자가 있다고 하니. 하물며 여자의 몸으로 과연 어찌 될 것인지. 가엾게도 더 많은 죄를 짓게 될 듯하구나.'

이렇게 말하는 대장의 모습이 하도 딱하니 큰스님은 상심하여 고뇌에 빠집니다.

"오늘내일은 산을 내려가기에 지장이 있습니다. 다음 달이 되면 제 쪽에서 편지를 드리지요."

대장은 몹시 답답하게 여기나, 그렇다 하여 무례하게 졸라대자니 체면이 깎이는 일입니다.

"그렇다면 그렇게 해주세요."

가오루는 그렇게 말하고 돌아갔습니다.

가오루 대장은 그때 아씨의 동생을 동행하고 있었습니다. 이 소년은 다른 형제들보다 용모가 한층 뛰어납니다. 그 동생을 가까이 불러들이고 가오루가 말합니다.

"이 아이가 그 사람의 동생입니다. 이 아이에게 심부름을 시키지요. 일필을 부탁드립니다. 누구라고 말하지 말고, 그저 찾는 이가 있다고만 전하여주십시오."

"소승이 안내역을 맡으면 죄업을 쌓는 일이 되겠지요. 일의 경위는 모두 말씀드렸으니 직접 찾아간다 하여 무슨 지장이 있겠습니까."

대장은 웃으면서 옛날부터 도심이 깊었던 자로서의 마음씀씀이를 보여줍니다.

"안내역이 죄업을 쌓는 일이라 생각한다니 황공하군요. 제가 속인의 모습으로 지금까지 지내온 것이 이상합니다. 어렸을 때부터 출가에 대한 동경이 컸는데, 삼조의 어머님이 불안해하며 아무 도움도 안 되는 저 하나를 의지하고 있으니, 그것에서 헤어날 수 없어 속세의 일에 관련하게 된 것입니다. 그러다 보니 자연히 관위도 높아지고, 처신도 자유롭게 할 수 없는 몸이 되어 그저 출가를 바라기만 하며 세월을 보내니, 그밖에도 끊을 수 없는 인연이 잇달아 늘어날 뿐이로군요.

공사 모두 헤어날 수 없는 사정 때문이라도 몰라도, 그밖의 일로는 무처님이 금하는 일이라 내 귀로 다소나마 들은 것은 어떻게든 지키려 애쓰며 자계하여 속으로는 성승 못지않다 여기고 있는 터입니다. 하물며 사소한 일로 무거운 죄업을 쌓게 되어서야 안 되지요. 절대 있어서는 아니 될 일입니다. 아무쪼록 의심하지 마세요. 다만 사정을 자세히 듣고 가여운 그 어미의 한탄을 풀어주고 싶을 뿐입니다. 그것만이 기쁘고, 마음의 안정을 얻을 수 있는 길이라 생각합니다."

큰스님은 지당한 말씀이라 고개를 끄덕이며 이렇게 말합니다.

"참으로 갸륵한 일입니다."

어느덧 해가 기울었습니다.

가오루 대장은 돌아가는 길에 오노에 들러 묵어가고 좋을 것이라 생각하나, 아직 사정을 정확하게 모르면서 찾아가는 것은 역시 불편할 것이라 여겨지니, 그대로 돌아가려 합니다.

그때 큰스님이 어린 소년을 쳐다보며 칭찬하였습니다.

"일단은 큰스님께서 편지를 써서 이 아이를 통하여 넌지시 알려주십시오."

대장이 이렇게 말하니, 큰스님은 편지를 써서 소년의 손에 쥐어주며 이렇게 말을 건네었습니다.

"가끔 산에 놀러 오거라. 오는 것이 당연한 사정도 있는 법이니."

소년은 무슨 뜻인지 모르는 채 편지를 받아들고 대장과 함께 길을 떠났습니다. 니시자카모토에 도착하자, 가오루 대장은 앞을 물리는 사람들과 다소 거리를 두면서, 눈에 띄지 않도록 하라고 이릅니다.

오노의 산골에서는 시름을 달랠 길 없는 아씨가 녹음이 울창한 산을 향하고 앉아, 그 옛날 우지 강에서 본 반디가 생각나는 개울물에 뜬 반디를 멍하니 바라보면서 마음의 위로로 삼고 있습니다.

문득 눈길을 드니, 처마 끝에서 저 멀리로 보이는 골짜기에 근엄한 목소리로 앞을 물리는 소리가 들립니다. 횃불이 무수히 흔들리는 빛이 보인다 하여 여승들도 툇마루 끝에 나와 앉아 있습니다.

"누가 내려오는 것일까요. 앞을 물리는 사람들도 그 숫자가 엄청난 듯합니다. 낮에 큰스님에게 말린 해초를 갖다 드렸더니, 대장님이 내려오셔서 서둘러 식사 준비를 하고 있는 때인데 마침 잘되었다는 답장이 있었습니다."

"대장이라니요, 둘째 황녀의 부군을 말하는 것인가요."

이런 소리가 귀에 들리니, 우키후네는 이렇게 생각합니다.

'시름에 겨운 속세를 떠난 시골 사람다운 사람들이로구나. 허나 정말 그럴지도 모르지. 가오루가 우지를 향하여 산길을 헤치고 올 때에 분명하게 들었던 수행원의 목소리가 저 소리에 섞여 있는 듯 들리니.'

세월이 흐르면 잊혀질 것이라 여겼던 옛날 일이 이처럼 떠올라 잊혀지지 않으나 지금 와서는 아무 소용없는 일이니 답답한 마음을 아무타불에게 기원하는 것으로 달래며 우키후네는 평소보다 더 말이 없이 차분하게 있습니다.

요카와를 오가는 사람들만이 속세와 이 부근을 이어주는 연줄이었습니다.

가오루 대장은 돌아가는 길에 소년을 오노에 보내려 하였으나 사람들의 눈길이 많아 사정이 좋지 않으니, 일단은 댁으로 돌아가 다음날 오노로 내려 보냈습니다. 평소 믿음직하게 부리고 있으나 그리 요란스럽지 않은 부하 두세 명에, 옛날에도 사자로 늘 보냈던 수신을 함께 보냈습니다.

주변에 아무도 없을 때에 아씨의 동생 고기미를 가까이 불러들여 이렇게 단단히 입막음을 하였습니다.

"죽은 누님의 얼굴을 기억하고 있느냐. 그 사람을 이미 이 세상에 없는 사람이라 체념하였는데, 실은 아직도 버젓이 살아 있다는 얘기를 들었구나. 다른 사람에게는 알리고 싶지 않으니 네가 가서 무슨 단서가 될 만한 것을 구해 오너라. 어머니에게는 당분간은 이 일을 말하지 않도록 하거라. 공연히 알렸다가 너무도 놀라 소란을 피우면 알지 않아야 할 사람까지 알게 될 터이니. 네 어머니의 한탄하는 모습이 안타까워 이렇듯 애타게 찾고 있는 것이다."

고기미는 형제자매가 많으나, 어린 마음에 이 누이의 얼굴만큼은 다른 형제에 비할 수 없을 정도로 아름답다고 기억하고 있어 죽었다는 소리를 듣고 몹시 슬퍼하였던 만큼 대장의 이 말에 기뻐 눈물을 뚝뚝 흘립니다. 그것을 부끄러워하면서도 남자답게 큰 소리로 대답합니다.

"예이."

이른 아침에 큰스님이 보낸 편지가 오노에 도착하였습니다.

"어젯밤에 가오루 대장이 보낸 사자로 고기미가 그곳을 다녀 갔는지요. 사정을 듣자 하니, 출가를 시킨 것이 오히려 난감한 결과가 되어 소승이 무척 자책감을 느끼고 있다 아씨에게 전하 여주세요. 소승이 직접 말씀드려야 할 것이 많으니, 하루 이틀 지난 후에 찾아 뵙겠습니다."

대체 어찌 된 일일까 하여 놀란 여승은 아씨의 처소로 달려가 편지를 보였습니다. 아씨는 얼굴을 붉히며 자신의 일이 급기야 풍문으로 떠돌고 있나 싶어 괴로워합니다. 지금까지 용케 숨기 고 있었다고 여승이 원망할 것이라 생각하니, 뭐라 대답을 못하 고 우물쭈물거리고 있습니다.

"역시 숨기지 말고 모든 것을 말씀하세요. 정말 매정하게도 그대는 나를 남 대하듯하니."

사정을 몰라 이렇게 원망하면서 허둥댈 정도로 조바심을 보 이는 때에 누군가 찾아와 이렇게 알렸습니다.

"큰스님의 편지를 갖고 산에서 내려온 사람입니다."

여승은 아무래도 석연치가 않으나, 그 편지에는 분명한 사정 이 씌어 있을 것이라 말하며 이쪽으로 안내하라고 전합니다.

실로 곱고 기품 있는 소년이 뭐라 말할 수 없이 훌륭한 옷을 입고 다가왔습니다. 발 안에서 방석을 내밀자, 소년은 발 앞에 무릎을 꿇고 앉았습니다.

"이렇게 서먹한 대접을 받을 리는 없다고 큰스님께서 말씀하셨습니다."

여승이 직접 나와 대응하니 편지를 발 안으로 밀어넣었습니다.

"아씨에게, 산으로부터."

편지에는 이런 말과 함께 큰스님의 이름이 씌어 있었습니다.

아씨는 그 편지가 자신에게 온 것이 아니라고 주장할 수도 없습니다. 너무도 거북하여 점점 더 안쪽으로 몸을 숨기고는 아무와도 얼굴을 마주치려 하지 않습니다.

"늘 소심하고 속 시원히 굴지 않으니 정말 야속한 사람입니다."

여승은 이렇게 말하고 아씨가 받지 않으려 하는 큰스님의 편지를 펼쳐 보았습니다.

"오늘 아침 대장이 이곳을 몸소 찾아와 그대에 관하여 묻는지라, 처음부터 끝까지 일의 경위를 소상히 말씀드렸습니다. 애정이 깊었던 두 분 사이의 인연을 거스르고 출가를 시켜 산골에 사는 천박한 사람들 사이에 섞이게 하였으니 오히려 부처님의 질타를 받게 될 것이라 말씀하니, 소승은 경악하였습니다. 허나 이제 와서 어쩔 수 없는 일이지요. 그 옛날 두 사람의 인연에 잘 못됨이 없도록 관계를 회복하여 대장님의 애착의 죄를 덜어주도록 하세요. 하루라도 출가를 하였으면 그 공덕이 가늠할 수 없을 정도이나 그렇게 되더라도 지금처럼 부처님을 믿고 의지하는 것이 좋겠지요. 소상한 것은 소승이 직접 찾아 뵙고 말씀드리겠습니다. 일단은 이 고기미가 말씀드릴 것입니다."

달리 읽을 도리도 없으니, 진실을 쓴 것이 분명하나 다른 사람들은 무슨 일인지 알지 못합니다.

"이 아이는 대체 누구입니까. 뭐라뭐라 하여도 역시 속절없는 일입니다. 아직도 여전히 고집스럽게 숨기고 있으니."

여승의 채근에 우키후네는 고개를 약간 밖으로 돌리고 내다보니, 그 아이는 처음 강물에 몸을 던지자고 결심하였던 저녁에도 몹시 그리웠던 동생이었습니다. 같은 집에 함께 살았던 시절에는 개구쟁이에 버릇이 나빠 싫어하였는데, 어머니가 무척이나 귀여워하여 우지에도 몇 번 데리고 온 터라, 조금 성장한 후에는 사이좋게 지냈던 어린 시절이 떠오르니 마치 꿈만 같은 기분입니다.

무엇보다 먼저 어머니의 근황이 궁금합니다.

다른 가족의 일은 조금씩 귀에 들어왔으나 어머니에 대해서는 조금도 듣지 못하였던 것입니다. 이 동생을 보니 오히려 슬픔이 북받쳐 눈물이 뚝뚝 넘쳐흘렀습니다.

여승은 소년의 모습이 귀엽고 어딘가 모르게 아씨를 닮은 듯하여 이렇게 말합니다.

"누이동생 사이인가 보군요. 그대에게 하고 싶은 말이 많겠지요. 손님을 안으로 모시도록 하지요."

'어찌 이런 일이. 지금 나는 이 세상에 살아 있는 사람이라 여겨지지 않을 터인데. 나 또한 이렇듯 흉측한 여승의 모습으로 바뀌었는데. 아무 준비 없이 만나자니 내키지 않는데.'

우키후네는 이렇게 생각하고 잠시 망설이다가 이렇게 말합니다.

"제가 무슨 숨기는 것이라도 있는 양 여기시는 것이 괴로워 아무 말씀도 드리지 못하였습니다. 우지에서 그야말로 비참하고 한심한 꼴을 하고 있었을 그 당시의 제 모습을 둘도 없이 괴이한 일이라 보셨을 터이나, 그 일로 제정신을 잃고 혼이란 것도 그전과는 달라졌는지 아무리 하여도 지나간 과거가 도무지 생각나지 않습니다. 기의 수라는 분이 세상 이야기를 하면서, 그 얘기 속에 나왔던 곳이 전에 살았던 곳인가 하고 희미하게 떠오르는 듯한 기분이 들었습니다.

다만 홀로 남은 어머니가 어떻게든 저를 행복하게 하여주려고 노심초사하였던 듯한데, 그 어머님이 지금도 살아 있는지 그것만이 마음을 떠나지 않아 슬플 때도 있었습니다. 오늘 이 소년의 얼굴을 보니, 이 아이를 어렸을 적에 본 듯한 기분이 들기도 하여 그리움이 북받치나 새삼 이런 피붙이에게도 내가 이 세상에 살아 있다는 것을 알리고 싶지는 않습니다.

만약 어머님이 아직 살아 있다면 어머님만은 만나고 싶습니다. 큰스님께서 말씀하시는 그분에게는 절대 알리고 싶지 않습니다. 뭐라고 말을 둘러대어, 사람을 잘못 알아보았다고 전하고 나를 숨겨주세요."

"그것은 매우 어려운 일입니다. 큰스님의 성품은 성승이라 여겨지는 큰스님들 가운데에서도 실로 정직하여 비밀을 지니고 있지 않으니, 대장님에게 모든 것을 다 밝히겠지요. 거짓말을 꾸며댄다 한들, 훗날 대장 역시 전부 알게 될 것입니다. 더구나 대장님은 함부로 대할 수 있는 가벼운 신분도 아니니."

여승의 이 말에 모두들 세상에 둘도 없이 고집스러운 사람이라며 떠들어대니, 본채 끝에 휘장을 치고 고기미를 들였습니다.

이 고기미도 누이가 이곳에 있다는 말은 들었으나, 아직은 어린 나이라 갑자기 뭐라 말을 건네면 좋을지 부끄러워하면서도 고개를 숙인 채 말합니다.

"다른 편지가 한 통 더 있는데 꼭 보여드리고 싶습니다. 큰스님께서 가르쳐주신 바로는 틀림이 없는데, 이렇게 애매모호하다니요."

"그것 참, 귀엽게도 말씀을 하는군요.

편지를 보아야 할 분이 여기에 있는 듯합니다. 다른 사람은 무슨 일인지 사정을 모를 수도 있으나. 자, 좀더 말하여보세요. 아직 어린 나이인데, 이렇게 사자로 보낸 것을 보면 그럴 만한 사연이 있는 게지요."

"휘장으로 가로막은 채 저를 이렇듯 서먹하게 대하니 무슨 말을 할 수 있을는지요. 남이라 여기는 터이니 뭐라 드릴 말씀이 없습니다. 다만 이 편지를 사람을 통해서가 아니라 직접 전하라는 언질을 듣고 왔으니, 꼭 직접 전하고 싶습니다."

"옳은 말씀이지요. 역시 이렇듯 냉담하게 대해서는 아니 되겠지요. 그건 그러한데 귀신 탓인가, 몹시 기분이 언짢아 보입니다."

여승은 이렇게 설득하며 아씨를 휘장 옆으로 밀어내는데도 아씨는 그저 망연하게 앉아 있을 뿐입니다.

그 모습이 도무지 누이가 아닌 사람이라 여겨지지 않으니 고기미는 그 곁으로 다가와, 대장의 편지를 건네었습니다.

"답장을 한시바삐 들고 가야 합니다."

고기미는 이렇게 남처럼 대접하는 것이 불쾌하여 돌아갈 길을 서두릅니다.

여승이 그 편지를 펼쳐 아씨에게 보입니다. 옛날과 변함없는 가오루의 필적에, 종이에 배인 향내 역시 전과 다름없이 이 세상 것이라 여겨지지 않을 만큼 짙게 배어 있습니다.

그것을 힐금 보고, 무슨 일이든 칭찬하기를 좋아하는 주제를 모르는 사람들은 매우 진귀하고 훌륭한 편지라 하겠지요.

"뭐라 말하면 좋을지 알 수 없을 정도로 갖가지 죄업을 뿌린 그대의 심정을 큰스님을 보아 용서하였으니, 지금은 어떻게든 그 믿을 수 없는 당시의 꿈같은 일에 대해서나마 함께 얘기를 나누고 싶어 마음이 급하고, 나 자신도 답답한 일이라 생각합니다. 내가 그러한데 다른 사람들은 어떠하겠습니까."

가오루 대장은 자신의 심경을 충분히 쓰지는 못하였습니다.

큰스님을 불도의 스승이라 의지하여
산길을 헤치고 찾아갔는데
그 산길이 그대 있는 곳으로 나를 인도하니
뜻하지 않게 사랑의 산에서
길을 잃었습니다

"이 고기미를 그대는 잊었는지요. 나는 행방이 묘연한 그대의 유품이라 여기고 곁에 두고 있습니다."

이렇게 애정을 담아 매우 자세하게 썼습니다.

이렇게 구구절절하게 쓴 투로 보아 잘못 보낸 것이라 할 수도 없으니 그렇다 하여 옛날과는 전혀 다른 자신의 모습이 본의 아니게 보여지기라도 한다면 그때 몸 둘 바를 모를 그 수치스러움이 얼마나 클까 싶어 마음이 혼란스럽고, 이전보다 더욱 암울한 심정을 뭐라 표현할 길이 없습니다.

우키후네는 끝내 울음을 터뜨리며 엎드리고 말았습니다. 여승은 참으로 세상 물정을 모르는 사람이라 애를 태웁니다.

"뭐라 편지를 쓸 것인지요."

여승의 채근에 우키후네는 편지를 펼친 채로 여승에게 밀어 놓습니다.

"지금은 몸이 너무도 불편하고 가슴을 휘젓는 듯 고통스러우니, 잠시 쉰 후에 곧바로 답장을 쓰겠어요. 옛일을 떠올리려 하나 조금도 생각나지 않습니다. 꿈같은 사건이라 하였으나 저로서는 대체 무슨 꿈이었는지 알 수가 없으니 그저 모든 것이 이상할 따름입니다.

다소 기분이 가라앉으면 이 편지가 무슨 뜻인지 이해할 수 있을지도 모르겠군요. 오늘은 역시 그대로 돌아가세요. 만약 사람을 잘못 알아본 것이라면 매우 실례되는 일이니."

"참으로 몹쓸 처사로군요. 이렇듯 혹독한 실례를 범하면, 그대를 보살피는 우리의 과오가 되니 죄를 면할 수 없습니다."

이렇게 뭐라뭐라 떠들어대니 성가셔서 듣고만 있을 수 없는 기분이라 얼굴을 옷자락에 묻고 엎드려 있습니다.

"귀신이 씌인 탓인지, 제정신이라 여겨지는 때가 없을 정도로 오랜 병을 앓다가 머리를 깎고 불미한 모습이 되었습니다. 만약 이 아씨를 찾는 분이 있다면 실로 난감한 일이라 걱정하였는데 아니나 다를까 이렇듯 몸을 저미는 안타까운 사연이 있을 줄이야, 지금 와서 알았으니 황망할 뿐입니다. 며칠이나 병을 앓아 왔는데 오늘 일로 마음이 혼란스러운지 평소보다 한층 얼이 빠진 모습입니다."

산골에 어울리는 풍류스러운 음식으로 대접을 하나, 고기미의 어린 마음에는 왠지 기분이 뒤숭숭하여 이렇게 말합니다.

"가오루 대장님께서 굳이 나를 사자로 보내셨으니, 그 증거로 대장님께 뭐라 전하면 좋을지 한마디라도 하여주세요."

"지당한 말이지요."

여승은 고개를 끄덕이며 이러저러하다고 아씨에게 그대로 전하는데, 아씨는 뭐라 대답이 없으니 어쩔 수 없이 고기미에게 이렇게 말합니다.

"그저 누이의 용태가 분명치 않다고 전할 수밖에 없겠군요. 구름 저 멀리 떨어져 있다 할 만큼 먼 거리는 아니니, 산바람이 불 때가 되면 다시 들러주세요."

고기미는 달리 용건도 없는데 해가 지도록 앉아 있는 것도 어색하니 돌아가려 합니다.

남몰래 만나고 싶어하였던 누이였는데, 그 모습을 보지 못한 채 이대로 끝나는 것인가 싶으니 허망하고 아쉽고 불만스러운 마음을 안은 채 귀경길에 올랐습니다.

가오루 대장은 이제나 저네나 하고 기다렸는데, 고기미가 요령을 알 수 없는 말만 듣고 돌아오니 맥이 풀려, 차라리 그런 편지 따위는 보내지 말았을 것을 하고 후회하는 한편, 누구 다른 남자가 아씨를 숨기고 있는 것은 아닐까 상상하니, 자신이 과거 우지에 아씨를 숨겨놓았다가 본의 아니게 돌아보지 않은 경험으로 그런 생각을 하였다 하는군요. 이 이야기책에는 그렇게 씌어 있는 듯합니다.

끝내 건너지 못한 피안의 다리

세토우치 자쿠초

우키후네의 출가

『겐지 이야기』 전 54첩의 마지막을 장식하는 4첩이 실려 있다. 「떠다니는 배」, 「하루살이」, 「습자」, 「헛된 꿈의 배다리」다.

전첩에서 이미 우키후네의 가엾고 기구한 운명의 한 자락을 본 독자는 이 권에서 운명의 격랑에 휩쓸려 나뭇잎처럼 정처없이 떠다니는 우키후네의 애처로운 모습에 일희일비할 것이다.

「떠다니는 배」 첩은 소설로서의 완성도도 높아 54첩 가운데 「봄나물」에 버금가는 압도적인 명편이다. 이 마지막 4첩에서는 무라사키 시키부의 작가로서의 천분이 유감없이 발휘된 성숙함과 안정감이 느껴진다.

떠다니는 배

니오노미야는 작년 가을, 누군지도 모르면서 한눈에 마음에 빼앗긴 여자를 잊을 수 없었다. 심보가 고약한 유모의 방해 때문에 뜻을 이루지 못한 만큼 미련이 남아 있어, 그 여자에 대해 알고 싶은 생각을 계속 품고 있었다.

우키후네는 우지로 내려간 뒤 가오루의 보살핌을 받아야 하는 몸이 되었지만, 정작 가오루는 공무로 분주하여 발길이 뜸해지고 말았다. 낯설고 쓸쓸한 곳에서 버림받은 것처럼 살아야 하는 생활이 젊은 우키후네에게는 정말 고독한 것이었다.

정월, 니오노미야가 작은아씨의 처소에서 아기를 어르고 있는데 어린 여동이 우지에서 작은아씨 앞으로 편지가 왔다며 달려온다. 편지에는 정월에 선물하는 귀여운 부적이 곁들여 있었다.

니오노미야는 편지를 읽고 그 여자가 보낸 것임을 눈치챈다. 가오루가 큰아씨가 죽은 후에도 여전히 우지를 드나들고 있는 듯한데, 불당을 짓는다는 명분을 내세우고는 있지만 어쩌면 여자를 감춰놓고 있는 것이 아닐까 하고 상상한다.

심복 대내기에게 상황을 살펴오라 한 결과, 역시 가오루가 작년 가을 우지에 한 여자를 데려다놓고는 드나들고 있다고 한다. 니오노미야는 그 여자인지 아닌지 확인하고 싶은 마음에, 가오루가 가지 않는 날을 확인하여 대내기를 앞세우고 우지로 내려간다.

니오노미야는 과거 작은아씨의 처소에 드나들었던 경험이 있는 터라 우지 산장의 구조를 잘 알고 있었다. 격자문 틈으로 불빛이 새어나오는데, 그 안을 살며시 엿보자 역시 그 여자가 팔베개를 하고 누워 시녀와 얘기를 나누고 있었다. 니오노미야는 그 눈매와 이마가 작은아씨를 닮았다고 생각한다.

여자들이 잠들기를 기다려 니오노미야는 문을 두드린다. 시녀 우근은 아무튼 열어달라는 남자의 목소리를 가오루라고만 생각하고는 문을 연다. 니오노미야가 가오루의 목소리를 흉내냈던 것이다.

"오는 길에 끔찍한 일을 당하여 몰골이 말이 아니니, 불을 밝히지 말거라."

이렇게 말하는 니오노미야의 말을 우근은 그대로 믿어버린다. 별다른 어려움 없이 우키후네의 침소에 들어간 니오노미야는 가오루인 척하면서 우키후네를 소유한다.

우키후네는 정사 도중에 다른 사람이라는 것을 알아채지만 뭐라 말조차 할 수 없다. 니오노미야가 소리를 내지 못하도록 용의주도하게 다루고 있기 때문이었다. 그 후 만날 수 없었던 안타까움과 지난번 그 일이 있은 후로 한시도 잊지 못했다고 애틋하게 호소하는 남자의 목소리에 우키후네는 니오노미야라는 것을 안다. 그리고 가오루에게도 죄스런 일이고 작은아씨에게도 뭐라 변명할 수 없는 일이라고 괴로워한다.

니오노미야는 다음날이 되어도 돌아가지 않는다. 가오루가 아니었다는 것을 안 우근도 경악하지만 이미 돌이킬 수 없는 상황이었다.

가오루에 비해 니오노미야는 여자를 능란하고 부드럽게 다루는데다 정열적이어서 우키후네는 그만 니오노미야의 포로가 되고 만다.

그날 우키후네는 어머니와 함께 이시야마 절에 참배할 예정이었다. 우근은 니오노미야의 지시를 따라 어머니에게 우키후네가 공교롭게도 생리를 한다고 거짓말을 하고는 근신이라고 쓴 종이를 덕지덕지 붙이는 등, 우키후네의 정사를 감싸고 비밀에 가담한다.

우키후네는 이월이 되어 간신히 틈을 내어 우지를 찾은 가오루와 눈도 마주치지 못한다. 아무것도 모르는 가오루는 우키후네가 자신이 종종 찾아오지 않아 원망하는 마음에 침울한 것이라고 생각하는 한편 못 본 사이에 여자답게 성장했다고 생각한다.

이월 십일경, 궁중에서 시연이 있었다. 연회가 끝난 후 눈이 내리는 밤, 숙직소에서 가오루가 '깔개 위에 홀로 옷을 깔고 오늘 밤도'라고 기분좋게 흥얼거리는 모습을 본 니오노미야는 질투심에 다음날 바로 우지를 찾는다.

눈길을 헤치고 찾아온 니오노미야의 정열에 우키후네는 감동한다. 니오노미야는 느긋하게 둘만의 밀회를 즐기고 싶은 생각에 다짜고짜 우키후네를 안아 나룻배에 태우고 강 건너로 데려간다. 흔들리는 나룻배를 타고 니오노미야의 품에 안겨 달빛이 반짝이는 우지 강을 건너는 우키후네는 이미 가오루가 아닌 니오노미야에게 마음이 기울어 있었다.

배가 다치바나 섬 근처를 지날 때 우키후네는 이렇게 노래한다.

다치바나 섬의 초록은
영원히 변치 않아도
파도에 떠다니는 배처럼
허망한 이 몸의 앞날은
어디로 흐를 것인지

이 노래에서 이 첩의 제목이 나왔고, 이후 독자들이 떠다니는 배를 떠올리며 이 여자를 '우키후네'라 부르게 되었다.

건너 강기슭에 도착하자 니오노미야는 우키후네를 손수 안아 내려놓는다. 그곳에 있는 부하의 집에서 두 사람은 이틀간 꼬박 사랑을 탐닉한다.

밤도 낮도 구별할 수 없을 만큼 끝없이 이어지는 사랑의 유희에, 여자는 그저 남자가 하라는 대로 요구에 따른다. 우키후네로서는 처음 경험하는 관능의 쾌락이었다. 그 쾌락에는 괴롭고 암담한 죄악의 그림자가 어른거리고 있었지만, 우키후네는 이 이틀 동안에는 가오루에 대한 죄의식마저 잊고 있었다. 그런 생각조차 할 틈이 없을 정도로 니오노미야의 애정의 소용돌이에 휘말려 있었던 것이다.

하지만 니오노미야는 정사 중에도 '이 여자를 누이의 시녀로 드리면 얼마나 소중히 여길까' 하고 생각한다. 즉 니오노미야는 우키후네란 여자를 그 정도로밖에 여기지 않는 것이다. 가오루 역시 애당초 우키후네를 자신의 부인으로 삼을 생각은 없었다. 하치노미야의 씨앗이기는 하나 아무도 인정하지 않고 경시하는 존재에 불과한 비극적인 운명의 본질을 우키후네 자신조차 아직은 깨닫지 못한다.

끝내 니오노미야의 사자와 가오루의 사자가 우지에서 마주쳐, 가오루에게 비밀스런 정사가 알려지고 만다. 가오루는 우키후네와 니오노미야에게 분노를 느끼고, 우키후네에게 그대의 부정을 알게 되었다는 뜻의 노래를 지어 편지를 보낸다.

그러나 우키후네는 상대를 잘못 알고 보낸 편지일지도 모른다면서 그 편지를 돌려보낸다. 우키후네는 니오노미야에게 몸과 마음을 모두 빼앗기고 만 자신을 몹쓸 여자라 여기며 자책한다. 뜻하지 않게 두 남자와 정을 통하고 만 자신을 부정하고 더럽다고 생각하는 것이다.

이때에야 비로소 우키후네는 불륜을 저지르고 만 자신을 진심으로 책망하고 부끄럽게 여기면서 자신의 몸을 역겹다고 생각한다.

가오루는 자신의 장원 사내들에게 산장을 엄중하게 경호시키고 다른 남자는 한 걸음도 다가오지 못하도록 망을 보라고 지시한다.

이 삼각관계의 비밀을 알고 있는 우근과 시종 두 시녀는 어떻게든 이 위기를 모면하려 하지만 뾰족한 방법이 없다.

편지조차 마음대로 보낼 수 없는 상황에 제정신이 아닌 니오노미야는 말을 타고 우지를 직접 찾아가지만, 경비가 삼엄한데다 개까지 짖어서 산장 근처에도 가지 못한다. 수행원인 도키카타가 시종을 불러내서 자신의 신발을 신겨 니오노미야에게 데리고 간다. 니오노미야는 민가의 마당 구석에서 안장을 깔개 삼고 그 위에 앉아 시종에게서 전후 사정을 듣는다. 우키후네의 목소리나마 듣고 싶다는 니오노미야에게 시종은 오늘 밤은 위험하니 이대로 돌아가달라고 간청한다.

니오노미야는 풀이 죽어 눈물을 흘리면서 도읍으로 돌아간다. 니오노미야와 가오루는 서로가 우키후네를 도읍을 데리고 와 은밀히 보살피면서 언제든 만날 수 있게 하려고 그 준비를 서두른다.

우키후네는 가오루에게 일이 발각된 후로 의지할 곳 없는 자신의 처지를 괴로워하고 상심하면서 점차 죽음을 원하게 된다.

성의가 있는 가오루에게는 은혜를 고맙게 여기고 있다. 하지만 니오노미야가 애틋하게 그립다. 이 사실을 알면 어머니가 얼마나 슬퍼할까. 또 작은아씨에게는 뭐라고 변명을 해야 하나. 역시 우지 강에 몸을 던지는 길밖에 없다. 이렇게 우키후네의 마음은 절박해진다.

하루살이

「떠다니는 배」 첩과 같은해, 가오루 나이 스물일곱에 우키후네는 스물두 살이다.

서두부터 우키후네의 갑작스러운 실종이 묘사된다. 우지 산 장에서는 우키후네가 없어진 것을 알고 찾느라 시녀들이 일대 소동을 피우지만 모습이 보이지 않는다.

유모와 다른 시녀들은 우키후네와 두 남자의 삼각관계를 전혀 모르는 탓에, 그간에 우키후네의 고통과 고뇌가 얼마나 컸는지도 알지 못한다. 우근과 시종은 사정을 알고 있는데다 요즘 우키후네가 심하게 괴로워했다는 것도 알고 있기 때문에 혹시 우지 강에 몸을 던진 것은 아닐까 하고 생각한다.

우키후네로부터 심상치 않은 편지를 받은 니오노미야는 걱정스러워 사자를 보내는데, 우키후네가 죽었다고 하자 다시 도키카타를 보내 상황을 살피도록 한다.

우지에 도착한 어머니는 우근에게서 사정 얘기를 듣고 경악한다. 어머니 역시 우키후네가 강물에 몸을 던졌을 것이라고 생각하지만, 신분이 있는 자가 할 짓이 아니라 세상의 이목을 꺼려하고 소문이 퍼질 것을 우려하여 그날 중에 서둘러 장례식을 치른다. 시신이 없는 탓에 수레에 우키후네의 소지품과 가재도구, 옷가지와 침구 등을 넣어 그대로 태워버린다.

가오루는 그때 어머니 온나산노미야의 쾌유를 빌기 위해 이시야마 절에 머물고 있어 이 사태를 모르고 있었는데, 소식을 듣고는 장례식을 서둘러 간략하게 치른 것을 나무란다.

니오노미야는 너무도 슬픈 나머지 음식조차 넘기지 못하고 몸져눕는다. 그런 니오노미야의 거처에 귀족들의 문안 발길이 끊이지 않는다. 가오루도 보잘것없는 여자의 상을 당했다 하여 문안을 가지 않으면 이상히 여겨질 것 같아 문안을 간다.

니오노미야는 가오루를 대하기가 껄끄러운데 만나지 않으면 오히려 부자연스러울 듯하여 만나고 보니 역시 우키후네가 떠올라 눈물이 쉴새없이 흐른다. 그 모습을 본 가오루는 이렇게 슬퍼하는 것을 보면 우키후네를 몹시 사랑했나 보다고 생각한다. 비탄에 빠져 눈물짓는 니오노미야에게 감동을 느끼면서도 화가 나는 것은 어쩔 수 없어 한마디 비아냥거리고 싶어진다.

그리고 가오루는 그때 처음으로 우키후네를 우지에 숨겨놓았던 사실을 있는 그대로 털어놓고, 그 여자가 나만을 의지하고 있었던 것 같지는 않아 오히려 부담이 덜하다는 둥하며 빈정거리고, 우키후네를 자네의 노리갯감으로 주려 했다는 둥 제멋대로 비꼬기까지 하면서 니오노미야에게 앙갚음을 했다는 심정으로 있다.

니오노미야는 시종을 집으로 불러 자세한 사정을 듣는다. 시종은 강 건너에 갈 때도 유일하게 동행했던 시녀로 니오노미야에게 호의를 품고 있다.

가오루 역시 우지로 내려가 우근에게서 전후 사정을 묻는다. 우근은 니오노미야를 가오루로 잘못 안 것은 어디까지나 자신의 잘못이며 두 사람은 그저 편지를 주고받는 사이였다고 시치미를 뗀다. 가오루는 우키후네가 강물에 몸을 던지는 따위의 격한 행동은 하지 못하는 얌전한 여자라고만 생각하고 있는 탓에 혹시 니오노미야가 숨겨놓은 것은 아닐까 하고 의심하지만, 슬 퍼하는 니오노미야의 모습을 보고는 역시 죽은 것일까 하고 생 각한다. 시신이 없는데 서둘러 장례를 치렀으니, 우키후네의 어머니가 얼마나 괴로워했을까 하며 우키후네의 어머니를 동 정한다.

사십구일재를 치를 때까지 형식적이나마 이레마다 법회도 치 르고, 어머니와 작은아씨, 니오노미야도 은밀하게 공양을 한다. 가오루는 우키후네의 어머니를 찾아 문상하고 고인의 형제들의 앞날을 보살피겠노라고 약속한다.

사십구일재가 지나가 우키후네의 죽음에 큰 충격을 받고 슬 퍼했던 남자들에게 변화가 나타난다. 니오노미야는 시중드는 시녀들을 상대로 기분을 달래는 일이 많아진다.

여름, 연꽃이 필 무렵 아카시 중궁이 법화팔강회를 열어 가오 루도 법회에 출석한다. 그 마지막 날, 이전부터 정분을 나누었 던 첫째 황녀의 시녀 소재상을 만나러 갔다가, 시녀들이 쉬고 있는 방 앞에 서서 안을 엿본다.

시녀들 속에 한결 기품 있고 아름다운 첫째 황녀가 있었다. 가오루의 부인인 둘째 황녀 온나니노미야의 언니인 사람이다.

시녀들은 얼음을 깨어 종이에 싸서 얼굴에 대고 가슴에 비비 는 등 더위를 식히고 있었다. 첫째 황녀의 젖은 손을 시녀가 닦고 있는데, 가오루는 그 모습에 반해 연모한다. 이 사람과 결혼하고 싶었다고 새삼 절실하게 생각한다.

집으로 돌아온 가오루는 둘째 황녀에게 첫째 황녀의 옷과 비슷한 옷을 입히고 얼음을 쥐게 하며 남몰래 즐긴다. 이런 장면에 이르면 독자들은 우키후네에 대한 가오루의 애정이 과연 무엇이었는지 당황스럽다. 가오루는 둘째 황녀가 첫째 황녀의 냉대에 슬퍼한다는 둥 얘기를 꾸며내 첫째 황녀로 하여금 편지를 쓰도록 강요한다.

이무렵 식부경의 딸 미야노기미가 첫째 황녀의 시녀가 된다. 그 여자를 사이에 놓고 니오노미야와 가오루가 줄다리기를 한다. 하지만 또 가오루는 작은아씨에 대한 연모의 정도 잊지 않는다.

거기에 있는 듯한데
손에는 잡히지 않고
분명 봤다고 여겼더니
단박에 행방도 알 수 없이
묘연하게 사라진 하루살이여

가오루가 읊조린 이 노래가 제목이 되었다.

「떠다니는 배」 첩에서는 긴장감과 위기감, 애절함이 고조되었는데, 「하루살이」 첩의 전반에서는 우키후네의 실종과 그 죽음을 애도하는 두 남자의 모습이 그려진다. 그런데 후반이 되면 두 남자는 마치 우키후네는 다 잊었다는 듯 다른 여자에게 마음을 주고 지조 없이 오락가락한다. 특히 가오루는 지금까지 근엄하고 성실함을 장점으로 내세웠던 만큼 갑작스럽게 이런저런 여자에게 눈길을 돌리는 모습이 이상하게 느껴진다.

습자

'그무렵, 히에이 산의 요카와에 모모 승도라는 덕이 높은 스님이 살고 있었습니다.'

「습자」 첩은 이렇게 뜻하지 않은 인물의 출현으로 시작된다.

요카와의 큰스님은 당시 히에이 산 요카와 혜심원에 살면서 「왕생요집」을 저술한 겐신을 말하는데, 사람들은 그를 요카와의 큰스님이라 부르며 존숭했다. 즉 역사적으로 그런 인물이 실존했던 것이다. 당시의 독자는 자연스럽게 그 사람을 연상했을 것이다. 무라사키 시키부는 등장인물의 모델일 법한 실존 인물의 실명을 곧잘 사용했다. 그렇게 하여 이야기에 사실성을 부여하려 한 것이리라.

이 첩에서는 행방이 묘연했던 우키후네가 실은 투신자살에 실패해 살아 있었고, 요카와의 큰스님을 스승으로 모시고 출가했다는 얘기가 전개된다.

요카와의 큰스님에게는 여든이 넘은 노모와 쉰 살 남짓한 여동생이 있는데, 두 사람 다 여승이 되어 오노에 살고 있었다. 두 사람이 하쓰세 관음에 참배하고 돌아오는 길, 어머니 여승이 갑작스럽게 병을 앓아 우지에 있는 스자쿠 선황의 영지인 우지원에 묵게 된다.

큰스님은 어머니의 병세가 위중하다는 연락에 산에서 내려와 우지로 향한다. 그리고 노모를 위한 가지기도를 올린다.

낡은 우지원에는 종종 귀신이 눌러 살기도 하는 탓에 큰스님의 제자들이 경을 읊으면서 마당을 돌고 있는데 거목의 밑동에 뭔지 모를 하얀 것이 펼쳐 있었다. 조심조심 불을 비쳐보자 검은 머리에 아름다운 젊은 여자가 격하게 울고 있었다. 바로 행방불명된 우키후네인데 아무도 그 사실을 모른다.

큰스님의 여동생은 자신의 죽은 딸을 대신할 사람으로 하쓰세 관음이 보내주신 것이라고 기뻐한다. 큰스님의 가지기도 덕에 노모가 회복되자, 여동생은 우키후네를 데리고 오노의 암자로 돌아간다.

우키후네는 기억을 완전히 잃어버려 자신이 어디에 사는 누구인지조차 기억하지 못한다. 의식도 몽롱해서 마치 정신이 나간 사람 같다. 입은 옷가지와 옷에서 풍기는 향기로운 냄새로 보아 고귀한 아씨인 듯한데, 만약 사실이 그렇다면 번거로운 일이 벌어질 것 같아 여승은 동행에게 입단속을 한다.

우키후네의 용태가 점점 더 악화되자 여승은 큰스님에게 가지기도를 부탁한다. 큰스님은 제자 아사리와 함께 산에서 내려와 필사적으로 가지기도를 올린다. 그 효험이 있어 귀신이 굴복하자 우키후네는 비로소 의식을 되찾는다. 실종 이후 몇 달이나 지난 여름의 일이다.

정신을 차리고 사방을 돌아보자 낯선 법사와 승려들이 자신을 내려다보고 있어, 우키후네는 자신이 죽지 않고 살아 있다는 것을 안다.

하지만 우키후네는 자신의 이름도 살았던 곳도 기억하지 못한다. 애써 기억을 더듬자, 죽고 싶다, 죽어야 한다고 굳게 마음먹었던 기억이 희미하게 되살아난다. 어느 날 밤, 시녀들이 모두 잠든 후에 홀로 툇마루에 홀로 나와 앉았는데, 바람은 세차고 강물은 콸콸거리며 흘러 두려움에 움츠리고 있었더니 아름다운 남자가 이리로 오라고 손짓하고는 자신을 안아주었다. 니오노미야라고 생각하면서 의식을 잃은 듯하다. 그다음은 아무 기억도 없었다.

여자는 울면서 그저 출가를 시켜달라고 할 뿐이라 큰스님은 여자의 정수리 부분을 살짝 깎아주고 오계(속세에 있는 신자가 받는 계율)를 내린다.

가을, 여승의 죽은 딸의 남편이었던 중장이 찾아와 우키후네를 언뜻 보고는 마음에 들어 집요하게 구혼을 한다. 여승도 반가워하며 우키후네에게 중장을 권한다. 하지만 우키후네는 성가셔하며 들은 척도 하지 않는다. 그 성가심에서 벗어나기 위해 더욱 출가를 바란다.

여승은 딸 대신 우키후네를 보내준 하쓰세 관음에게 답례하기 위해 참배길에 오른다. 우키후네에게도 같이 가자고 했지만 우키후네는 몸이 불편하다며 거절한다.

요카와의 큰스님도 그때 마침 아카시 중궁의 요청으로 첫째 황녀의 병을 물리치기 위한 가지기도를 위해 하산한다. 도읍으로 가는 길에 오노에 암자의 들렀다. 우키후네는 큰스님에게 출가를 시켜달라고 간청한다. 그 간절한 청에 큰스님은 그 자리에서 우키후네의 득도식을 행하고 만다. 제자 아사리에게 명하여 우키후네의 머리를 자르도록 한 것이다.

암자로 돌아온 여승은 놀라고 낙담하지만 이미 돌이킬 수 없는 일이었다. 오빠인 큰스님을 원망하지만 우키후네 자신은 후련해하는 모습이었다.

히에이 산의 주지승도 고치지 못한 첫째 황녀의 병세는 요카와 큰스님의 기도로 회복되었다. 그러나 여전히 불안하다고 붙잡아 큰스님은 그 후에도 당분간 궁중에 머문다. 그동안 큰스님은 아카시 중궁에게 우키후네를 발견한 후의 일을 세세하게 얘기한다. 그 자리에는 가오루의 정인인 소재상도 있어 얘기를 함께 듣는다.

중궁과 소재상은 그 여자가 가오루의 실종된 첩이 아닐까 하고 생각한다. 이 정보가 가오루의 귀에 들여가는 것은 이미 필연적이다.

해가 바뀌어 우키후네는 매일 차분하게 근행을 하는 한편, 글씨 연습을 한다. 떠오르는 생각을 붓에 담아 노래를 짓기도 하고, 옛 노래를 베끼는 것을 습자라고 한다. 이 습자용 노래에는 옛 정인과 어머니에 대한 그리움이 담겨 있기도 한데, 출가를 했다고 해서 현세에 대한 모든 집착을 금방 끊어버릴 수 있는 것은 아니다. 하지만 그 또한 세월이 흐르면 엷어질 것이란 예감과 기대는 있다.

그런 때, 가오루가 우지에 숨겨놓았던 여자의 일주기를 위하여 여자의 옷가지를 서둘러 바느질해달라는 의뢰가 들어온다. 여승들은 바느질에 분주하여 우키후네에게도 거들어달라고 부탁한다. 우키후네는 이 뜻하지 않는 일이 내키지 않는다.

우키후네의 일주기가 지났을 즈음, 아카시 중궁의 권유로 소재상은 가오루에게 우키후네가 살아 있으며 출가했다는 사실을 알린다.

가오루는 니오노미야도 이 사실을 알고 있을까 불안해하는데, 중궁은 니오노미야에게는 알리지 않았다고 단언한다.

그 후 가오루는 앉으나 서나 우키후네를 생각하며 일단은 요카와의 큰스님을 만나 직접 확인해야겠다고 생각한다.

헛된 꿈의 배다리

54첩의 마지막 첩이다.

가오루는 매달 팔일이 히에이 산 근본중당의 길일이라서 본존 약사여래에게 공양하기 위해 이때에 맞춰 참배를 한다. 돌아오는 길에 요카와에 들러 큰스님을 만나 우키후네에 대해 물어보려고 한다.

그러나 볼품없는 여승들 사이에서 생활하는데다 만의 하나 정을 나누는 남자라도 있다면 비참할 것이라 생각하여 우키후네의 어머니에게는 알리지 않는다.

가오루는 줄곧 곁에 두고 부리고 있는 우키후네의 남동생 고기미를 데리고 간다. 큰스님은 뜻하지 않은 가오루의 방문에 놀라 식사 등의 대접에 소동을 피운다. 가오루는 소동이 다소 잠잠해진 후에 우키후네에 대해 묻는다. 큰스님에게서 발견된 이후의 일을 소상하게 들으면서 우키후네가 틀림없다고 확신한 가오루는 흐르는 눈물을 어쩌지 못한다. 그 모습을 본 큰스님은 경악한다. 이렇게 고귀한 분이 깊이 연모하는 사람을, 본인이 간청한다 하여 경솔하고 성급하게 출가시킨 것을 후회한다. 큰스님은 가오루의 청으로 우키후네에게 편지를 쓰고, 고기미가 그것을 오노에 전하는 것을 승낙한다.

다음날, 가오루는 고기미에게 큰스님의 편지를 쥐어주고 오노로 보낸다. 고기미는 죽은 줄로만 알았던 누이가 살아 있고 사는 곳도 안다는 가오루의 말에 기뻐하며 길을 나선다.

그러나 우키후네는 매정한 태도를 보이며 고기미를 만나려 하지 않는다. 큰스님의 편지에는 가오루와의 관계에 대해 씌어 있다. 가오루와의 전생의 인연을 소중히 여겨 환속을 하고 가오루와 해로하여 가오루의 애집의 죄를 풀어주라는 것이었다.

'하루라도 출가를 하였으면 그 공덕이 가늠할 수 없을 정도이나, 그렇게 되더라도 지금처럼 부처님을 믿고 의지하는 것이 좋겠지요.'

하지만 우키후네는 그런 편지에 동요하지 않고 가오루도 만나고 싶어하지 않는다.

여승은 모습이 닮아 아름답고 귀여운 고기미를 우키후네의 남동생일 것이라 짐작하고 후하게 대접하면서, 가오루가 보낸 편지를 펼쳐 우키후네에게 억지로 보인다.

우키후네는 옛날 일은 모두가 꿈만 같고 분명하게 기억이 나지 않는데 상대를 잘못 알고 편지를 보낸 것이라면 곤란할 것이라며 편지를 보려 하지 않는다. 그래도 그 옛날의 향기가 배어 있는 종이와 변함없는 필적이 그리워, "갖가지 죄업을 뿌린 그대의 심정을 큰스님을 보아 용서하였으니" 자세한 얘기를 듣고 싶다는 구절은 슬쩍 읽는다.

고기미를 그대의 유품이라 여기고 가까이에 두고 있다는 내용도 있었다.

우키후네는 흉측하게 변한 자신의 모습을 보이고 싶지 않아 답장을 쓰지 않고 그저 엎드려 울 뿐이다.

여승은 어쩔 도리가 없어 고기미를 가여워하며 귀신 탓에 정신이 혼미하다고 변명한다. 우키후네는 얼굴을 옷깃에 묻고 어머니만은 만나고 싶다고 생각한다.

고기미는 한마디라도 좋으니 목소리를 들려달라고 하지만 우키후네는 대답하지 않는다.

별 소득 없이 돌아온 고기미를 보고 애타게 기다리고 있던 가오루는 맥이 빠져, 편지 따위는 보내지 말 것을 하고 후회한다. 자신이 우키후네를 우지에 숨겨놓고 좀처럼 가보지 않았던 경험에 비추어, 역시 누군가 보살피는 남자가 있는 것은 아닐까 하고 생각한다. 책에는 이렇게 씌어 있는 듯하다며 이 대하소설은 갑작스럽게 막을 내린다.

「헛된 꿈의 배다리」란 제목은 본문에는 없다. 작가는 남자와 여자 사이란 어차피 헛된 꿈속의 밀회 같은 것이라고 말하고 싶었던 것일까.

제10권의 백미는 뭐니뭐니해도 「떠다니는 배」 첩일 것이다. 이 첩은 높은 평가를 받고 있는 「봄나물」 첩을 능가할지언정 뒤지지 않는다.

우지 10첩의 히로인인 우키후네가 두 남자 사이에서 몸도 마음도 흔들리다가 부정을 저질렀다는 죄의식에 홀로 괴로워하다가 투신을 결심하기까지의 애절함에 독자는 동정을 금할 수 없을 것이다. 우키후네의 화려한 등장과 그 기구한 운명의 우여곡절로 인해 다른 두 사매논 그 그림자조차 희미해진다.

자신의 뜻과는 무관하게 가오루의 보살핌을 받는 몸이 되면서 우키후네는 그 은혜를 고마워했고 절대 배신할 생각이 없었는데도 호색적인 니오노미야에게 몸을 빼앗겨 본의 아니게 가오루를 배신하게 된 탓에 고뇌한다. 우키후네의 고뇌는 가오루를 배신했다는 죄의식에서 오는 것이기도 하지만, 가오루 이상으로 자신을 겁탈한 니오노미야에게 매력을 느끼는 자신의 몸에 대한 불가사의함과 모순에서 오는 것이었다. 천 년 전에 이미 무라사키 시키부는 육체와 정신의 괴리라는 묵직한 문학적 테마를 다뤘던 것이다.

우키후네가 이렇게 고뇌한 반면, 두 남자는 과연 어땠는가. 니오노미야의 고뇌는 그저 단순히 마음에 드는 여자를 독점하고 싶은 욕정의 발현이었으며, 가오루는 늘 사랑보다는 체면을 우선시하고 여자의 배신에 대해서도 자신의 체면이 깎였다는 분노가 앞선다.

니오노미야와 가오루 모두 우키후네가 죽은 지 49일째가 되는 날까지는 슬퍼하고 한탄하지만, 그다음부터는 재빨리 다른 여자와의 정사에 우왕좌왕한다. 어이가 없을 정도다. 이런 남자들의 하찮음을 왜 무라사키 시키부는 구구절절하게 써야만 했을까. 어차피 남자의 마음이란 그 정도에 불과한 것, 정열도 성실함도 고작해야 그 정도라고 말하고 싶었던 것은 아닐까.

지금까지 많은 여자를 출가시킨 작가는 마지막으로 우키후네를 출가시킴으로써 이 대하소설의 막을 내린다.

자살에 실패한 우키후네에게 천 년 전에 기억상실이란 문학적 장치를 부여한 것은 그저 놀랍기만 하다. 우키후네가 처음부터 기억상실을 가장했다는 설도 있지만, 나는 일시적이지만 기억을 완전히 상실한 시기가 있었다고 본다. 그러다가 오노에서 요카와 큰스님의 가지기도를 받은 후에 서서히 기억이 되살아났다고 보는 것이 더 설득력이 있다. 그러나 그 후에도 우키후네는 기억을 상실한 것처럼 행세하면서 절대 자신의 정체와 이름을 밝히지 않는다.

나약해 보이는 한편 투신자살을 결심하고, 여승이 없는 틈에 출가를 결행하고 가오루를 끝까지 거부하는 우키후네는 의외로 심지가 강한 여자였던 것이다.

『겐지 이야기』에 등장하는 출가한 여자들에 대해, 나는 출가와 동시에 여자로서의 기개가 높아지고 남자를 경시하게 된다고 평했는데, 우키후네의 출가를 통해 새삼 그 점을 확인했다.

우키후네가 출가하는 장면에서 무라사키 시키부는 처음으로 출가 의식을 구체적이고 리얼하게 묘사했다. 우키후네가 삭발에 앞서 가위와 자를 머리를 담는 머리빗 함의 뚜껑을 내밀고, 휘장 사이로 스스로 자신의 길고 검은 머리칼을 내밀어 휘장 밖에서 가위를 들고 기다리고 있는 아사리가 머리를 자르기 쉽게 하는 등, 그 생생함이 가히 볼만한다.

아사리가 그 검은 머리의 아름다움에 압도되어 주저하느라 가위를 대지 못하고, 제대로 잘라지지 않아 나중에 가시린히 고르라고 하는 말의 현실적인 무게감. 또 갑작스럽게 득도식을 치르느라 득도 후 출가의 징표로 입어야 할 법의도 가사도 없어 스님의 자신의 것을 빌려주는 장면 등, 실로 리얼리티가 넘친다.

이 출가의 장면에서 처음으로 '유전삼계중, 은애불능단'이란 득도시의 게 한 구절이 등장하는 것도 놓쳐서는 안 된다. 나는 이 시점에서 작가 자신도 출가하지 않았을까 하고 느꼈다. 무라사키 시키부는 미치나가의 주문으로 겐지의 죽음까지를 다룬 이야기를 쓰고 그 후의 속편은 몇 년이 지나 자신을 위해 쓰지 않았을까 하고 생각한다.

그리고 무라사키 시키부는 고뇌 끝에 출가를 선택한 여자들이 절대 그 일을 후회하지 않고 각기 마음의 평온을 얻는 것으로 그렸다.

우키후네는 출가한 후 어머니에 대한 그리움을 이기지 못하고 헤어진 남자들과의 추억도 잊지 않는다. 하지만 어설프게 염주를 만지작거리면서도 한결같은 마음으로 아미타불을 읊조리고 근행에 정진하지 절대 이전으로 되돌아가려고는 하지 않는다.

하루 종일 습자에 몰두하는 우키후네의 내성적인 경향이 보다 깊어질 것이란 예감이 든다.

그에 반해 마지막 장면에서 가오루의 괴로운 술회는 과연 어떤가. 자신의 출생에 대한 비밀에 콤플렉스를 느끼고 고뇌하면서 일찍부터 출가를 원했고, 그 때문에 성자에 가까운 하치노미야를 동경하여 우지를 드나든 것치고는 출가한 여자에 대해 천박하고 치졸한 상상밖에 하지 못한다.

'남자란 기껏해야 그 정도지.'

이렇게 중얼거리는 무라사키 시키부의 목소리가 들려오는 듯하다. 『겐지 이야기』를 쓰기 시작했을 때부터 무라사키 시키부가 그렇게 생각했던 것은 아닐 것이다. 살아가면서, 글을 써나가면서 남녀 사이의 애정의 실질적인 모습에 그런 결론을 내린 것이라 생각한다.

그리고 가장 가엾은 사람은 그토록 출가를 원했는데 결국은 겐지의 허락을 받지 못하고 죽어간 무라사키 부인이 아닐까.

내가 『겐지 이야기』를 '출가 이야기'라고 바꿔 부르고 싶어하는 까닭 역시, 이 이야기의 현대어역을 끝낸 후 느낀 이런 감상 때문이다. 이는 실제로 작가이며 출가한 몸이기도 한 나의 자연스러운 감회다.

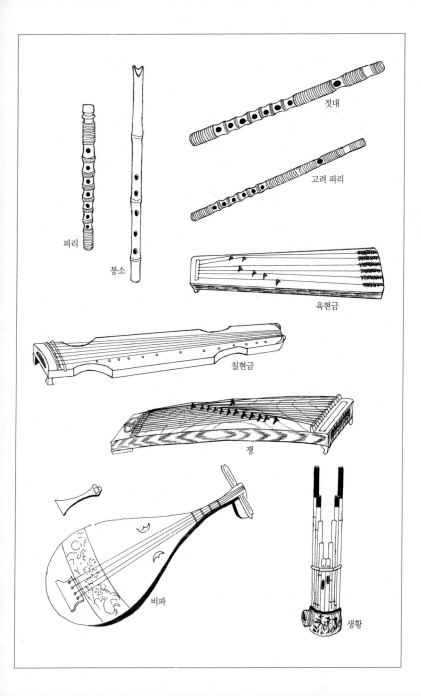

피리

통소

젓대

고려 피리

육현금

칠현금

쟁

비파

생황

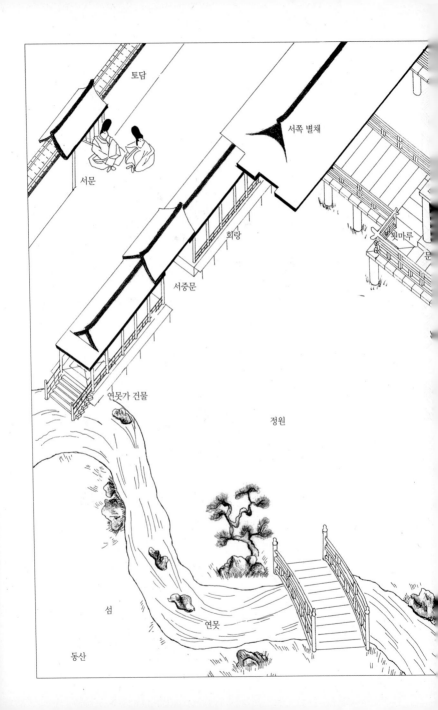

토담

서쪽 별채

서문

회랑

뒷마루

서중문

문

연못가 건물

정원

섬

동산

연못

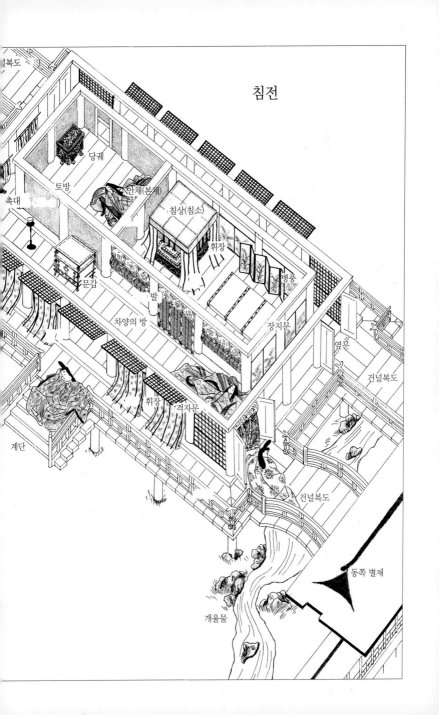

침전

복도

당궤

토방

촉대

안채(본채)

침상(침소)

휘장

병풍

문갑

발

차양의 방

장지문

옆문

건널복도

계단

휘장

격자문

건널복도

동쪽 별재

개울물

소례복 차림

겉옷

바지(풀 먹인 빳빳한 바지)

성인식 예복

쥘부채

겉겹옷(5겹)

당의

겉치마

겉옷

속바지

평상복 차림

겉옷

쥘부채

평상복 차림

건

쥘부채

가벼운 평상복 차림

홑옷

바지
(대님으로
아랫자락을
묶는 바지)

관복 차림

관

홀

석대

포

속옷자락

겉바지

삿자리 수레

빈랑잎 수레

가마

우차(소수레)

손수레

끌채

받침대

바퀴통

• 시모가모 신사

• 오ㅌ

1 2 3 4 5 6 7 8 9 10 11 12 13 14 15
동 서 홍 하 후 순 사 압 한 굴 대 냉 고 우
사 사 려 원 원 화 후 원 학 곡 학 천 창 양 다
　 　 관 　 　 원 원 　 　 료 원 원 원 원
　 　 　 　 　 원

• 별궁

궁성

주작문

신천원

주작원

서시

동시

나성문

15

14

13

12　11　　　10　9　8

7

6

5

4

3　3

2　　1

일조대로
정친정소로
토어문대로
응사소로
근위어문대로
감해유소로
중어문대로
춘일소로
대취어문대로
냉천소로
이조대로
압소로
삼조방문소로
자소로
삼조대로
육각소로
사조방문소로
금소로
사조대로
능소로
오조방문소로
고십소로
오조대로
통구소로
육조방문소로
양매소로
육조대로
좌여우소로
칠조방문소로
북소로
칠조대로
염소로
팔조방문소로
매소로
팔조대로
침소로
구조방문소로
신농소로
구조대로

• 도리베노

서경극대로
무차소로
산포소로
창소로
목십리로
혜지리로
마대리로
우다소로
도조대로
야사소로
서천소로
서인부소로
서궁대로
황가소로
서방성로
주작대로
방생대로
임생대로
즐사소로
대궁대로
저외소로
굴천소로
유소로
서동원대로
정정소로
실정고로
오환소로
동원대로
고창소로
만리소로
부소경극대로
동경극대로

헤이안 경

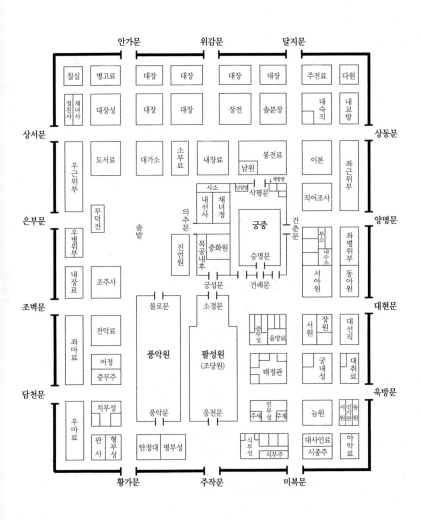

안가문　　　　위감문　　　　달지문

| 칠실 | 병고료 | 대장 | 대장 | 대장 | 대장 | 주전료 | 다원 |
| 정천사 채녀사 | 대장성 | 대장 | 대장 | 장전 | 솔분장 | 대숙직 | 내교방 |

상서문

| 우근위부 | 도서료 | 대가소 | 소부료 | 내장료 | 봉전료 | 이본 | 좌근위부 |

상동문

남원

계방방

사소 난림령 사평문

| | 무덕전 | | | 내선사 채녀정 | | 직어조사 | |

은부문　　　　　　　　　　　의추문　　　　　　건춘문　　　　양명문

솔밭

| 우병위부 | | 진언원 | 목공내후 중화원 | 궁중 | 번소 내수소 | 좌병위부 |
| 내장료 | 조주사 | | 승명문 | 서아원 | 동아원 |

궁성문　　　건례문

조벽문　　　　　　　　　　　　　　　　　　　　　　　대현문

불로문　　　소경문

좌마료	전악료	풍악원	팔성원 (조당원)	준우성 음양료	서원 장원	대선직
	어정			태정관	궁내성	대취료
	중무주					

담천문　　　　　　　　　　　　　　　　　　　　　　　육방문

풍악문　　　응천문

| 우마료 | 치부성 | 풍악원 | 팔성원 | 민부성 주세 주계 | 늠원 | 서원 신거원 동판원 |
| | 판사 형부성 | 탄정대 병부성 | 식부성 식부주 | 대사인료 시종주 | 아악료 |

황가문　　　　주작문　　　　미복문

궁성

335

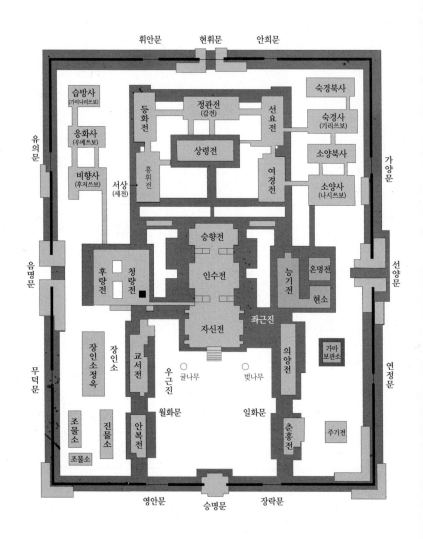

궁중

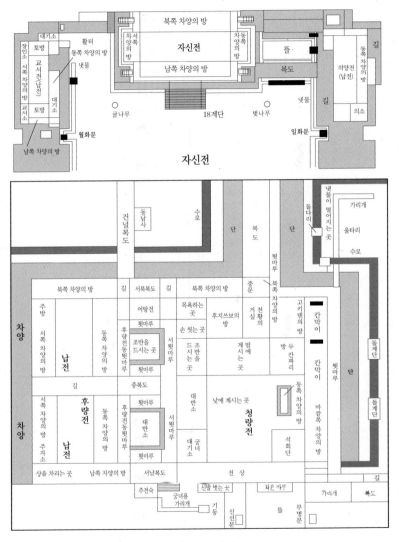

자신전

청량전 · 후량전

관위	신기관	태정관	중무성	식부성	치부성	형부성	병부성	민부성	대장성	궁내성	좌우대사인료	도서료	내장료	아악료	현번료	제릉료	주계료	목공료	대학료	주세료	좌우마료	좌우병고료	음양료	전약료	봉전료	대취료	주전료	재궁료
정종1위		태정대신																										
정종2위		좌대신 우대신 내대신																										
정3위		대납언																											
종3위		중납언																											
정4위		참의	경	경																									
종4위	백	좌우대변																											
정5위		좌우중변 좌우소변	대보	대판사 대보																									
종5위	대부	소납언	소보 대감물 시종	소보													두		문장박사					두				두
정6위	소부	좌우대외기 대사	대승 대내기	중판사 대승													조		명경박사				시	의				조
종6위	대우 소우	대소우우	소승 중감물	소판사 소주 대록 약																								조
정7위	좌우소외기사		대소내기 대감록 소주령 대주물	판사 대사 대속록															대 윤	조교			명법박사	음양박사 천문박사 주금박사 의박사				대 윤
종7위			감물 대전약 전약	대사 대해 부약															소 윤	산박사 서박사			음박사	역음누침 양문갈박 박박박사 사사사사 의사				소 윤
정8위	대사	대사	소주령 소록	판사 소속 중해부 소록																								
종8위	소사	소사	소전약	소해부																	대속	소속	마의사	대속				소속
대초위																								소속				
소초위																												

←전상인 · 지하→

관위상당표

관위	동서시사	수옥사	정친사	조주사	내선사	준인사	직부사	채녀사	주수사	후궁	춘궁방	중궁직	수리직	좌우경직	대선직	좌우근부	좌우문부	좌우병위부	탄정대	장인소	검비위사	감해유사	대재부	진수부	안찰사	국사 대국	국사 상국	국사 중국	국사 하국
정종1위																													
정종2위																				별당									
정3위																													
종3위										상시						근위대장			윤				수						
정4위										부																가즈사·히타치	우에노의 태수		
종4위										전시	춘궁대부	중궁대부	대부	대부		근위중장	위문독	병위독	대필	두	별당		대이		안찰사				
정5위															대선대부	근위소장			소필	5위장인									
종5위										장시	춘궁학사		형	형			위문좌	병위좌				차관	소이	장군		수	수		
정6위	정				봉선	정													대충·소충	6위장인			대감			개		수	
종6위									정		대진	소진		대진		근위장감	위문대위	병위대위			대위	판관	소감	군감			개		수
정7위														소진			위문소위		대소		소위		대전·소전	군감	기사	대연			
종7위	우				전선											근위장조		병위소위				주전	박사			소연			
정8위					우		우						대속				위문대지		소소		대지	소	의사·산사·소공	군조				연	
종8위													소속				위문소지	병위소지			소지	소		군조		대목·소목	목		
대초위	영사				영사																							목	
소초위									영사																				목

계보도

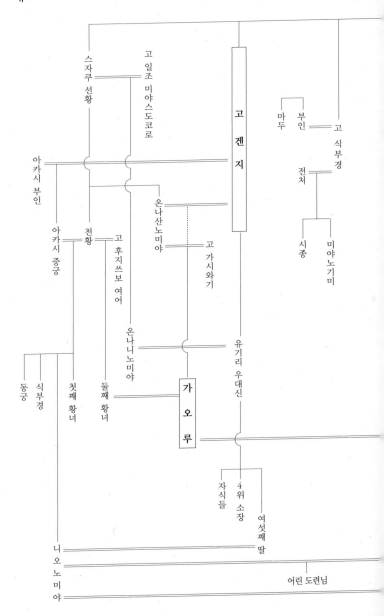

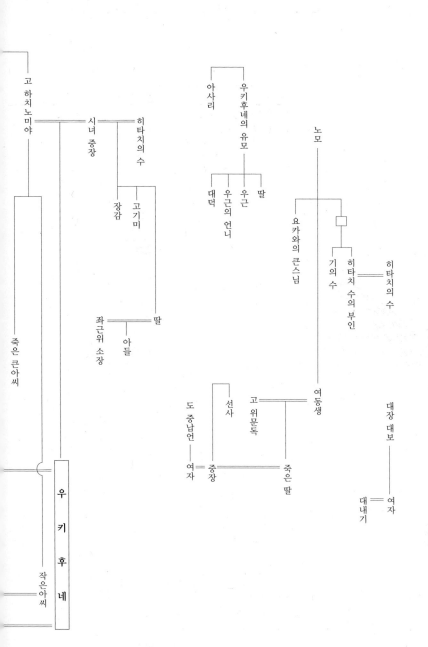

첩	황제	가오루나이	주요 사항
51 떠다니는 배			니오노미야는 우키후네를 연모한다. 봄, 니오노미야가 우키후네의 소재를 파악하고는 가오루를 가장하고 우지를 방문, 우키후네와 맺어진다. 우키후네, 니오노미야의 매력에 빠진다. 우근은 주위 사람들의 눈을 속이느라 부심한다. 이월, 가오루가 우지를 방문. 우키후네의 번뇌가 깊어진다. 니오노미야, 궁중에서 시연이 있던 밤, 가오루의 노래에 동요되어 눈길을 헤치고 우지를 찾아간다. 강 건너 집에서 우키후네와 이틀을 보낸다. 가오루는 우키후네를 도읍으로 맞이할 준비를 한다. 니오노미야 역시 은신처를 준비한다. 가오루, 사자의 귀띔으로 우키후네의 과실을 암. 가오루, 우키후네의 배신을 책망. 우키후네, 니오노미야의 노래. 우키후네의 어머니 중장이 불길한 꿈을 꾸고 편지를 보낸다. 우키후네는 죽음을 결심하고 답장을 쓴다. 우키후네 실종, 우근과 중장 비탄에 빠진다. 시신이 없는 장례.
53 습자 52 하루살이	긴조제	27	이시야마 절 참배 중이었던 가오루는 뒤늦게 소식을 듣고, 우지에서의 불운을 생각한다. 가오루, 병석에 누운 니오노미야를 문안. 요카와의 큰스님의 어머니, 하쓰세 참배에서 돌아오는 길에 발병. 큰스님이 하산하여 빈사의 여자를 구함. 큰스님의 여동생은 관음이 죽은 딸 대신 보내준 사람이라 여기고 여자를 간병. 여름, 니오노미야가 우지의 시종을 불러들인다. 우지를 찾아간 가오루는 사정을 알고 유족에게 조문한다. 성대한 사십구재 공양. 가오루, 첫째 황녀의 시녀 소재상과 정을 통한다. 첫째 황녀를 엿보고 연모한다. 니오노미야, 시종을 아카시 중궁에게 드린다. 식부경의 딸은 첫째 황녀의 시녀로. 늦여름, 우키후네는 의식을 회복한 후에도 자신이 누구인지를 밝히지 않은 채, 오계를 받는다. 가을, 여승의 4위 중장이 우키후네에게 마음을 품는다. 팔월, 우키후네는 주악에도 관심을 보이지 않는다. 구월, 우키후네 큰스님에게 탄원하여 출가를 이룬다. 큰스님, 아카시 중궁에게 우키후네에 대해 말한다.
54 헛된 꿈의 배다리		28	봄, 가오루는 우키후네가 살아 있음을 알고 놀란다. 여름, 가오루가 요카와의 큰스님으로부터 전말을 듣는다. 큰스님, 우키후네의 동생 고기미에게 소개장을 써준다. 우키후네, 돌아가는 가오루를 보면서 염불로 마음을 달랜다. 큰스님, 우키후네에게 보내는 편지에서 가오루의 애집의 죄가 지워지기를 기도한다. 우키후네, 고기미와 대면하지 않고 가오루의 편지도 받지 않는다. 가오루, 우키후네의 마음을 의심한다.

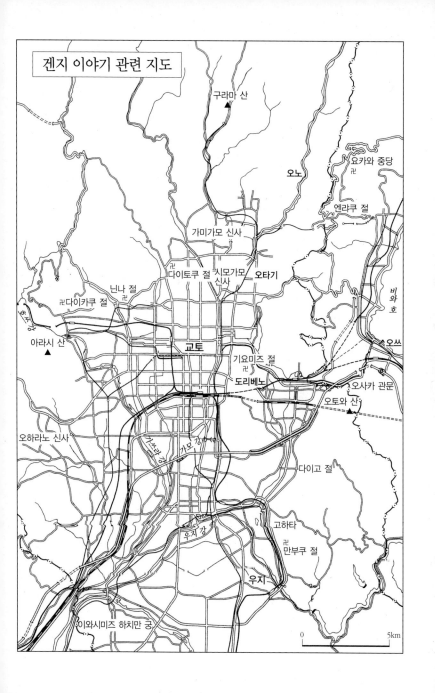

겐지 이야기 관련 지도

어구 해설

가구야 히메를 발견하였다는 다케토리 영감보다도 진기하다 『겐지 이야기』는 도처에서 『다케토리 이야기』(竹取物語)를 인용하고 있다. 우키후네를 남자들의 구애를 거부하고 하늘로 돌아간 가구야 히메에게 비유한 것이 특징이다.

가사家司 친왕, 섭정, 대신, 3위 이상의 집안에서 집안일을 관장하는 직책.

갈대 울타리 사이바라(催馬樂)의 「갈대 울타리」는 여자를 훔치려 했는데, 고자질을 당해 실패한다는 내용이다.

개울물 침전의 정원에 도랑을 파서, 강물을 끌어들여 개울처럼 흐르도록 한 물.

검붉은 색 출가한 사람이 입는 바지의 색.

걸치마 여성이 바지를 입고 허리에 슬쩍 걸치는 단출한 치마. 하급 시녀들이 주인 앞에 나설 때 입었다고 한다.

겐지源氏 미나모토(源)란 성을 가진 씨족을 칭하는 말이다. 따라서 겐 씨라고 번역해야 하지만 『겐지 이야기』에서는 주인공의 이름 역할을 하기 때문에 소리를 그대로 살렸다.

계禊 제의(祭儀)를 치르기 전, 죄와 몸의 부정을 강물이나 바닷물로 씻어내 청결히 하는 의식. 고대의 중국에서는 죽은 자의 영혼을 불러 불상사를 떨어냈다고 하는데, 일본에서도 헤이안 시대 초기부터 행해졌다.

계모의 오빠 마두馬頭 식부경의 전처의 딸의 의붓 삼촌. 딸의 결혼 상태로는 나이도 걸맞지 않다. 『오치쿠보 이야기』(落窪物語)에 오치쿠보 아씨의 계모가 자신의 숙부인 전약조(典藥助)와 아씨를 맺어주려고 하는 장면이 있다.

계모 의붓자식 이야기는 당시 이야기의 전형적인 형태.

고모키 여승의 여동.

고하타木幡 산 우지에서 도읍으로 올라가는 길목에 있는 산. 오늘날의 고하타 동쪽 산기슭이나 모모(桃) 산 부근이라고 한다. '야마시나 고하타 고을에는 타고 갈 말은 있어도 일부러 걸어오네, 그대를 생각하니'(『습유집』,「잡사랑」·가키노모토노 히토마로柿本人麿). 도적들이 출몰하는 위험한 곳.

구로타니黑谷 히에이(比叡) 산 사이토(西塔)의 북쪽, 오노(小野)의 남쪽.

귀신에게 먹힌 것일까 여우에게 홀린 것일까 『이세 이야기』(伊勢物語) 6단, 남자가 여자를 데리고 도망치는 길에 귀신에게 먹혔다는 이야기와, 『강담초』(江淡抄) 닌나(仁和) 3년 팔월, 무덕전(武德殿) 솔밭에 귀신이 출현하여 사람을 먹었다는 이야기, 『곤자쿠 이야기집』(今昔物語) 권16, 제17화, 비추(備中) 지방의 가야노 요시후시(賀陽良藤)가 여우에게 홀렸다는 이야기 등이 있다.

귀신을 굴복시키고 조복(調伏)이라고 한다. 밀교에서 불력의 힘을 빌려 아귀, 귀신 등을 굴복시키고 물리치는 것.

귀신을 다른 사람에게 옮겨 붙게 하였습니다 조복시킨 귀신이 옮겨 갈 수 있도록 옆에 다른 사람을 앉혀둔다. 주로 젊은 여성이나 여자 아이.

그림까지 보기 좋게 그리니 남녀가 함께 자고 있는 그림일까. 당시 여자들에게 이야기 그림책은 일상의 낙이었다.

근신勤愼 음양도(陰陽道)의 금기. 불길한 일을 피하기 위해 집에서 조신하게 지내는 기간. 제10권「떠다니는 배」첩에서는 사람의 접근을 막기 위한 방편이다.

근행勤行 부처 앞에서 경을 읽거나 회향(回向)을 하는 것.

기紀伊의 수守 여승의 조카. 제10권「습자」첩에서 처음 등장했다.

기둥에 써놓은 노래는 이러하였습니다 가오루는 우키후네가 기둥에 기대어 상념에 잠겨 있었을까 하고 상상한다.

기성碁聖 다이토쿠大德 정자원(亭子院)의 전상법사(殿上法師) 간렌(寬蓮: 출가 전, 비젠備前의 연(掾) 다치바나노 요시토시(橘良利)은 바둑 솜씨가 대단하여 기성이라 불렸다고 한다.

꿈 절 같은 곳에 은거할 때 꾸는 꿈은 신불의 계시라고 꿈을 풀이한다.

나라奈良 **고개** 야마토(大和)와 야마시로(山城)의 경계. 나라 가도의 입구.

나카노부仲信 대장(大藏) 대보(大輔)인 대내기(大內記) 미치사다(道定)의 장인(舅) 이름.

내사인內舍人 중무성(中務省) 소속. 4위, 5위의 자제가 채용된다. 궁중 행차(行幸)시 귀인을 호위한다. 정원은 9, 10인.

내 언니가 히타치常陸**에서 두 남자와 관계를 맺었는데** 우근의 자매가 히타치의 수를 따라 히타치로 내려갔을 때 있었던 일인가.

내연內宴 천황이 개인적인 연회. 정월 이십일일, 이십이일, 이십삼일 가운데 자일(子日)에 한다. 장소는 궁중의 인수전(仁壽殿). 공경(公卿) 이하, 문인을 불러 제목을 내리고 시를 짓게 한다. 11세기 중반 이후에는 거의 폐지되었다.

누구인지 있는 그대로 가르쳐주세요 우키후네 이야기는 유가오 이야기와 유사한 점이 많다. 이름을 가르쳐달라고 하는 것도 그 가운데 하나.

눈발은 흩날려 강가에서 얼어붙지만 그 눈발보다 허망한 나는 하늘 가운데를 헤매다 죽어가겠지요 제10권 「떠다니는 배」 첩에서 우키후네의 노래. 우키후네는 공중에서 사라져버릴 듯한 자신의 허망함을 노래했는데, 니오노미야는 '하늘 가운데'란 말을 가오루와 자신 사이에서 흔들리는 우키후네의 감정으로 파악하고 비난한다.

능직물綾 갖가지 무늬를 섞어 짠 견직물.

다케후武生 에쓰젠의 국부(國府)가 있는 곳. 지금의 후쿠이(福井) 현 다케후 시. 무라사키 시키부는 전근하는 아버지를 따라가 이곳에서 약 2년을 지냈다.

당의唐衣**나 한삼**汗衫**도 입지 않은** 귀인 앞에서 시녀는 반드시 당의를, 동녀(童女)는 한삼을 입는 것이 예의이다. 무더위에 차림새가 흐트러져 있는 모습.

대내기大內記 중무성(中務省) 관리로, 정원 두 명. 정6위상에 상당한다. 한문에 새능이 있는 사가 등용된다. 훗날 식무(式部)의 소보(小輔) 미치사다(道定)라고 그 이름이 밝혀진다. 니오노미야의 상담역.

대덕大德 덕이 높은 승.

대바구니 대나무로 짠 바구니. 짜고 남은 끝부분이 수염처럼 나와 있다. 과일이나 꽃을 담는다.

대보大輔 우지 시절부터 작은아씨의 시녀였다.

대장大藏 **대보**大輔 가오루의 가사. 중신.

덴구天狗 하늘을 자유로이 날고 깊은 산에 살며 신통력이 있다는, 얼굴이 붉고 코가 큰 상상의 괴물.

도키카타時方 니오노미야의 가사. 6위 장인에서 종5위하로 임명되었다. 이즈모(出雲)의 권수. 숙부는 이나바(因幡)의 수.

두견새 모를 심을 무렵에 울기 때문에 명토(冥土)에서 온 사자라 여겨진다.

두견새여 죽은 사람이 있는 곳에 갈 수만 있다면 감귤과 두견새는 옛날을 그리워하는 풍경. 두견새는 명토와 이 세상을 오가는 새.

딸랑이 널빤지에 죽통을 달고 새끼줄을 묶은 것. 새끼줄을 흔들어 새를 쫓는다.

마타리女郎花 가을꽃. 글자로부터 여자에 비유되는 일이 많다.

말다래라고 하는 마구 안장 밑에 붙이는 마구. 모피로 만든다. 원래는 비가 올 때 옷에 흙탕이 묻지 않도록 사용하는 것이었는데, 나중에는 장식품으로 맑은 날에도 사용했다.

모모桃 **승도** 겐신(源信, 942~1017)이 모델이라고 지적되고 있다. 『왕생요집』(往生要集)의 저자. 요카와 혜심원(惠心院)에 은거했다.

몸을 던져 스스로 목숨을 끊는다 구애하는 남자들의 우열을 가리기가 힘들어 여자가 몸을 던지는 이야기는 『야마토 이야기』(大和物語) 147단 이쿠타(生田) 강 전설, 『만엽집』 권9, 『갈대집』의 우나이(兎原) 처녀 이야기 등. 『만엽집』 권16에는 사쿠라코(櫻兒)는 두 남자의 사랑을 받아 목을 맸고, 가즈라코(縵兒)는 세 남자의 사랑을 받아 스스로 몸을 던졌다는 이야기가 있다.

물밥 새로 지은 밥이나 찬밥에 시원한 물을 부은 것.

미타케御嶽 **참배를 위하여 정진결재**精進潔齋 요시노(吉野)의 긴부(金峯) 산을 참배하기 전에 행하는 정진.

바둑 중국에서 전래된 유희. 둘이 대좌하고 바둑판에 흑백의 돌을 번갈아

놓아, 넓은 지역을 차지한 자가 승리한다.

반섭조盤涉調　아악 6조의 하나. 반섭(서양음계의 H에 가까운)을 주음으로 하는 단조 선율.

밤을 지키는 기도, 밤을 지키는 스님　가지기도(加持祈禱)를 하기 위해 밤을 새워 침소 가까이에 대기한다.

『백씨문집』白氏文集　중국의 시인 백거이의 시문집. 71권(원래는 75권). 헤이안 시대에 『문선』(文選)과 함께 많은 사랑을 받았다고 하는데, 이는 『마쿠라노소시』(枕草子)에 '글씨는 백씨문집, 문선'이라 돼 있는 것으로 보아 알 수 있다. 무라사키 시키부는 중궁 쇼시(彰子)에게 이 시문집의 「신락부」(新樂府)를 가르쳤다고 한다. 『겐지 이야기』에서는 제1권 「기리쓰보」 첩 이후 「장한가」, 「이부인」 등이 자주 인용되면서 이야기의 주제에 깊이 관여한다. 그밖에도 풍유시의 인용이 많은 것도 한 특징이다.

법화팔강法華八講　『법화경』(法華經) 전 8권을 아침저녁으로 두 번, 나흘에 걸쳐 강독하는 법회.

벼베기 노래　벼를 베는 풍경은 병풍 그림의 소재. 농민의 노동가에 관해서는 『마쿠라노소시』에도 나온다.

보살도 모두 이런 악기를 연주하고, 천인賤人**들도 춤을 추며 노닐기에 존귀한 것이 아니겠습니까.**　음악을 즐기는 보살상은 평등원(平等院) 봉황당(鳳凰堂)의 25보살소상, 전겐 신화(傳源信畵) 25보살내영도(원정기 성립) 등이 있다.

부동인不動印　잡귀를 물리치기 위해 부처, 보살 등의 깨달음과 기원을 나타내는 모양을 손가락으로 만드는 것. 그리고 존승다라니(尊乘陀羅尼) 등을 읊는다.

부처님께 알가閼伽**를 올립니다**　툇마루 끝에 마련된 선반 위에 놓는다. 물을 담는 그릇은 알가구라고 하며 노송나무로 만든 통을 쓴다. 알가에 꽃을 띄우는 것은 물을 청결히 하기 위함이고 보통 붓순나무 꽃을 사용하는데, 손으로 꺾어온 꽃을 쓰기도 한다.

불쑥 안아 올리더니 밖으로　겐지가 유가오와 어린 무라사키를 데리고 나간 장면과 유사하다.

비파琵琶 나라(奈良) 시대 이전에 페르시아나 인도에서 중국을 거쳐 전래된 현악기. 목에 주(柱)가 붙어 있다. 4현 4주의 악비파(樂琵琶)와 5현 5주의 맹승비파(盲僧琵琶)로 크게 나뉜다. 『겐지 이야기』에 등장하는 비파는 전자이다. 현이 수평이 되도록 들고 회양목으로 만든 술대로 긁어 연주한다. 반딧불 병부경과 아카시 부인이 비파의 명수였다.

사랑하는 사람의 모습을 그림으로 그려 바라보며 마음을 달래는 사람도 있지 않았는가 『백씨문집』 권4 「이부인」, 한(漢) 무제(武帝)가 죽은 이부인(李夫人)의 모습을 그리게 했다는 일화를 내포하고 있다.

사이바라催馬樂 고대 가요. 원래는 민요였지만 헤이안 시대에 아악에 편성되었다. 사이바라의 반주는 홀, 박자, 육현금, 비파, 칠현금, 피리, 대금, 생황 등이 한다. 춤은 없다. 궁중이나 귀족의 연회석, 사원의 법회 등에서 불렀다.

삼매당三昧堂 일심으로 법화경을 외우며 망념을 떨치는 수행인 삼매를 행하는 당.

삿자리를 댄 병풍 삿자리는 가늘고 길게 깎은 노송나무나 대나무를 가로세로로 비스듬하게 짠 것.

새 사냥 가을에 매를 이용하여 메추리 등의 작은 새를 잡는 사냥.

선사禪師 선사는 고승의 존칭. 궁중의 내도장(內道場)에서 봉사하는 내공봉(內供奉). 귀인의 자제가 임명되었다.

성가신 연문 따위 남겨두면 성가실 터이므로, 니오노미야의 연문을 없애버린다. 제7권 「환술사」 첩에서 겐지가 무라사키 부인의 편지를 없애는 장면이 떠오른다.

소재상小宰相 첫째 황녀의 시녀. 가오루가 정을 통한 여자. 제7권 「환술사」 첩에서 겐지가 중장과 정을 통하는 장면을 연상시킨다.

수령受領 실제로 임지로 내려가 정무를 집행하는 지방 관리의 최고 지위.

수법修法 밀교(密敎)에서 행하는 가지기도(加持祈禱)의 법. 수법과 독경(讀經)은 불사(佛事)이며, 제와 액막이는 음양사(陰陽師)가 행하는 신사(神事)이다.

수신隨身 근위부(近衛府)의 관리. 상황, 섭정, 관백, 대신, 대장 등의 호위를 맡았다. 음악이나 그림 등의 기예에 뛰어난 자도 많았다. 가오루는 대장이므로 여덟 명의 수신이 붙는다.

스자쿠朱雀 **선황** 겐지의 형. 이야기 속에 붕어했다는 기록은 없다. 실존 인물인 스자쿠 천황(923~952)이나 우다 천황이라고 상정할 수 있을까.

습자習字 떠오르는 대로 글귀나 노래를 쓰는 것.

승도僧都 승정(僧正)에 다음가는 승관(僧官)의 지위.

시를 피로披露한 **후** 시 모임에서는 헌상된 시를 격식에 따라 강사(講師)가 낭독하여 피로했다.

시종侍從 우키후네의 시녀. 니오노미야와 우키후네가 강 건너 집으로 갈 때 동행한다.

식부式部 **소보**少輔 식부성(式部省)의 차관(次官). 대학료(大學寮)의 관리와 예식(禮式), 문관의 선발 시험에 관여하는 요직. 종5위하에 상당한다. 대내기(大內記) 미치사다(道定)을 말한다.

썩은 고목 현세에 미련을 버렸을 때 사용하는 상투적인 표현.

아사리阿闍梨 천태, 진언종의 승려로, 조정이 임명한 고승.

아지랑이 우지(宇治)의 배경으로 안개는 각별한 의미를 갖는다. 사람들의 비애와 미망, 도읍과의 머리 등을 상징한다. 아지랑이와 안개는 기상현상이란 면에서는 같은 것이지만, 고전에서는 봄은 아지랑이, 가을은 안개와 연관시키는 것이 보통이다. 제10권 「떠다니는 배」 첩은 봄이므로 아지랑이.

약사여래藥師如來 매달 팔일은 육재일(六齋日)의 첫날. 육재일은 팔일, 십사일, 십오일, 이십삼일, 이십구일, 삼십일로, 집에 있는 사람이 몸을 정결히 하고 계를 지키는 날. 약사여래에게 재(齋)를 올린다.

얇은 비단 안이 비쳐 보일 만큼 얇은 비단.

여呂 음악의 음계. 장조 선율.

여자의 색향에 취하는 일은 다른 나라의 조정에도 옛이야기에도 그 예가 얼마든지 있으나 한(漢) 무제(武帝)가 이부인(李夫人)을, 현종(玄宗)이 양귀비를 총애한 예 등이 있다.

연꽃 열매 연꽃 열매를 먹는 이야기는 『곤지쿠 이야기』, 『고금저문집』(古今著聞集) 등에 있다.

연못에서 헤엄치는 물고기나 산에서 우는 사슴도 사람에게 잡혀 죽음을 당할 것 같은

데 보고도 도와주지 않으면 가엾고 슬플 것이다 『정법안장수문기』(正法眼藏隨聞記)에 겐신(源信)이 사슴이 사람에게 잡혀 죽는 것을 슬퍼하여 쫓아 보냈다는 일화가 보인다.

엷은 먹색 상복의 색. 짙은 쥐색.

영안실에 안치한 시신이 되살아났다는 옛이야기 죽었다 여긴 사람이 되살아난 이야기가 있었을 것이다.

오계五戒 살생(殺生), 투도(偸盜), 사음(邪淫), 망어(妄語), 음주(飮酒). 이 다섯 가지를 삼가는 것.

오랜 옛날에 발원한 것 겐신은 어머니가 관음에게 기원하여 태어난 아이라고 한다. 소원이 이루어진 것에 대해 보답하기 위해 참배길에 오른 것으로 설정돼 있다.

올빼미 올빼미는 불길한 새라 여겨진다. 제1권 「밤나팔꽃」 첩에도 비슷한 정경이 등장한다.

요카와横川 히에이(比叡) 산은 동탑(東塔), 서탑(西塔), 요카와의 3탑. 요카와는 가장 깊은 산 속으로 숲도 울창하여 속세를 초월한 장소라 여겨진다.

용녀龍女가 성불成佛 『법화경』, 「제바달다품」(提婆達多品) 제12에서 볼 수 있다. 영취산(靈鷲山)에서 있었던 강좌에서 문수보살(文殊菩薩)이 대해 속에 있는 사갈라(娑竭羅) 용왕 앞에서 여덟 살짜리 용왕의 딸에게 불법을 깨닫게 한 이야기를 하자, 그 자리에 있던 지적보살(智積菩薩)이 사실의 진위 여부를 의심했는데, 용녀가 그 자리에 모습을 나타내고 여자에서 남자로 변신하여 남방의 무구(無垢) 세계에서 성불했다는 일화. 불교에서는 남자에 비해 여자는 성불하기 어렵다고 설파하기 때문에, 용녀성불 이야기는 여성도 성불할 수 있다는 가능성을 인정한 이야기로 존중되었다.

우근右近 우키후네의 유모의 딸. 제9권 「정자」 첩에 등장하는 작은아씨의 시녀와는 다른 사람이라 여겨진다.

우근右近 대부大夫 원래는 종6위상에 상당하는 우근위부(右近衛府)의 장감인데 특히 종5위의 위계를 받은 자를 일컫는다. 우대장 가오루의 직속 부하.

우지宇治　현재의 교토 부 우지 시 부근. 하세(長谷) 절로 참배하러 가는 길목에 있다. 산수의 풍광이 아름다워 헤이안 시대 귀족들의 별장지였다. '근심, 수심'이란 말과 동음이의어이고 삿자리, 물안개 등을 연상시키는 말이다.

우지원宇治院　옛 주석에는 실재하는 우지원은 우다(宇多) 천황의 별장이었다고 되어 있다. 『겐지 이야기』 집필 당시에는 없어졌다고 한다. 하세(長谷) 절을 참배하러 갈 때 묵어갈 수 있는 장소.

운韻 **맞히기**　옛 시가의 운을 가리고, 시의 내용으로 가려진 운자를 맞히는 놀이.

원령, 귀신, 악령　산 사람의 몸에 들어간 죽은 사람의 원혼이나 산 사람의 영. 병의 원인으로 여겨졌다.

『유선굴』遊仙窟　당대의 전기소설. 장작(張鷟, 자는 문성文成)의 작품. 성립 연도 미상. 황하의 상류로 향하는 사자 장생이 길을 헤매다가 '신선굴'(神仙窟)로 잘못 들어가 하룻밤을 묵게 되었는데, 최십랑(崔十郎)과 오수(五嫂)의 환대를 받았다는 이야기. 연회석에서 주고받은 대화와 시가가 운문체 섞인 아름다운 문장으로 그려져 있다. 일인칭. 『만엽집』(萬葉集)의 야마노우에노 오쿠라(山上憶良)나 오토모노 야카모치(大伴家持)의 시에서도 이미 그 영향을 찾아볼 수 있다. 미녀 최십랑은 반안인(潘安仁)의 조카, 최계규(崔季珪)의 여동생. 반안인과 최계규는 둘 다 미남이라고 한다.

육현금六絃琴　일본 고유의 악기로 현이 여섯 줄이다. 아즈마 금(東琴), 야마토 금(大和琴)이라고도 한다. 일정한 연주법이 없어 즉흥적으로 연주한다.

율조律調　음악의 음계. 단조적인 선율.

율사律師　승관의 지위. 승정, 승도에 다음간다. 정종5위에 준한다.

음양도陰陽道　천문, 역법, 방위 등으로 길흉화복을 점치는 학문. 나라(奈良) 시대에 중국에서 도입되어 음양료(陰陽寮) 학과의 하나가 되었다. 만물은 음과 양의 두 요소로 이루어져 있다는 생각 아래 자연현상과 사회현상의 인과 관계를 파악한다.

이 여자를 누이인 첫째 황녀의 시녀로 드리면　첫째 황녀는 니오노미야의 누이.

용모가 뛰어난 시녀가 많은 가운데, 니오노미야가 정을 통한 시녀도 있었던 것 같다. 우키후네 역시 그렇게 처우하겠다는 생각.

이번에는 꿈에 니오노미야가 나타나니 고대에는, 꿈에 사람이 나타나면 그 사람이 자신을 생각하는 탓에 혼이 몸을 떠나 만나러 온 것이라고 해석했다.

이시야마石山 시가(滋賀) 현 오쓰(大津) 시, 세타(瀬田) 강 언저리. 관음(觀音) 신앙으로 유명한 이시야마 절이 있다. 달의 명소. 무라사키 시키부가 이곳에서 『겐지 이야기』를 집필하기 시작했다는 설이 있다.

이야기 속의 아씨가 누군가에게 보쌈을 당한 아침처럼 소란스러우니 당시 이야기에서 흔히 볼 수 있는 전형적인 형태. 『이세 이야기』 6단, 『야마토 이야기』 154, 155단 등, 여자를 훔치는 이야기를 내포하고 있다.

이야기책인 「세리가와芹川 **대장」의 도기미**遠君가 가을날을 저녁, 황녀에게 연심을 품고 도기미가 벅찬 심정을 억누르지 못하여 황녀를 찾아가는 장면 「세리가와 대장」은 현존하지 않는 이야기의 하나. 그 이야기를 그림으로 그린 것.

이요伊預 **발**簾 이요에서 나는 이대를 짜서 만든 소박한 발.

이즈모出雲의 **권수**權守 좌위문(左衛門) 대보(大夫). 정식 관명으로 불린 점이 주목된다.

인사이동 관직을 임명하는 것. 특히 경관이라 불리는 중앙관리의 임명을 주로 하는 가을의 인사이동을 가리키기도 한다.

인형 사악한 기운을 없애기 위해 물에 떠내려 보내는 것. 가오루가 죽은 큰아씨의 인형을 만들고 싶다고 하자 작은아씨는 가오루에게 우키후네를 권했다. 우키후네를 알게 된 계기를 떠올리면서 그 계기에 이미 불길함이 암시돼 있었다는 것을 깨닫는다.

자금우 열매 겨울에 맺히는 빨간색 열매. 정월의 축의물이다.

장감將監 근위부(近衛府) 3등관. 종6위상에 상당한다.

장인藏人 장인소(藏人所)의 관리. 장인소는 원래 천황의 기밀문서나 도구류를 보관하는 납전(納殿)을 관리하는 기관. 천황 직속이라 점차 직무가 확대되어 궁중 의식과 천황의 일상 업무를 다루는 중직이 되었다. 5위 장인 외에 6위 장인에게도 전상의 방에 오를 자격이 있었다.

장작 행도 '나는 땔감을 메고 풀을 뜯고 물을 길으며 법화경을 얻었으니.'

대법회 때 이 노래를 읊으며, 장작을 메고 물통과 헌상물을 들고 당과 연못 주위를 돌며 장작 행도를 한다. 『제바달다품』(提婆達多品)에 석가는 나무열매를 따고 물을 긷고 장작을 줍는 고생을 하며 제바(提婆)의 시중을 들어 법화경의 가르침을 얻었다고 되어 있다.

쟁箏 현이 13줄인 금. 나라(奈良) 시대에 중국에서 전래되었다. 현은 1~5현까지를 태서(太緒), 6~10현까지를 중서(中緒), 11~13현까지를 세서(細緒)라고 한다. 『겐지 이야기』 시대에 일반적으로 연주된 금(琴)은 쟁이었다.

전상인殿上人 4위, 5위 중에서 청량전(清涼殿) 전상(殿上)의 방에 오를 수 있는 자. 또는 5위, 6위 장인을 뜻한다.

전생의 인연, 전생에서의 인연, 숙연, 운명 헤이안 시대의 정토적 불교관에 바탕한 운명관. 현세의 행과 불행은 전생에서 자신이 어떻게 처신했느냐에 따라 이미 결정돼 있다는 발상.

젓대 길이 40센티미터 정도에 구멍이 일곱 개 있다. 중국에서 전래되었고, 아악에서는 좌악(左樂), 사이바라(催馬樂) 등에 사용된다.

정수리의 머리를 살짝 깎아 집에 있으면서 불도에 정진하는 오계만을 받도록 하였습니다. 중태에 있는 환자의 목숨을 연명하게 하기 위해 형식적으로 삭발을 흉내내는 것. 수계를 받은 정식 여승은 머리를 어깨 언저리까지 자른다.

정월의 우즈치卯槌 정월 첫 묘일(卯日)에 사소(絲所)에서 조정에 올리는 것. 복숭아나무를 각주형이나 원추형으로 잘라 구멍을 뚫고, 오색으로 꼰 실을 끼워 늘어뜨린 것. 악귀를 쫓는 주술에 사용한다.

정월의 활쏘기 대회 음력 정월 십팔일에 궁중의 궁장전(弓場殿)에서 펼쳐지는 활쏘기 대회로 도궁(賭弓)이었다. 궁중 행사의 하나. 천황이 임석한 가운데, 좌우 근위(近衛), 병위(兵衛), 사부(射府)의 하인들이 활쏘기 대회를 한다. 경기가 끝나면 이긴 쪽의 대장이 같은 편을 초대하여 연회를 베푼다.

제帝 '미카도'라고 읽는다. 천황을 의미하는 미카도는 절대 권력자는 황제와는 개념이 다른 일본 고유의 존제이다.

제석천帝釋天 불교 수호를 관장하는 신. 수미산 정상의 도리천(忉利天)의 임금으로, 사천왕과 삼십이천을 통솔하면서 불법과 불법에 귀의하는 사람을 보호하고 아수라의 군대를 정벌한다.

조신朝臣 공경(公卿)에게 붙이는 존칭.

좌위문左衛門 여승의 시녀.

중유中有 사후 49일간. 이승에서 저승으로 가기 전 영혼이 방황하는 것.

진언주문眞言呪文 부처나 보살의 비밀스러운 말. 원음 그대로 왼다.

칠현금七絃琴 현이 일곱 줄인 현악기. 기러기 발(柱)이 없고, 주법이 어렵
다. 뛰어난 음악은 뛰어난 정치와 통한다는 유교적 이념에 근거하여
황족과 상류층 귀족들이 즐겨 연주했으나, 『겐지 이야기』 시대에는 거
의 연주되지 않았다고 한다. 『우쓰호 이야기』(宇津保物語)에서는 신비
로운 악기로 귀히 여겨졌고, 『겐지 이야기』에서는 황족들이 주로 연주
한다.

평상복에 건 남자 귀족의 평상복 차림.

하루라도 출가를 하였으면 그 공덕이 가늠할 수 없을 정도이나 승도가 보낸 편지
의 취지가 우키후네에게 환속을 권하는 데 있다고 해석하는 설과, 권하
지 않는 것에 있다고 해석하는 두 가지 설이 있다.

하루살이 성충이 되면 수명이 짧기 때문에, 덧없는 목숨의 예로 흔히 사용
된다. 가오루와 우지의 세 아씨와의 만남.

하쓰세初瀨 절의 관음보살을 참배 당시 하세(長谷)는 절의 이름. 하쓰세는
지명.

한적漢籍 한문으로 쓴 책.

행도行道 법회 때, 스님이 염불이나 독경을 하면서 불전이나 불상 주위를
오른쪽 방향으로 돌며 걷는 것.

호마護摩 의식 재앙과 악업을 없애줄 것을 기도하는 밀교의 의식. 호마단
을 설치하고 호마목을 태우며 본존에 기도한다. 그 불에 의해 죄업이
소멸된다고 한다.

홋쇼法性 절 데이신(貞信) 공 후지와라노 다다히라(藤原忠平, 880~949)가
925년에 구조가와라(九條河原)에 지은 절.

홍매색 뜬 옷 날실은 빨강, 씨실은 하양 또는 보라. 십이월부터 삼월경에
입는다.

황녀皇女 내친왕. 천황의 자매 또는 여식. 훗날에는 친왕 선하를 받은 자.

후야後夜**의 근행** 후야란 밤을 초야(初夜), 중야(中夜), 후야의 셋으로 나눈
마지막 시간대로 밤 11시에서 새벽 1시까지를 말한다.

히에이比叡 **산의 근본중당**根本中堂 엔랴쿠(延曆) 절의 일승지관원(一乘止觀
院). 히에이 산의 중심적 존재이며, 본존은 약사여래(藥師如來).

히에이比叡 **산의 주지승** 엔랴쿠(延曆) 절의 천태 주지.

히에이比叡 **의 니시자카모토**西坂本**의 오노**小野 교토 쪽에서 히에이 산으로 올
라가는 입구. 중세까지 니시자카모토라고 불렀다.

작성자: 다카기 가즈코(高木和子)

인용된 옛 노래

「갈대 울타리」
　그 아가씨 집의 갈대 울타리 나뭇가지 울타리를 헤치고 넘어
　그 아가씨 등에 업고 넘자 넘자
　도대체 누가 이 일을 부모에게 일렀는지
　말 많기로 소문난 이 집 올케가 이른 듯하네
　천지의 신이여 신이여 내 무고함을 밝혀주소서
　나는 고자질은 하지 않았으나
　듣고 싶지 않은 불쾌한 말을 듣네 나는 듣네
　＊사이바라의 여 「갈대 울타리」

고운 마타리가 흐드러지게 핀
꽃의 들판 같은 이곳에 와도
고리타분한 나를
누구 하나 바람기 많은 남자라
이슬만큼도 소문을 내지 않겠지요
　＊「하루살이」 첩, 가오루의 노래

　마타리가 흐드러지게 핀 들판에 묵는다면
　여자와 같이 묵는 것도 아닌데
　바람기 많은 남자라 소문이 나겠지
　＊「고금집」, 「가을상」 · 오노노 요시키(小野美材)

고하타 산에 타고 갈 말은 있이도
　타고 갈 말 있어도
　야마시나 고하타 고을에는
　일부러 걸어가네

그대를 생각하며
*「습유집」, 「잡사랑」·가키노모토노 히토마로(柿本人麿)

구름에 섞이면 더는 만나 뵐 수 없겠지요

내가 죽어 연기 되어

흰 구름에 가린 하늘에 섞인다면

무엇을 나라 알고 찾아와주리
*「화조여정」(花鳥余情)

두견새 산봉우리의 구름 사이로 들어가버렸나

목소리만 들리고 보이지 않으니
*「고금집」, 「사물 이름」·다이라노 아쓰유키(平篤行)

그 옛날 소맷자락 겹쳤던 그분의

모습은 볼 수 없으나

꽃향기가 그리운 그 사람인 듯 여겨질 만큼

짙게 풍기는 봄의 새벽이여
*「습자」첩, 우키후네의 노래

색보다 향이 더욱 뛰어나구나

누가 소맷자락 스쳐

그 향을 우리 집

매화꽃에 배게 한 것일까
*「고금집」, 「봄상」·작자 미상

그중에서도 단장의 슬픔 깊은 것은 가을이니

본디 사계절은 모두 마음이 괴로운 것이나

그중에서도 단장의 슬픔 깊은 것은 가을이니
*「백씨문집」권14, 「모립」(暮立)

그대 역시 죽은 사람 그리워

남몰래 눈물 흘리고 있으리니

덧없는 저세상의 새라는

두견새 울음소리에

마음을 실어 보내고 있다면
*「하루살이」첩, 니오노미야의 노래

죽은 그 사람 있는 곳을

찾아갈 수 있다면 두견새여

내가 그리움에 소리내어

울고만 있다고 전해다오

*『고금집』, 「애상」 · 작자 미상

그저 엎드려 잠만 잘 뿐입니다

나는 세상을 버리고

나무 아래서 수행하며

엎드려 잠을 자는 신세인데

내가 입은 이 옷이

쥐색으로 물들인 삼베옷이라네

*『고금집』, 「잡체」 · 「비해가」(誹諧歌) · 작자 미상

기둥에 써놓은 노래

사랑하는 그 사람이

기대어 서 있었던 노송나무 기둥마저 그립네

그 사람과 연고 있는 것이라 생각하니

*『겐지석』

「길의 초입」

고시 지방으로 가는 길의 초입

에치젠의 관청이 있는 다케후에서

무사히 잘 있다고 내 부모에게 전해다오

다정한 바람이여

*사이바라의 율 「길의 초입」

깔개 위에 홀로 옷을 깔고

깔개 위에 홀로 옷을 깔고

오늘 밤도 나를 애타게 기다리는

우지의 하시 히메

*『고금집』, 「사랑4」 · 작자 미상

내가 죽어 시신조차

이 괴로운 세상에 남기지 않는다면

그대는 어디를 내 무덤이라 찾아

원망을 늘어놓으리

*「떠다니는 배」 첩, 우키후네의 노래

덧없는 매미 허물을 보고 마음 달래듯
죽은 모습 보고 마음을 달랬으니 후카쿠사 산이여
이제 그 사람 태운 연기라도 피어 올려 내 마음을 달래다오
*「고금집」, 「애상」· 쇼엔(勝延)

그대로부터 아무런 소식 없이 오늘이 지났다면
나는 슬픔으로 죽고 말았으리
그리되면 그대는 꿈속에서도
어디가 내 무덤인지 찾지 않았으리
*「후찬집」, 「사랑2」· 중장 갱의

누구를 기다리나 마쓰치 산에 핀 마타리
누구를 기다리나
마쓰치 산에 핀 마타리
그처럼 그대도 마음에 품은 사람
달리 있는 듯하니
*「고마치집」(小町集)

다시 만나자 두 줄기 한 뿌리의 삼나무여
하쓰세 강가에 서있는 두 줄기 한 뿌리의 삼나무여
나이를 먹어 다시 만나자 두 줄기 한 뿌리의 삼나무여
*「고금집」, 「잡체」· 「선두가」(旋頭歌)· 작자 미상

다치바나 섬의 초록은
영원히 변치 않아도
파도에 떠다니는 배처럼
허망한 이 몸의 앞날은
어디로 흐를 것인지
*「떠다니는 배」첩, 우키후네의 노래
* 니오노미야는 이 노래의 불길한 암시를 알아차리지 못한다.

다치바나 섬
지금쯤 흐드러지게 피어 있으리
다치바나 섬의 곶의 황매화
*「고금집」, 「봄하」· 작자 미상

달이 새벽까지 송문에 배회하고
달이 새벽까지 송문에 배회하고

백성에 종일 바람이 소슬 부네
송문 백성은 깊이 유폐된 곳
매미 소리를 듣고 제비 소리를 들으며
세월이 **빠름**을 생각하네
　*『백씨문집』권4,「능원첩」(陵園妾)의 한 구절

도살장으로 끌려가는 양보다 죽음이 가까워졌다고

수명이란(중략) 또한 아침이슬과 같아 위세가 오래 가지 못함이
거리를 걷는 죄인이 한 걸음 한 걸음 죽음에 다가가는 것과 같고
소와 양을 끌고 도살장에 가는 것과 같다
　*『열반경』38

두견새

저승 산을 넘어 날아왔으리
두견새여 내 그리운
죽은 님 소식 전해다오
　*『습유집』,「애상」·이세

들판에서의 하룻밤

마타리가 흐드러지게 핀 들판에 묵는다면
여자와 같이 묵는 것도 아닌데
바람기 많은 남자라 소문이 나겠지
　*『고금집』,「가을상」·오노노 요시키(小野美材)

땔감을 실은 배

잡목 실은 우지강의 배를
강가에 대기 힘들어하네
삿대의 물방울이 어느새 얼어버릴 때까지
　*『시키시(式子) 내친왕집』

「매화가지」

매화나무 가지에 날아와 앉은 꾀꼬리
봄이 찾아와 봄이 찾아와 지저귀고 있건만
아직도 눈은 계속 내리고 눈은 계속 내리고
　*사이바라의 여「매화가지」

모처럼 달이 이처럼 밝은 밤인데

　아까운 오늘 밤의 달빛과 벚꽃을

　이왕이면 멋을 아는 이에게 보여주고 싶구나

　＊『후찬집』, 「봄하」· 미나모토노 사네아키라(源信明)

뭐라 표현하면 좋을지, 그 말을 찾고 있습니다

　사랑하노라

　이 말 외에 달리

　내 마음을 표현할

　좋은 말은 없는지

　그대만을 특별히 그리려 하자니

　＊『고금화가육첩』 제5

발을 동동 구르며 우는 우근의 모습

　지난밤 데리고 온 여자의 모습이 보이지 않으니

　발을 동동 구르며 울어봐야 아무 소용 없었다.

　＊『이세 이야기』 6단, '여자를 훔쳐가는 남자 이야기'를 반영하고 있는가.

백 살에서 한 살 모자라는 백발의 노녀

　백 살에서 한 살이 모자라는 백발의 노녀가

　나를 그리워하는 듯하니 그 모습 눈앞에 떠오르네

　＊『이세 이야기』 63단

뱃사공의 손자가 삿대질을 잘못하여 강물에 떨어졌지요

　우지의 나루터

　빠른 물살에서

　배를 잘 다루는 뱃사공이여

　나를 도와다오

　＊『일본서기』, 「닌토쿠 천황 즉위전기」

　＊오야마모리(大山守) 황자가 우지 강에 빠져 죽었을 때의 노래.

봄날의 어두운 밤은 아무런 소용이 없구나

　봄날의 어두운 밤은 아무런 소용이 없으니

　매화꽃은 어둠 속에 보이지 않으나

　향내만은 숨길 길 없어

　＊『고금집』, 「봄상」· 오시코치노 미쓰네(凡河内躬恒)

봄은 봄이되 옛 봄은 아니니

　달은 달이되 옛 달이 아니고

　봄은 봄이되 옛 봄은 아니니

　이내 몸은 변치 않았건만

　＊『고금집』, 「사랑5」· 아리와라노 나리히라(在原業平), 『이세 이야기』 4단

부모가 소중히 여기는 자식은 이 얼마나 따분한 신세인가

　부모가 기르는 누에가

　누에고치 안에 들어 있듯

　마음이 답답하구나

　그리운 그 여자를 만나지 못하니

　＊『습유집』, 「사랑4」· 가키노모토노 히토마로

사람은 목석이 아니라 모두 정이 있으니

　사람은 목석이 아니라 모두 정이 있으니

　경성지색을 만나지 않는 것이 좋다

　＊『백씨문집』 권4, 「이부인」의 한 구절

사슴 우는 소리에 눈을 뜨고

　산골의 가을은

　유난히도 쓸쓸함이 더하니

　사슴 우는 소리에

　눈을 뜨고 슬픔에 잠기네

　＊『고금집』, 「가을상」· 미부노 다다미네(壬生忠岑)

새벽녘, 헤어짐을 아쉬워하는 서로의 옷까지 싸늘해진 듯한 느낌입니다

　새벽하늘이 희붐하게 밝아오자

　이제는 헤어지려 하여

　서로가 옷을 입으니 슬프구나

　＊『고금집』, 「사랑3」· 작자 미상

소나무도 옛 친구는 될 수 없으니

　이제 누구를 벗 삼으면 좋을까

　나이 든 다카사고의 소나무도

　옛 친구는 될 수 없으니

　＊『고금집』, 「잡상」· 후지와라노 오키카제(藤原興風)

수행원들은 말도 안 된다는 듯 답답해하며

만나지 않고 얼마나 참을 수 있을까

인내심을 시험해보려고 하니

농담 따위 할 수 없을 정도로

그리워 견딜 수 없네

＊「고금집」,「잡체」·「비해가」(誹諧歌)·작자 미상

슬픈 일이든 기쁜 일이든 모든 세상사는 살아 있는 동안의 일입니다

사랑의 그리움에 목숨을 태워버린다면

무슨 소용이 있으리

살아 있는 나날 위해 만나고자 함인데

＊「습유집」,「사랑1」·오토모노 모모요(大伴百世)

신이 엄하게 금한

그리우면 찾아와다오

사랑의 길이란

신이 엄하게 금하는

길이 아니니

＊「이세 이야기」 71단

액막음 따위 아무런 관심이 없으니, 할 수 있다면 신사의 냇물에서 서글픈 사랑을 하지 않도록 기원을 드리고 몸을 정결히 하고 싶다 생각하는데

사랑치 않겠노라

냇물로 몸을 씻고 맹세하였으나

신은 그 기원을 받아들이지 않았으니

＊「이세 이야기」 65단

어느 강바닥에서 조개들 사이에 섞여 있을까

돌아올 날 이제나저제나

기다리고 있건만

그대는 이시 강의 조개들 사이에

섞여 있다고 하니

＊「만엽집」 권2·요사미노 오토메(依羅娘好)

어머니는 머리를 깎으라고

머리를 깎으라고 어릴 적부터

어머니 내 검은 머리
쓰다듬어준 것이 아니었거늘
＊『후찬집』, 「잡3」·승정 헨조(偏照)

옛 노래에도 있듯이 스스로 괴로움에서 벗어나려 골짜기를 찾아 몸을 던지는
일은 없었을 터인데
이 세상 괴롭다 여길 때마다
몸을 던진다면
깊은 골짜기도 필경 얕아질 터인데
＊『고금집』, 「잡체」·「비해가」·작자 미상

옛 노래에도 있듯이 자신의 혼은 사랑하는 사람의 '소맷자락 안에' 두고 가려
는 것이겠지요
만나도 채워지지 않던 마음이
그대 소맷자락 안에 들어간 것일까
나는 혼이 빠져나간 듯하니
＊『고금집』, 「잡하」·미치노쿠(陸奥)

오라는 물 있으면
비참한 신세가 된 이내 몸이 싫으니
정처 없이 물위를 떠다니는 부초처럼
오라는 물 있으면 그 사람을 따라가리라
＊『고금집』, 「잡하」·오노노 고마치(小野小町)

올빼미
올빼미는 소나무와 계수나무 가지에서 울고
여우는 난초와 국화 풀숲에 숨는다
＊『백씨문집』 권1 흉택(凶宅)

외로움에 지쳐
슬픔을 가누지 못하는 나를 아는
비는 그치지 않으니
우지 강은 룰몬이요
이 소맷자락마저
눈물에 젖어 무겁습니다
＊「떠다니는 배」첩, 가오루의 노래

외로움에 지쳐 어찌할 줄 모르는 나는
마치 장마철에 내리는 비처럼 우울하기만 한데
그 비보다 한층 심하게 흐르는 눈물은
강이 되어 내 소맷자락을 적시네
허나 그대 만날 길은 없으니
　*『고금집』, 「사랑3」·후지와라노 도시유키

그대가 나를 사랑하고 있는지 아닌지
물을 수 없어 슬픔을 가누지 못하는 나
그런 나를 아는 비는 더욱더 세차게 내리는구나
　*『고금집』, 「사랑4」·아리와라노 나리히라

우지

내가 사는 초막은
도읍의 남동쪽에 있어
이렇게 살고 있건만
사람들은 이곳 우지 산을
괴로운 세상이라 부르네
　*『고금집』, 「잡하」·기센 법사

우지 강의 물소리도 언젠가는 즐겁게 들릴 때가 있을 것이라 기대하며

마음속으로 빌고 빌며
의지하여 살아왔노라
하쓰세 강가의
두 줄기 한 뿌리의 삼나무처럼
그 사람을 만나는 기쁜 날이 오지 않을까 하여
　*『고금화가육첩』권3

유전삼계중, 은애불능단(流轉三界中, 恩愛不能斷)

삼계를 유전하는 동안은 은애를 끊기 어려우나
부모의 은혜를 버리고 무위로 들어가는 것이 진정 은혜에 보답하는 것이
라 하니
　*『법원주림』(法苑珠林), 『제경요집』(諸經要集), 『청신사도인경』(清信士度人經)

이곳의 지명인 우지를

내 마음 수심과

같은 말이라 생각하면

내게는 우지 산골에

살기가 한층 시름스러우니
　※「떠다니는 배」 첩, 우키후네의 노래

　　내가 사는 초막은

　　도읍의 남동쪽에 있어

　　이렇게 살고 있건만

　　사람들은 이곳 우지 산을

　　괴로운 세상이라 부르네
　　※『고금집』, 「잡하」· 기센 법사

이런 곳에 어찌 아름다운 마타리가 피어 있는 것일까

　　이런 곳에 어찌 아름다운 마타리가

　　흐드러지게 피어 있는 것일까

　　세상 소문도 시끄러운데
　　※『습유집』, 「잡가을」· 승정 헨조

있는지 없는지 모르는 채 사라져버리는 덧없는 세상이니

　　마음속 은은한 감동도

　　서글픈 괴로움도

　　소리내어 말하지 않으리

　　어차피 하루살이처럼

　　있는지 없는지 모르는 채

　　사라져버리는 덧없는 세상이니
　　※『후찬집』, 「잡2」· 작자 미상

　　세상이라 함은

　　마치 하루살이처럼

　　있는지 없는지 알 수 없는

　　덧없고 짧은 것이거늘
　　※『후찬집』, 「잡4」· 작자 미상

자신이 사랑하는 여자가 기대어 서 있었던 노송나무 기둥이라 생각하니 그
기둥까지 그립다는 옛 노래도 있듯이

　　사랑하는 그 사람이

기대어 서 있었던 노송나무 기둥마저 그립네

그 사람과 연고 있는 것이라 생각하니

*『겐지석』

장작 행도

나는 땔나무를 모으고 나물을 캐고

물을 길러 법화경을 터득했느니라

*『습유집』, 「애상」·교키

조금도 싫증나지 않았던 니오노미야의 소맷자락에서 풍기는 향내

오늘 아침 꺾고 말았네

조금도 싫증나지 않는

그대 소맷자락의 향기가 그리워

같은 향 풍기는 매화나무 가지를

*『습유집』, 「잡봄」·도모히라 친왕

하루라도 출가를 하였으면 그 공덕이 가늠할 수 없을 정도

만일 선남선녀가 아뇩다락삼먁삼보리심을 발하여 하루 하룻밤이라도
출가 수도하면

이백만 겁 악취에 떨어지지 아니하고 항상 선처에 살며 승묘락을 받고

선지식을 만나 길이 퇴전하지 아니하며 제불을 만나 보리기를 받고

금강좌에 앉아 정각도를 얻음이니라

*『심지관경』(心·地觀經)

혼은 몸을 빠져나와 허공을 떠돈다고 하니

사랑의 시름으로

밤마다 몸을 떠나 헤매는 혼이

좀처럼 몸으로 돌아오지 않네

*출전 미상

깊은 수심에 잠겨 있으니

개울가를 날아다니는 반딧불마저

내 몸에서 빠져나온 혼이 아닌가 싶구나

*『후습유집』, 「잡6」·신기·이즈미 시키부(和泉式部)

* 상념이 깊으면 혼이 몸을 떠난다는 유리혼(遊離魂)의 발상.

'겐지 이야기', 오래고 무거운 짐을 내려놓으며

■ 옮긴이의 말

무거운 짐 짊어진 긴긴 여정이었다. 이제 그 짐 내려놓고 쉬어가자니, 세상 사람들의 입과 눈이, 또 뭇매가 두렵다. 너무도 힘겹고 버거운 짐이라, 그저 내려놓고 주저앉고만 싶을 때가 한두 번이 아니었다. 『겐지 이야기』의 세계가 너무도 광활하고 방대해서, 늘 허우적거리는 심정으로 작업을 해나갔다. 그래도 시간이 흐르면서 조금씩 가닥이 잡힌 것이 그나마 다행이었다.

한 문제를 해결하면 또 다른 문제가 벽처럼 앞을 가로막고 있었다. 가장 큰 난관은 일본어가 소리글과 뜻글을 혼용한다는 데 있었다. 소리를 취하면 뜻이 사라지고, 뜻을 취하면 소리가 사라지는 식이다. 결국 이 난관은 완전히 극복되지는 않아, 소리로 이어지는 언어유희를 다 담아내지 못하는 아쉬움이 남았다.

그리고 텍스트가 현대어역이라고는 하나 현대의 일본에서 일상석으로 사용되는 현대어는 아니라는 점도 큰 어려움 가운데 하나였다. 무수하게 등장하는 고어와 현대의 우리말로 번역되기 어려운 용어들, 특히 복식에 관한 용어는 마지막까지 애를 먹었다. 또한 옛 고어 그대로 인용된 노래들, 이는 내가 도저히 풀 수 없는 문제였다. 또 주어가 명확하지 않은 문장들까지. 이 모든 것이 고전에 대해서는 거의 문외한이나 다름없던 나를 옭죄었다.

하지만 한편으로는 하나씩 알아갈 때마다, 그 무한히 샘솟는 우물 같은 세계에 더없는 매력을 느끼기도 했다. 각 첩의 주인공이 겪는 생의 희비극에 따라 울고 웃기도 하고, 무려 1천 년 전의 소설이지만 현대를 사는 우리들의 심금을 울리기에도 충분한 심리 묘사에 무릎을 치기도 했다. 그리고 특히 노래를 우리말로 옮길 때는 절제된 언어에 담긴 풍요로운 은유와 상징, 은근함과 애절함, 야유와 비아냥, 해학과 풍류, 리듬과 뜻 등의 절묘한 조화에 탄복하지 않을 수 없었다.

또 주인공인 히카루 겐지의 죽음을 구구절절 묘사하지 않고 '구름 저 너머로'(雲隱)란 제목만으로 표현한 부분에서는, 현대의 그 어떤 소설가도 시도하지 못한 소설 기법을 보는 듯했다. 사족이지만, 이 제목의 적절한 우리말을 찾지 못해 마지막까지 많은 고민을 했다. 그러다 말이 먹구름 사이를 헤치고 비치는 한 줄기 빛처럼 홀연 그 모습을 나타나주었을 때는, 정말이지 기뻤다. 『겐지 이야기』 전 편을 통해 '구름'이 갖는 상징성을 생각하면 이보다 쉬우면서도 운치 있고 적절한 말은 없으리란 생각이 들었기 때문이다.

그리고 겐지의 죽음으로 이야기의 주인공이 겐지의 2세와

3세인 가오루와 니오노미야로 옮겨가고, 무대가 우지로 바뀔 때까지 작가에게 긴 공백기가 있었던 것처럼 내게도 작업을 이어나가지 못한 긴 공백기가 있었다. 희대의 풍류남을 저세상으로 보내는 장면까지 마감하고 나자 에너지가 다 소진되고 만 것이다. 손가락 하나 내 마음대로 움직일 수 없는 답답한 시간들이 마냥 흘렀다. 그러는 사이 계절이 바뀌고 또 해도 바뀌었다. 끝내는 몸과 마음을 추스를 방법이 달리 없어 가방을 싸, 작은 딸을 데리고 무작정 여행을 떠났다.

마음 같아서는 『겐지 이야기』의 무대인 헤이안 시대의 도읍, 교토로 향하고 싶었지만 내 발길이 닿은 곳은 도쿄 인근에 있는 고도, 가마쿠라였다. 지금도 그 비 내리는 날의 가마쿠라를 하염없이 걸었던 기억이 새롭다. 추적추적 내리는 늦겨울 비를 맞으며 일찍 봉우리를 터뜨린 홍매가 수줍은 듯 가지에 매달려, 마치 비안개 속에 붉은색이 떠 있는 것처럼 보였던 풍경, 하늘을 향해 다소곳하게 솟은 처마에서 똑똑 떨어지던 빗물, 비질을 한 자국이 고스란히 남아 있는 땅에 또 빗줄기가 새 무늬를 그리고 있었던 경내. 비록 시대는 다르지만 나는 비 내리는 가마쿠라의 고즈넉함 속에서 젊은 시절의 겐지가 두중장과 더불어 여인 품평회를 열었던 이야기 속의 비 내리는 밤을, 겐지와 겐지가 연모하고 사랑했던 수많은 여인들과의 대화를 떠올릴 수 있었고, 그 장면까지 그릴 수 있었다. 그와 그녀들의 애틋한 사랑과 이별, 그리고 죽음이 엮어내는 눈물을 느낄 수도 있었다.

그리고 나를 가장 안타깝게 했던, 사랑해서는 안 될 사람을 사랑해 겐지의 미움을 산 나머지 시름시름 병을 앓다 젊은 나이에 세상을 뜬 비운의 사나이, 가시와기의 구슬픈 젓대 소리가 빗소리에 섞여 들려오는 듯한 착각에 빠지기도 했다.

발이 아프다고 투덜거리는 작은딸에게 엄마의 감흥 따위는 아무런 위로가 안 되었지만, 몸이 얼어붙도록 빗속을 종일 걸어 가마쿠라 순례를 마쳤을 때는 한 차례 고행을 끝낸 수행승처럼 몸과 마음이 순결하게 정화된 기분이었고, 내 속에 『겐지 이야기』가 들어와 있는 느낌이었다.

그 맑은 기분과 『겐지 이야기』와의 동일감은 당연히 그 다음 작업인 우지 10첩을 진행하는 에너지로 작용했다. 게다가 우지 10첩은 무대가 한정돼 있고, 연애 관계도 가오루와 니오노미야란 두 남자와 우지의 큰아씨와 작은아씨, 그리고 우키후네로 집약돼 있기 때문에 비교적 작업이 수월했다.

이렇게 오랜 시간과 우여곡절을 거쳐 본문 번역은 일단 끝이 났지만, 어구 해설과 인용된 옛 노래를 정리하는 작업이 복병처럼 대기하고 있었다. 본문 번역 이상으로 고된 집중을 요했던 이 과정에서는 상명대학교 김유천 교수의 천군만마와도 같은 도움이 있었다. 감수를 맡아주신 김 교수는 본문의 감수는 물론 어구 해설과 고어로 인용된 옛 노래의 해석, 수록할 화보의 선정 등의 작업에 일일이 관여하시고, 꼼꼼하고 적절한 지적으로 작업을 진행하는 나나 담당 편집자의 짐을 한결 덜어주셨다.

우리말 번역의 기본 방침은 읽는 이들이 쉽게 접할 수 있는 고전소설을 지향한다는 것이었다. 그래서 어려운 말들은 가능하면 본문에서 풀었고, 글투도 될 수 있는 한 지나치게 고풍스럽거나 장중해지지 않도록 했다. 그리고 일관성을 기하기 어려워 나름의 방침을 세워 진행한 용어들은 그 방침을 일러두기에 밝혀두었다.

그리고 이 작품을 감상하기 위한 대전제가 있다면, 세토우치 자쿠초의 해설에도 언급되어 있듯이 현대소설과는 판이하게 다른 이야기 형식이란 점이다. 요컨대 작가가 쓴 글을 듣는 이가 모여 앉은 자리에서 궁녀가 낭독하는 것이다. 간혹 장면이 전환되는 시점에서, 또는 장면이 진행되는 가운데서도 작중인물이 아닌 사람의 목소리가 불쑥불쑥 튀어나오는 것은 이런 이유에서이다.

또 많은 대화는 상대와 마주하고 직접적으로 이루어지는 것이 아니라, 가운데 자리한 말을 전하는 이나 대리인이 이쪽의 말은 저쪽으로 저쪽의 말은 이쪽으로 전하는 식으로 이루어진다. 이렇게 전하는 말 가운데 무수한 노래가 오간다. 특히 남녀의 대화에는 말을 전하는 이가 반드시 개재한다. 남녀가 문이나 휘장 또는 발을 사이에 두고 서로의 얼굴을 보지 못한 채 대화하는 것이다. 그래서 문과 휘장, 발이 사랑하는 사람과의 사이를 가로막는 관문으로서의 상징을 띠고, 말을 전하는 역할을 맡은 이가 남자가 여자에게 닿을 수 있도록 길 안내를 하는 길잡이가 될 수도 있는 것이다. 많은 장면에서 남자들이 휘장이나 발 안으로 들여주지 않는 것을 원망하고 푸념하면서 구구절절 그 안타까움을 운운하는 것, 또 사랑하는 여인에게 자신의 마음을 전하기에 앞서 그녀의 시녀를 포섭하는 것은 바로 이 때문이다.

이 작업을 진행하는 동안 여러 분들에게 폐도 많이 끼쳤고 도움도 많이 얻었다. 무엇보다 감수를 맡아주신 상명대학교의 김유천 교수께 감사드린다. 『겐지 이야기』의 전문가이신 김유천 교수가 기꺼이 합류해주신 덕분에 작업이 무사히 끝날 수 있었다. 문외한의 허튼 질문에도 자상하게 답해주신 도움이 없었더라면 이 책이 세상 빛을 보는 데 훨씬 더 오랜 시간이 걸렸을 것이다.

또한 자료 정리를 도와준 경희대학교 박사과정의 김세정 씨에게도 고마움을 전한다.

그밖에 폐를 끼친 여러 분들께는 이 자리를 빌려 죄송스럽다는 말을 전한다.

부족하고 미진한 점은 앞으로도 메워나가야 할 것이라 생각한다. 지금은 다만, 이 아름답고 장대한 작품에 내 번역이 누가 되지 않았기를 바랄 뿐이다.

2006년 12월
김난주

일본적 정서와 미의식의 원류 '겐지 이야기'

▣ 감수자의 말

『겐지 이야기』! 일본 문학이나 문화를 이야기할 때 꼭 한번쯤은 나오는 이름이다.

일본이 세계에 자랑하는 불후의 명작 『겐지 이야기』는 11세기 초 무라사키 시키부(紫式部)라는 궁녀에 의해 씌어진 일대 장편소설이다. 당시의 화려한 귀족사회를 무대로 주인공 히카루 겐지(光源氏)의 파란만장한 사랑과 영화, 그리고 고뇌의 인생을 그려낸 것으로, 70여 년의 세월과 4백 수십 명의 인물이 등장하는 대서사시로 꾸며져 있다.

천년의 베스트셀러 『겐지 이야기』에는 우아하고 섬세한 일본적 정서와 미의식이 함축되어 있다. 그런 까닭으로 문예의 세계에서뿐만 아니라 노(能)나 가부키 등의 전통예능에서부터 미술, 공예, 음악, 의식주를 비롯한 각종 생활문화에 이르기까지 다양한 문화형태로 향수되고 또 재생산되어 오늘날까지 일본문화의 상징으로서 살아 숨쉬고 있다.

『겐지 이야기』가 세계적인 명작으로 손꼽히는 것은 세계문학사 속에서도 대단히 이른 시기에 등장한 뛰어난 장편소설이라는 것 때문인데, 이 작품이 가장 일본적 정서를 보여주면서도 인간에게 공통되는 탁월한 보편성을 지니고 있다는 점 또한 그렇게 평가받는 이유다.

그러한 보편성이라는 면에서 본다면 『겐지 이야기』의 매력은 무엇보다도 남녀 간의 사랑의 만상을 유감없이 보여주고 있다는 점에 있을 것이다. 파멸을 마다하지 않는 열정적인 사랑, 어두운 정념에 이끌리는 금단의 사랑, 인간의 추악한 집념을 드러내 보이는 절망적인 사랑, 현실의 논리를 넘어선 순수한 사랑 등등 문학적인 리얼리티와 상상력을 구사한 극한적인 사랑의 모습이 인간의 운명과 구원이라는 문제와 밀접하게 결부되어, 읽는 이로 하여금 공감과 감동을 불러일으킨다.

이러한 매력을 지닌 세계문학으로서의 『겐지 이야기』는 일찍이 영역(英譯) 3종을 비롯하여 프랑스어, 독일어, 이태리어, 중국어 등 세계 각국에서 번역본으로 활발하게 출간되어왔다.

한편 우리나라에서는 여태껏 『겐지 이야기』의 완역본이 나오지 않은 채 다이제스트판의 번역서에 머물고 있었던 게 실상이다. 국내의 일본 문학연구와 전공교육에서 차지하는 『겐지 이야기』의 비중이나 고전, 교양서로서의 가치 등으로 보아 『겐지 이야기』의 작품세계를 직접 접할 수 있는 완역본이 없다는 것은 매우 안타까운 일이었다. 더군다나 우리나라의 일본 문학 번역의 상당한 역사와 수준으로 비추어볼 때 더욱 그러한 감을 지울 수가 없었다.

그런 점에서 이번에 국내 최초로『겐지 이야기』의 완역본이 출간되게 된 것은 대단히 고무적이고 반가운 일이 아닐 수 없다.

이 완역본의 원본이 된『겐지 이야기』현대어역판의 저자 세토우치 자쿠초(瀨戶內寂聽)는『겐지 이야기』를 더없이 사랑하고 그 매력을 일본인들에게 널리 알리는 데 크게 공헌하고 있는 작가다. 세토우치판 이전에도 요사노 아키코(与謝野晶子), 다니자키 준이치로(谷崎潤一郎), 엔치 후미코(円地文子) 역 등 명역이 나와 있었으나, 세토우치판은 일본인들에게 보다 친근한 필치를 구사함으로써 기록적인 판매부수를 올렸고, 일본 내의 겐지 붐의 계기를 마련했다는 평가를 받고 있다.

이번 완역은 일본문학 번역의 세계에서 너무나도 잘 알려진 김난주 선생이 심혈을 기울여 우리말로 옮긴 것으로,『겐지 이야기』특유의 우아하고 섬세한 문학적 향취를 멋들어진 우리말로 알기 쉽고도 격조 높게 풀어냈다.

이로써 우리는 세계의 명작이라고 일컬어지는『겐지 이야기』를 우리말로 직접 읽을 수 있게 되었다. 일본 문학, 특히『겐지 이야기』를 연구하고 가르치고 있는 한 사람으로서 이번『겐지 이야기』완역본의 출간은 대단히 중요하고 의미 있는 하나의 사건이라고 생각한다. 그리고 개인적으로도 감수라는 뜻있는 일에 참여하게 되어 영광이다.

이제 우리 독자들은 이 작품이 왜 일본인의 정서와 미의식의 원류인가를 실감하게 될 것이다. 뿐만 아니라 일본이라는 울타리와 천년이라는 시공을 넘어서 보다 보편적인 문학적 감동에 흠뻑 빠져들게 될 것이다. 이번 『겐지 이야기』의 완역이 앞으로 보다 다양한 독자층에서 일본 문학의 새로운 매력의 발견과 함께, 일본 이해의 계기가 되기를 기대한다.

2006년 12월

김유천

지은이 **무라사키 시키부**(紫式部, 978년경~1014년경)는 헤이안(平安) 시대 중기에 활약한 여류작가로, 일본의 가장 위대한 문학작품이자 세계에서 가장 오래된 완전한 장편소설로 일컫는 『겐지 이야기』(源氏物語)의 저자다. 진짜 이름은 알려져 있지 않으며, '무라사키'라는 별명은 『겐지 이야기』의 여주인공 이름에서 딴 것으로 전해진다. 무라사키 시키부의 생애를 알려주는 주요 자료로는 1008~10년까지 쓴 일기가 있으며, 이것은 그녀가 모셨던 중궁 쇼시(彰子)의 궁정생활을 엿보게 해준다는 점에서도 상당히 흥미롭다. 일부에서는 『겐지 이야기』의 집필시기를 무라사키 시키부의 남편인 후지와라노 노부타카(藤原宣孝)가 죽은 1001년부터 그녀가 궁정에서 시녀로 일하기 시작한 1005년까지로 보고 있다. 그러나 이 길고 복잡한 작품을 쓰는 데는 훨씬 더 오랜 세월이 걸려 1010년 무렵에도 끝나지 않았을 가능성이 더 많다. 한편 히카루 겐지가 죽은 뒤의 이야기는 다른 작가가 썼다고 보는 견해도 있지만, 이 책을 현대어로 옮긴 세토우치 자쿠초는 무라사키 시키부가 오랜 세월을 두고 이 소설을 완성했을 것이란 설을 내세우고 있다.

현대일본어로 옮긴이 **세토우치 자쿠초**(瀬戸内寂聴, 1922~2021)는 일본 도쿠시마 현에서 태어나 도쿄 여자대학교를 졸업한 뒤 결혼한 남편과 중국으로 건너갔으나, 종전을 맞이해 일본으로 돌아온 뒤 작가의 길로 들어섰다. 1972년 불교에 귀의하고 종교활동과 집필활동을 병행했다. 세토우치 자쿠초는 『겐지 이야기』에 대해 남다른 조예와 애정을 가진 작가로, 많은 글과 여러 활동을 통해 『겐지 이야기』의 매력을 널리 알리는 데 힘썼으며, 특히 『겐지 이야기』의 현대어역은 겐지 붐을 일으키는 계기가 되기도 했다. 2006년 문화·저술 부문에 이바지한 공로를 인정받아 문화훈장을 받았다. 저서로는 『석가모니』 『다무라 준코』 『여름의 끝』 『꽃에게 물어봐』 『백도』 『사랑과 구원의 관음경』 등이 있으며, 무라사키 시키부의 『겐지 이야기』를 현대어로 옮겼다.

옮긴이 **김난주**(金蘭周)는 1958년 부산에서 태어나 경희대학교 국문과를 졸업하고 같은 학교 대학원에서 수학했다. 일본 쇼와 여자대학교에서 일본 근대문학을 전공하여 석사학위를 받은 후, 오쓰마 여자대학교와 도쿄 대학교에서 일본 근대문학을 연구했다. 옮긴 책으로는 한길사에서 펴낸 세토우치 자쿠초의 『겐지 이야기』를 비롯해, 요시모토 바나나의 『키친』, 에쿠니 가오리의 『냉정과 열정 사이』 『언젠가 기억에서 사라진다 해도』, 오가와 요코의 『박사가 사랑한 수식』, 마루야마 겐지의 『천년 동안에』, 시마다 마사히코의 『천국이 내려오다』, 나라 요시토모의 『작은별 통신』 등이 있다.

감수자 **김유천**(金裕千)은 한국외국어대학교 일본어과를 졸업하고, 일본 도쿄 대학교 인문과학연구과에서 석사학위, 인문사회계연구과 일본문화연구전공으로 박사학위를 받았다. 현재는 상명대학교 일본어문학과 조교수로 있다. 저서로는 『일본의 연애가』(공저) 등이 있으며, 주요 논문으로는 「일본문학과 일본인의 성의식 연구 - 『源氏物語』를 중심으로」 「『源氏物語』의 논리와 주제성」 「『源氏物語』의 불교」 등이 있다.